Franz-Olivier Giesbert

La cuisinière
d'Himmler

Gallimard

Franz-Olivier Giesbert est né en 1949, à Wilmington, dans le Delaware, aux États-Unis, d'un père américain et d'une mère française. Il arrive en France à l'âge de trois ans. Après avoir collaboré à la page littéraire de *Paris-Normandie*, il entre au *Nouvel Observateur* en 1971.

Il devient successivement directeur de la rédaction du *Nouvel Observateur* (1985-1988) puis directeur de la rédaction du *Figaro* (1988-2000) et, enfin, directeur du *Point* (2000-2014).

Il a publié plusieurs romans dont *L'affreux* (Grand Prix du roman de l'Académie française 1992), *La souille* (prix Interallié 1995), *Le sieur Dieu*, *L'immortel*, *Le huitième prophète*, *Le lessiveur*, *Un très grand amour*, *La cuisinière d'Himmler* et des biographies : *François Mitterrand ou La tentation de l'Histoire* (prix Aujourd'hui 1977), *Jacques Chirac* (1987), *Le Président* (1990), *François Mitterrand, une vie* (1996) et *La tragédie du Président* (2006).

À Elie W., mon grand frère, qui m'a tant donné.

« Vivez, si m'en croyez, n'attendez à demain.
Cueillez dès aujourd'hui les roses de la vie. »

RONSARD

PROLOGUE

Je ne supporte pas les gens qui se plaignent. Or, il n'y a que ça, sur cette terre. C'est pourquoi j'ai un problème avec les gens.

Dans le passé, j'aurais eu maintes occasions de me lamenter sur mon sort mais j'ai toujours résisté à ce qui a transformé le monde en grand pleurnichoir.

La seule chose qui nous sépare des animaux, finalement, ce n'est pas la conscience qu'on leur refuse bêtement, mais cette tendance à l'auto-apitoiement qui tire l'humanité vers le bas. Comment peut-on y laisser libre cours alors que, dehors, nous appellent la nature et le soleil et la terre ?

Jusqu'à mon dernier souffle et même encore après, je ne croirai qu'aux forces de l'amour, du rire et de la vengeance. Ce sont elles qui ont mené mes pas pendant plus d'un siècle, au milieu des malheurs, et franchement je n'ai jamais eu à le regretter, même encore aujourd'hui, alors que ma vieille carcasse est en train de me lâcher et que je m'apprête à entrer dans ma tombe.

Autant vous dire tout de suite que je n'ai rien d'une victime. Bien sûr, je suis, comme tout le monde, contre la peine de mort. Sauf si c'est moi qui l'applique. Je l'ai appliquée de temps en temps, dans le passé, aussi bien pour rendre la justice que pour me faire du bien. Je ne l'ai jamais regretté.

En attendant, je n'accepte pas de me laisser marcher sur les pieds, même chez moi, à Marseille, où les racailles prétendent faire la loi. Le dernier à l'avoir appris à ses dépens est un voyou qui opère souvent dans les files d'attente qui, à la belle saison, pas loin de mon restaurant, s'allongent devant les bateaux en partance pour les îles d'If et du Frioul. Il fait les poches ou les sacs à main des touristes. Parfois, un vol à l'arraché. C'est un beau garçon à la démarche souple, avec les capacités d'accélération d'un champion olympique. Je le surnomme le « guépard ». La police dirait qu'il est de « type maghrébin » mais je n'y mettrais pas ma main à couper.

Je lui trouve des airs de fils de bourgeois qui a mal tourné. Un jour que j'allais acheter mes poissons sur le quai, j'ai croisé son regard. Il est possible que je me trompe, mais je n'ai vu dedans que le désespoir de quelqu'un qui est sens dessus dessous, après s'être éloigné, par paresse ou fatalisme, de sa condition d'enfant gâté.

Un soir, il m'a suivie après que j'eus fermé le restaurant. C'était bien ma chance, pour une fois que je rentrais chez moi à pied. Il était presque minuit, il faisait un vent à faire voler les bateaux et il n'y avait personne dans les rues. Toutes les conditions pour une agression. À la hauteur de la place aux Huiles, quand, après avoir jeté un œil par-dessus mon épaule, j'ai vu qu'il allait me doubler, je me suis brusquement retournée pour le mettre en joue avec mon Glock 17. Un calibre 9 mm à 17 coups, une petite merveille. Je lui ai gueulé dessus :

« T'as pas mieux à faire que d'essayer de dépouiller une centenaire, connard ?

— Mais j'ai rien fait, moi, m'dame, je voulais rien faire du tout, je vous jure. »

Il ne tenait pas en place. On aurait dit une petite fille faisant de la corde à sauter.

« Il y a une règle, dis-je. Un type qui jure est toujours coupable.

— Y a erreur, m'dame. Je me promenais, c'est tout.

— Écoute, ducon. Avec le vent qu'il fait, si je tire, personne n'entendra. Donc, t'as pas le choix : si tu veux avoir la vie sauve, il faut que tu me donnes tout de suite ton sac avec toutes les cochonneries que t'as piquées dans la journée. Je les donnerai à quelqu'un qui est dans le besoin. »

J'ai pointé mon Glock comme un index :

« Et que je ne t'y reprenne pas. Sinon, je n'aime mieux pas penser à ce qui t'arrivera. Allez, file ! »

Il a jeté le sac et il est parti en courant et en hurlant, quand il fut à une distance respectueuse :

« Vieille folle, t'es qu'une vieille folle ! »

Après quoi, j'ai été refiler le contenu du sac, les montres, les bracelets, les portables et les portefeuilles, aux clochards qui cuvaient, par grappes, sur le cours d'Estienne-d'Orves, non loin de là. Ils m'ont remerciée avec un mélange de crainte et d'étonnement. L'un d'eux a prétendu que j'étais toquée. Je lui ai répondu qu'on me l'avait déjà dit.

Le lendemain, le tenancier du bar d'à côté m'a mise en garde : la veille au soir, quelqu'un s'était encore fait braquer place aux Huiles. Par une vieille dame, cette fois. Il n'a pas compris pourquoi j'ai éclaté de rire.

1

Sous le signe de la Vierge

MARSEILLE, 2012. J'ai embrassé la lettre, puis croisé deux doigts, l'index et le majeur, pour qu'elle m'annonce une bonne nouvelle. Je suis très superstitieuse, c'est mon péché mignon.

La lettre avait été postée à Cologne, en Allemagne, comme l'attestait le cachet sur le timbre, et l'expéditrice avait écrit son nom au dos : Renate Fröll.

Mon cœur s'est mis à battre très vite. J'étais angoissée et heureuse en même temps. Recevoir une lettre personnelle à mon âge, alors qu'on a survécu à tout le monde, c'était forcément un événement.

Après avoir décidé que j'ouvrirais la lettre plus tard, dans la journée, pour garder en moi le plus longtemps possible l'excitation que j'avais ressentie en la recevant, j'ai embrassé de nouveau l'enveloppe. Sur le dos, cette fois.

Il y a des jours où j'ai envie d'embrasser n'importe quoi, les plantes comme les meubles, mais je m'en garde bien. Je ne voudrais pas qu'on me prenne pour une vieille folle, un épouvantail à enfants. À près de cent cinq ans, il ne me reste plus qu'un maigre filet de voix, cinq dents valides, une expression de hibou, et je ne sens pas la violette.

Pourtant, en matière de cuisine, je tiens encore la route : je crois même être l'une des reines de Marseille, juste derrière l'autre Rose, une jeunesse de quatre-vingt-huit ans, qui fait des plats siciliens épatants, 25 rue Glandevès, non loin de l'Opéra.

Mais dès que je sors de mon restaurant pour déambuler dans les rues de la ville, il me semble que je fais peur aux gens. Il n'y a qu'un endroit où, apparemment, ma présence ne jure pas : en haut du piton en calcaire d'où la statue dorée de Notre-Dame-de-la-Garde semble exhorter à l'amour l'univers, la mer et Marseille.

C'est Mamadou qui m'amène et me reconduit chez moi, sur le siège arrière de sa motocyclette. Un grand gaillard qui est mon alter ego, au restaurant. Il fait la salle, m'aide pour la caisse et me trimbale partout, sur son engin qui pue. J'aime sentir sa nuque sur mes lèvres.

Pendant la fermeture hebdomadaire de mon établissement, le dimanche après-midi et toute la journée du lundi, je peux rester des heures, sur mon banc, sous le soleil qui me mord la peau. Je fais causette dans ma tête avec tous mes morts que je vais bientôt retrouver au ciel. Une amie que j'ai perdue de vue aimait dire que leur commerce était bien plus agréable que celui des vivants. Elle a raison : non seulement ils ne sont

18

pas à cran, mais ils ont tout leur temps. Ils m'écoutent. Ils me calment.

Le grand âge qui est le mien m'a appris que les gens sont bien plus vivants en vous une fois qu'ils sont morts. C'est pourquoi mourir n'est pas disparaître, mais, au contraire, renaître dans la tête des autres.

À midi, quand le soleil ne se contrôle plus et me donne des coups de couteau ou, pis, de pioche, sous les vêtements noirs de mon veuvage, je dégage et entre dans l'ombre de la basilique.

Je m'agenouille devant la Vierge en argent qui domine l'autel et fais semblant de prier, puis je m'assieds et pique un roupillon. Dieu sait pourquoi, c'est là que je dors le mieux. Peut-être parce que le regard aimant de la statue m'apaise. Les cris et les rires imbéciles des touristes ne me dérangent pas. Les sonnailles non plus. Il est vrai que je suis affreusement fatiguée, c'est comme si je revenais tout le temps d'un long voyage. Quand je vous aurai raconté mon histoire, vous comprendrez pourquoi, et encore, mon histoire n'est rien, enfin, pas grand-chose : un minuscule clapotis dans l'Histoire, cette fange où nous pataugeons tous et qui nous entraîne vers le fond, d'un siècle à l'autre.

L'Histoire est une saloperie. Elle m'a tout pris. Mes enfants. Mes parents. Mon très grand amour. Mes chats. Je ne comprends pas cette vénération stupide qu'elle inspire au genre humain.

Je suis bien contente que l'Histoire soit partie, elle a fait assez de dégâts comme ça. Mais je sais bien qu'elle va bientôt revenir, je le sens dans l'électricité de l'air et le regard noir des gens. C'est le destin de l'espèce humaine que de laisser la bêtise et la haine mener ses pas au-dessus des charniers que les générations d'avant n'ont cessé de remplir.

Les humains sont comme les bêtes d'abattoir. Ils vont à leur destin, les yeux baissés, sans jamais regarder devant ni derrière eux. Ils ne savent pas ce qui les attend, ils ne veulent pas savoir, alors que rien ne serait plus facile : l'avenir, c'est un renvoi, un hoquet, une aigreur, parfois le vomi du passé.

Longtemps, j'ai cherché à mettre en garde l'humanité contre les trois tares de notre époque, le nihilisme, la cupidité et la bonne conscience, qui lui ont fait perdre la raison. J'ai entrepris les voisins, notamment l'apprenti boucher qui est sur mon palier, un gringalet pâlichon avec des mains de pianiste, mais je vois bien que je l'embête avec mon radotage et, quand je le croise dans l'escalier, il m'est arrivé plus d'une fois de le retenir par la manche pour l'empêcher de s'enfuir ; il prétend toujours qu'il est d'accord avec moi mais je sais bien que c'est pour que je lui lâche la grappe.

C'est pareil avec tout le monde. Ces cinquante dernières années, je n'ai jamais trouvé personne pour m'écouter. De guerre lasse, j'ai fini par me taire jusqu'au jour où j'ai cassé mon miroir. Tout au long de ma vie, j'avais réussi à n'en briser aucun mais ce matin-là, en observant les éclats sur le carrelage de la salle de bains, j'ai compris que j'avais attrapé le malheur. J'ai même pensé que je ne passerais pas l'été. À mon âge, ce serait normal.

Quand on se dit qu'on va mourir et qu'il n'y a personne pour vous accompagner, pas même un chat ni un chien, il n'y a qu'une solution : se rendre intéressant. J'ai décidé d'écrire mes Mémoires et suis allée acheter quatre cahiers à spirale à la librairie-papeterie de Mme Mandonato. Une sexagénaire bien conservée que j'appelle « la vieille » et qui est l'une des femmes les plus cultivées de Marseille. Alors que j'allais la payer, quelque chose la chiffonnait et j'ai feint de chercher la monnaie pour lui laisser le temps de formuler sa question :

« Qu'est-ce que tu comptes faire avec ça ?

— Eh bien, un livre, quelle question !

— Oui, mais quel genre ? »

J'ai hésité, puis :

« Tous les genres en même temps, ma vieille. Un livre pour célébrer l'amour et pour prévenir l'humanité des dangers qu'elle court. Pour qu'elle ne revive jamais ce que j'ai vécu.

— Il y a déjà eu beaucoup de livres sur ce thème...

— Il faut croire qu'ils n'ont pas été assez convaincants. Le mien sera l'histoire de ma vie. J'ai déjà un titre de travail : "Mes cent ans et plus."

— C'est un bon titre, Rose. Les gens adorent tout ce qui concerne les centenaires. C'est un marché qui se développe très vite en ce moment, ils seront bientôt des millions. Le drame avec les livres sur eux, c'est qu'ils sont écrits par des gens qui se moquent.

— Eh bien, moi, dans mes Mémoires, je vais essayer de montrer qu'on n'est pas morts de notre vivant et qu'on a encore des choses à dire... »

J'écris le matin, mais le soir aussi, devant un petit verre de vin rouge. J'y trempe mes lèvres de temps en temps, pour le plaisir, et quand je suis à court d'inspiration, j'en bois une gorgée pour retrouver mes idées.

Ce soir-là, il était minuit passé quand j'ai décidé d'interrompre mes travaux d'écriture. Je n'ai pas attendu d'être couchée, toilette faite, pour ouvrir la lettre que j'avais trouvée dans la boîte le matin même. Je ne sais si c'est l'âge ou l'émotion, mais j'avais les mains qui tremblaient tellement qu'en l'ouvrant j'ai déchiré l'enveloppe en plusieurs endroits. Quand j'ai lu son contenu j'ai fait un malaise, mon cerveau s'est arrêté net.

2

Samir la Souris

MARSEILLE, 2012. Quelques secondes après que je fus revenue sur terre, une chanson a commencé à courir dans ma tête : *Can you feel it ?* des Jackson Five. Michael à son meilleur, avec une vraie voix d'enfant pur et pas encore de castrat glorieux. Ma chanson préférée.

Je me sentais bien, comme chaque fois que je la fredonne. On dit qu'à partir d'un certain âge, quand on se réveille et qu'on n'a pas mal partout, c'est qu'on est mort. J'avais la preuve du contraire.

En recouvrant mes esprits après ma syncope, je n'avais mal nulle part et je n'étais pas morte, ni même blessée.

Comme toutes les personnes de mon âge, j'ai la hantise des fractures qui vous condamnent au fauteuil roulant : celle du col du fémur particulièrement. Ce ne serait pas pour cette fois.

J'avais prévu le coup : avant de lire la lettre, je m'étais assise sur le canapé. Lorsque j'avais perdu connaissance, j'étais naturellement tombée en arrière et ma tête avait roulé sur le moelleux d'un coussin.

23

J'ai de nouveau jeté un œil sur le faire-part que j'avais gardé à la main avant de jurer :

« Saloperie de connerie de bordel de merde ! »

Le faire-part annonçait la mort de Renate Fröll qui ne pouvait donc pas être l'expéditrice de la lettre. Son décès remontait à quatre mois et elle avait été incinérée au crématorium de Cologne. Aucun autre détail ne figurait sur le carton. Ni adresse ni téléphone.

J'ai commencé à pleurer. Je crois bien que j'ai pleuré toute la nuit parce que, le matin suivant, je me suis réveillée pleine de larmes, mes draps, mon oreiller et ma chemise de nuit étaient comme une soupe. Il fallait que je passe à l'action.

J'avais une intuition et je voulais la vérifier. J'ai appelé un de mes petits voisins sur son portable : Samir la Souris. C'est le fils d'un septuagénaire qui, à ce qu'on dit, a passé sa vie professionnelle au chômage : ça lui a bien réussi, c'est un très bel homme, propre sur lui et tiré à quatre épingles. Caissière et femme de ménage, son épouse, qui a vingt ans de moins que lui, en fait au moins dix de plus : elle est percluse de rhumatismes et traîne la patte dans les escaliers. Mais il est vrai qu'elle a toujours travaillé pour deux.

Samir la Souris a treize ans et déjà l'œil précis du chasseur de grosses primes. Rien ne lui échappe. C'est comme s'il avait des yeux partout, jusque dans le dos ou sur les fesses. Mais il s'en sert peu. Il passe son temps devant son ordinateur où il retrouve, en un temps record, moyennant espèces, tout ce qu'on lui demande. Un prix, un nom, un chiffre.

Flairant la bonne affaire, Samir la Souris est arrivé sur-le-champ bien qu'il ne soit pas du matin. Je lui ai tendu le faire-part :

« Je voudrais que tu me donnes le maximum de renseignements sur cette Renate Fröll.

— Quel genre de renseignements ?

— Tout, de sa naissance à sa mort. Sa famille, son travail, ses petits secrets. Sa vie, quoi.

— Combien ? »

Samir la Souris n'étant ni poète ni philanthrope, je lui ai proposé de lui donner, en échange de ses services, la console du salon. Il l'a examinée, puis :

« Elle est vraiment vieille, cette chose ?

— XIXe.

— Je vais voir sur la Toile combien ça vaut, un truc comme ça, et je reviens vers toi si le compte n'y est pas. Mais je crois que ça va le faire... »

Je lui ai proposé des biscuits au chocolat et de l'eau à l'un de mes sirops préférés, orgeat, menthe ou grenadine, mais il a décliné mon offre, comme si ces choses-là n'étaient pas de son âge alors qu'elles sont plus que jamais du mien.

Samir la Souris a toujours de bonnes raisons pour me laisser en plan. Il est débordé et ne sait pas prendre le temps. Si je n'ai jamais réussi à le retenir plus de quelques minutes chez moi, c'est aussi, je le sens, parce qu'il subodore les sentiments que j'éprouve pour lui : malgré notre différence d'âge, j'ai le béguin.

Dans deux ou trois ans, quand, l'homme ayant percé sous l'enfant, il sera devenu une boule de poils et de désirs, j'aimerais qu'il me prenne dans ses bras, qu'il me serre très fort, qu'il me dise des mots crus et qu'il me bouscule un peu, je n'en demande pas plus. À mon âge, je sais que c'est incongru et même idiot, mais s'il fallait chasser tous nos fantasmes de nos têtes, il ne resterait plus grand-chose à l'intérieur. Quelques-uns des dix commandements nageant dans du jus de cervelle et c'est à peu près tout. La vie serait à mourir. Ce sont nos folies qui nous maintiennent debout.

J'ai pour principe de vivre chaque instant comme s'il était l'ultime. Chaque geste, chaque mot. J'entends bien décéder tranquille, sans regret ni remords.

Le soir suivant, j'étais en chemise de nuit, prête à me coucher, quand la sonnette a retenti. C'était Samir la Souris. Je pensais qu'il allait me demander une rallonge, mais non, il avait travaillé toute la journée et tenait à me donner, de vive voix, les premiers résultats de son enquête.

« Renate Fröll, dit-il, était pharmacienne à Neuwied, près de Cologne. Célibataire et née de parents inconnus. Aucune famille. Je n'ai rien trouvé de plus. Tu n'aurais pas une piste ? »

J'ai cru déceler de l'ironie dans son regard qui m'avait transpercée.

« Réfléchis un peu, ai-je répondu d'une voix neutre. Si je savais qui était cette femme, je ne t'aurais pas demandé de faire des recherches.

— Mais si tu n'avais pas une idée derrière la tête, tu te ficherais pas mal de savoir qui c'était. »

Je n'ai pas répondu. Samir la Souris était content d'avoir visé juste, une expression de satisfaction est passée sur son visage. L'âge venant, j'ai de plus en plus de mal à cacher mes sentiments, et il avait observé l'émotion qui s'était emparée de moi quand il m'avait donné les premières conclusions de son enquête, qui confirmaient mon intuition. J'étais comme la terre qui attend le séisme.

Quand il est parti, j'étais tellement excitée que je n'ai pas pu m'endormir. C'était comme si tous mes souvenirs étaient remontés. Je me sentais prise dans un tourbillon d'images et de sensations du passé.

J'ai décidé de reprendre mon livre. Jusqu'à présent, c'était moi qui l'écrivais. Soudain, une voix est entrée en moi et m'a dicté ce qui va suivre.

3

La fille du cerisier

MER NOIRE, 1907. Je suis née dans un arbre, un 18 juillet, sept ans après la naissance du siècle, ce qui, en principe, aurait dû me porter bonheur. Un cerisier centenaire avec des branches comme des bras lourds et fatigués. C'était un jour de marché. Papa était allé vendre ses oranges et ses légumes à Trébizonde, l'ancienne capitale de l'empire du même nom, sur les bords de la mer Noire, à quelques kilomètres de chez nous : Kovata, capitale de la poire et pot de chambre du monde.

Avant de partir en ville, il avait prévenu ma mère qu'il ne pensait pas pouvoir rentrer le soir, ça le désolait parce que maman semblait sur le point d'accoucher, mais il n'avait pas le choix : il fallait qu'il se fasse arracher une molaire cariée et qu'il récupère chez un oncle l'argent que celui-ci lui devait ; le soir serait vite arrivé et les routes n'étaient pas sûres la nuit.

Je pense qu'il avait aussi planifié une beuverie avec quelques amis mais il n'avait pas non plus de raison de s'inquiéter. Maman était comme ces brebis qui mettent bas en continuant à brouter. C'est à peine si elles interrompent leurs mangeailles ou ruminations pour lécher l'agneau qui vient de tomber de leur postérieur. Quand elles enfantent, on dirait qu'elles font leurs besoins, et encore, il semble que cette dernière chose leur soit parfois plus pénible.

Ma mère était une femme charpentée avec des os lourds et un bassin assez large pour faire passer des bordées d'enfants. Avec elle, les naissances coulaient de source et ne duraient pas plus de quelques secondes. Après quoi, maman, délivrée, reprenait ses activités. Elle avait vingt-huit ans et déjà quatre enfants, sans compter les deux qui étaient morts en bas âge.

Le jour de ma naissance, les trois personnages qui allaient ravager l'humanité étaient déjà de ce monde : Hitler avait dix-huit ans, Staline, vingt-huit et Mao, treize. J'étais tombée dans le mauvais siècle, le leur.

Tomber est le mot. L'un des chats de la maison était monté dans le cerisier et n'arrivait plus à descendre. Perché sur une branche cassée, il miaula à la mort toute la journée. Peu avant le coucher du soleil, lorsqu'elle eut compris que mon père ne rentrerait pas, maman décida d'aller le libérer.

Après avoir grimpé sur l'arbre en étirant son bras pour attraper le chat, ma mère ressentit, selon la légende familiale, sa première contraction. Elle prit la bête par la peau du cou, la relâcha quelques branches plus bas et, saisie d'un pressentiment, s'allongea subitement dans le creux du cerisier, à l'intersection des branches. C'est ainsi que je vins au monde : en dégringolant.

La vérité est que, avant de tomber, je fus aussi éjectée du ventre de ma mère. Elle aurait pété ou crotté, je crois que ç'aurait été pareil. Sauf que maman m'a ensuite beaucoup caressée et adulée : c'était une femme qui débordait d'amour, même pour ses filles.

Pardonnez-moi cette image, mais c'est la première qui me vient à l'esprit et je ne peux la chasser : le regard maternel était comme un soleil qui nous illuminait tous ; il réchauffait nos hivers. Il y avait, sur le visage de maman, la même expression de douceur que celle de la Vierge dorée, qui trônait sur son autel, dans la petite église de Kovata. L'expression de toutes les mères du monde devant leurs enfants.

C'est grâce à maman que mes huit premières années ont été les plus heureuses de ma vie. Elle veillait à ce qu'il ne se passât rien de mal chez nous et, n'étaient les saisons, il ne se passait jamais rien. Ni cris, ni drames, ni même deuils. Au risque de paraître niaise, ce qui est sans doute ma vraie nature, je dirais que c'est ça, le bonheur : quand les jours succèdent aux jours dans une sorte de torpeur, que le temps s'allonge à l'infini, que les événements se répètent sans surprise, que tout le monde s'aime et qu'il n'y a pas de cris dehors ni dans la maison quand on s'endort à côté de son chat.

Derrière la colline qui surplombait notre ferme, il y avait une petite maison en pierre, habitée par une famille musulmane. Le père, un grand échalas aux sourcils abondants comme des moustaches, qui savait tout faire, se louait à la journée dans les fermes alentour. Pendant que sa femme ou ses enfants gardaient les chèvres et les moutons, il faisait le commis partout, y compris chez nous, quand papa était débordé, pendant les récoltes.

Il s'appelait Mehmed Ali Efendi. Je crois bien que c'était le meilleur ami de mon père. Comme nous n'avions pas la même religion, nous ne passions pas les fêtes ensemble. Mais nos deux familles se voyaient souvent le dimanche pour partager des repas qui n'en finissaient pas, où je mangeais du regard le petit Mustapha, l'un des fils de nos voisins, de quatre ans mon aîné, dont j'avais décidé de faire un jour mon mari et pour lequel j'avais prévu de me convertir à l'islam...

Il avait un corps que je rêvais de serrer contre moi, des cils très longs et un regard profond qui semblait en empathie avec le monde entier. Une beauté fière et sombre, comme celles qui s'abreuvent de soleil.

Je me disais que je pourrais passer le reste de mes jours à regarder Mustapha, ce qui est, à mes yeux, la meilleure définition de l'amour dont ma longue expérience m'a, depuis, appris qu'il consiste à se fondre dans l'autre et non à s'oublier dans le miroir qu'il vous tend.

J'ai su que cet amour était partagé quand, un

jour, Mustapha m'a emmenée à la mer et donné un bracelet en cuivre avant de s'enfuir. Je l'ai appelé, mais il ne s'est pas retourné. Il était comme moi. Il avait peur de ce qui grossissait en lui.

De notre histoire, je garde un goût étrange, celui du baiser que nous n'avons jamais échangé. Plus les années passent, plus ce regret me pèse.

Près d'un siècle plus tard, j'ai encore à mon bras ce bracelet que j'ai fait agrandir et je le contemple en cherchant mes mots pour écrire ces lignes. C'est tout ce qui reste de mon enfance que l'Histoire, cette maudite chienne, a engloutie jusqu'au dernier os.

Je ne sais trop quand elle a commencé son œuvre de mort mais, à la prière du vendredi, les imams lançaient des appels au meurtre contre les Arméniens, après que le cheik ul-Islam, un barbu d'une saleté repoussante, chef spirituel des musulmans sunnites, eut proclamé le dji-had, le 14 novembre 1914. C'est ce jour-là, en grande pompe, et en présence d'une brochette de moustachus solennels, devant la mosquée Fathi, dans le quartier historique de Constanti-nople, que fut donné le signal de la guerre sainte.

Nous autres, Arméniens, on avait fini par s'habituer, on n'allait pas se gâcher la vie pour ces idioties. Quelques semaines avant le géno-cide de mon peuple, j'avais toutefois remarqué que l'humeur de papa s'était assombrie ; j'attribuais ça à sa fâcherie avec Mehmed, le père de Mustapha, qui ne mettait plus jamais les pieds à la maison.

Quand j'ai demandé à maman pourquoi ils ne se parlaient plus, elle a hoché la tête avec gravité :

« Ce sont des choses tellement bêtes que les enfants ne peuvent pas les comprendre. »

Une fin d'après-midi, alors que je marchais en haut de la colline, j'ai entendu la voix de mon père. Je me suis approchée de lui, par-derrière et avec précaution, pour ne pas éveiller son attention, avant de m'accroupir, cachée par un fourré. Papa était tout seul et faisait un discours à la mer qui roulait devant lui, en soulevant ses grands bras :

« Mes bien chères sœurs, mes bien chers frères, nous sommes vos amis, je vous le dis. Bien sûr, je comprends que ça puisse vous surprendre, après ce que vous nous avez fait subir, mais nous avons décidé de tout oublier, sachez-le, afin que nous n'entrions pas, les uns et les autres, dans cette spirale infernale où le sang appellera le sang, pour le plus grand malheur de nos descendances... »

Il s'interrompit et, avec un geste d'impatience, demanda à la mer d'arrêter de l'applaudir pour le laisser poursuivre. Comme elle n'obtempérait pas, il reprit en hurlant :

« Je suis venu vous dire que nous voulons la paix et qu'il n'est pas trop tard, il n'est jamais trop tard pour se tendre la main ! »

Il s'inclina devant la houle des acclamations marines, puis s'épongea le front avec sa manche de chemise, avant de prendre le chemin de la maison.

Je le suivis. À un moment, il s'arrêta au milieu du chemin, puis hurla :

« Connards ! »

J'ai souvent pensé à cette scène un peu ridicule. Papa se préparait à jouer un rôle de pacificateur politique et, en même temps, il n'y croyait pas. En somme, il devenait zinzin.

Les soirs suivants, mon père fit des messes basses pendant des heures avec maman. Parfois, il élevait la voix. Depuis la petite chambre que je partageais avec deux sœurs et mon chat, je ne saisissais pas bien ce qu'il disait, mais il me semblait que papa en avait après la terre entière en général et les Turcs en particulier.

Une fois, mes parents ont tous deux haussé le ton et ce que j'ai entendu, derrière les murs, m'a fait froid dans le dos.

« Si tu crois ce que tu dis, Hagop, s'écria maman, il faut qu'on parte tout de suite !

— Je vais d'abord nous donner à tous une chance en leur proposant la paix, comme le Christ l'a fait, mais je n'y crois pas beaucoup. T'as vu comment il a fini, le Christ ? S'ils ne nous entendent pas, je ne suis pas partisan de leur tendre l'autre joue. On ne va quand même pas leur laisser sans se battre tout ce qu'on a mis une vie à construire !

— Et s'ils finissent par nous tuer, nous et les enfants ?

— On se battra, Vart.

— Avec quoi ?

— Avec tout ce qu'on trouvera, hurla papa. Des fusils, des haches, des couteaux, des pierres ! »

Maman a crié :

« Te rends-tu compte de ce que tu dis, Hagop ? S'ils mettent leurs menaces à exécution, on est tous condamnés d'avance. Partons pendant qu'il est encore temps !

— Je ne pourrais pas vivre ailleurs. »

Il y eut un long silence, puis des râles et des soupirs, comme s'ils se faisaient du mal, mais je ne me suis pas inquiétée, bien au contraire : quand j'entendais ces bruits, entrecoupés parfois de rires ou de gloussements, je savais qu'en réalité ils se faisaient du bien.

4

La première fois que je suis morte

MER NOIRE, 1915. Ma grand-mère sentait l'oignon de partout, des pieds, des aisselles ou de la bouche. Même si j'en mange beaucoup moins, c'est d'elle que j'ai hérité cette odeur sucrée qui me suit du matin au soir, jusque sous mes draps : l'odeur de l'Arménie.

À la belle saison, elle faisait du plaki pour la semaine. Rien que d'écrire ce mot, je commence à saliver. C'est un plat de pauvre à base de céleri, de carottes et de haricots blancs qu'elle agrémentait, selon les jours ou ses envies, de toutes sortes de légumes. Parfois, de noisettes ou de raisins secs. Ma grand-mère était une cuisinière inventive.

J'adorais éplucher les légumes ou préparer des gâteaux sous son regard bienveillant. Elle en profitait pour philosopher ou m'expliquer la vie. Souvent, quand nous cuisinions, elle se désolait que la goinfrerie mène l'espèce humaine : cette fringale nous donne à tous notre élan vital, disait-elle, mais quand, par malheur, nous n'écoutons plus que nos tripes, nous creusons nos tombes.

Elle allait sans doute retrouver sa propre tombe incessamment sous peu, à en juger par son gros popotin qui passait à peine entre les portes, sans parler de ses jambes variqueuses, mais elle s'inquiétait pour les autres, pas pour elle qui, depuis la mort de son mari, se considérait comme morte et ne rêvait que de le rejoindre au ciel. Ma grand-mère citait souvent des proverbes qu'elle tenait de la sienne. Elle en avait pour toutes les situations.

Quand les temps étaient durs :

« Si j'étais riche, je mangerais tout le temps, donc je mourrais très jeune. C'est pourquoi j'ai bien fait d'être pauvre. »

Quand on évoquait l'actualité politique :

« Il y a toujours moins à manger dans le ciel que dans son propre potager. Les étoiles n'ont jamais nourri personne. »

Quand on parlait des nationalistes turcs :

« Le jour où on laissera le loup garder les troupeaux, il ne restera plus un seul mouton sur la terre. »

C'est ce que n'avait pas compris l'Empire ottoman que j'ai vu s'effondrer au cours des premières années de ma vie. Façon de parler : dans mon trou perdu, je n'ai rien vu, bien sûr. L'Histoire entre toujours sans frapper et, parfois, c'est à peine si on la remarque quand elle passe. Sauf quand elle vous roule dessus, ce qui a fini par nous arriver.

*

Nous autres, Arméniens, étions sûrs de notre bon droit. Pour survivre, nous pensions tous qu'il suffisait d'être gentils. De ne pas déranger. De raser les murs.

On a vu le résultat. C'est une leçon que j'ai retenue pour la vie. Je lui dois cette méchanceté qui fait de moi une teigne sans pitié ni remords, toujours prête à rendre le mal pour le mal.

Résumons. Quand, dans un même pays, un peuple veut en tuer un autre, c'est parce que ce dernier vient d'arriver. Ou bien parce qu'il était là avant. Les Arméniens habitaient ce morceau du monde depuis la nuit des temps : c'était leur faute ; c'était leur crime.

Apparu au IIe siècle avant Jésus-Christ sur les décombres du royaume de l'Ourartou, le leur s'étendit longtemps de la mer Noire à la mer Caspienne. Devenue, au cœur de l'Orient, la première nation chrétienne de l'histoire, l'Arménie résista à la plupart des invasions, arabes, mongoles ou tatares, avant de ployer au cours du deuxième millénaire sous le flot des Turcs ottomans.

« Les satrapes de la Perse comme les pachas de la Turquie ont également ravagé la contrée où Dieu avait créé l'homme à son image », aimait dire ma grand-mère, citant le poète britannique lord Byron, le premier nom d'écrivain que j'ai entendu dans sa bouche.

À en croire lord Byron et beaucoup d'autres, c'est de la poussière d'Arménie que naquit Adam, le premier homme, et c'est sur cette terre aussi qu'il faut situer le Paradis de la Bible. Il y aurait là l'explication de l'espèce de mélancolie teintée de nostalgie qui, depuis des siècles, se lit dans le regard des Arméniens, celui de toute ma famille à l'époque, mais pas dans le mien aujourd'hui : la gravité n'est pas mon fort.

Ce n'est pas parce que je passe ma vie en sabots devant mes fourneaux ou en tennis, le reste du temps, qu'il faut me prendre pour une inculte. J'ai lu presque tous les livres sur le génocide arménien de 1915 et 1916. Sans parler des autres. Mon intellect laisse peut-être à désirer, mais il y a quelque chose que je n'arrive toujours pas à comprendre : pourquoi fallait-il liquider une population qui n'était une menace pour personne ?

Un jour, j'ai posé la question à Elie Wiesel qui était venu dîner avec Marion, sa femme, dans mon restaurant. Une belle personne, rescapée d'Auschwitz, qui a écrit l'un des plus grands livres du XXᵉ siècle, *La Nuit*. Il m'a répondu qu'il fallait croire en l'homme malgré les hommes.

Il a raison et j'applaudis. Même si l'Histoire nous dit le contraire, il faut croire aussi en l'avenir malgré le passé et en Dieu malgré ses absences. Sinon, la vie ne vaudrait pas la peine d'être vécue.

Je ne jetterai donc pas la pierre à mes ancêtres. Après avoir été conquis par les musulmans, les Arméniens ont reçu l'interdiction de porter des armes, pour rester à la merci de leurs nouveaux maîtres qui pouvaient ainsi en exterminer de temps à autre, en toute impunité, avec l'assentiment du sultan.

Entre deux raids, les Arméniens ont vaqué à leurs occupations, dans la banque, le commerce ou l'agriculture. Jusqu'à la solution finale.

Ce sont les succès de l'Empire ottoman qui ont préparé sa chute. Les yeux plus gros que le ventre, il est mort, au début de mon siècle, d'un mélange de bêtise, d'avidité et d'obésité. Il n'avait plus assez de mains pour soumettre à sa loi le peuple arménien, la Grèce, la Bulgarie, la Bosnie, la Serbie, l'Irak, la Syrie et tant d'autres nations qui ne songeaient qu'à vivre leur vie. Elles ont fini par le laisser réduit à lui-même dans son jus, c'est-à-dire à la Turquie, laquelle entreprit alors la purification de son territoire, ethniquement et religieusement, en éradiquant les Grecs et les Arméniens. Sans oublier, il va de soi, de s'approprier leurs biens.

Les populations chrétiennes étant supposées séparatistes, il fallait les éliminer. Présents du Caucase à la côte méditerranéenne, les Arméniens constituaient la menace prétendument la plus dangereuse, à l'intérieur même de la Turquie musulmane : las des persécutions, ils envisageaient parfois la création d'un État indépendant en Anatolie. Il leur arrivait même de manifester, ce qui n'a jamais été le cas de mes parents.

Talaat et Enver, deux assassins en gros au visage satisfait, allaient mettre bon ordre à cette agitation. Sous la schlague de leur parti révolutionnaire des Jeunes-Turcs et du Comité Union et Progrès, la turquification était en marche ; rien ne l'arrêterait.

Mais les Arméniens ne le savaient pas. Moi non plus. On avait oublié de nous le dire, il faudra s'en souvenir la prochaine fois. Je ne m'attendais donc pas à ce qu'un après-midi une bande de braillards aux yeux exorbités par la haine, munis de bâtons et de fusils, arrivent devant la maison. Des fanatiques de l'Organisation spéciale, épaulés par des gendarmes. Des assassins d'État.

*

Après avoir frappé à la porte, le chef local de l'Organisation spéciale, un gros manchot à moustache, a fait sortir tout le monde, sauf moi qui m'étais enfuie par-derrière : personne ne m'avait vue m'échapper.

Le chef a demandé à mon père de se joindre à un convoi de travailleurs arméniens qu'il prétendait emmener à Erzeroum. Papa a refusé d'obtempérer avec une bravoure qui ne m'a pas étonnée de lui :

« Il faut qu'on se parle.

— On se parlera après.

— Il n'est pas trop tard pour chercher à s'entendre et à éviter le pire. Il n'est jamais trop tard.

— Mais vous n'avez rien à craindre. Nous avons des intentions pacifiques.

— Avec toutes ces armes ? »

En guise de réponse, le chef des tueurs a donné un coup de bâton à mon père qui a poussé un grognement puis, avec la tête baissée des vaincus de l'Histoire, est allé se ranger à l'arrière du convoi.

Ma mère, ma grand-mère, mes frères et mes sœurs sont partis dans la direction inverse avec un autre groupe qui, avec ses valises et ses baluchons, semblait s'en aller pour un long voyage.

Après avoir pillé la maison, sorti les meubles ou les outils, et pris toutes les bêtes, y compris les poussins, les massacreurs ont mis le feu à la ferme, comme s'ils voulaient purifier les lieux après le passage d'un fléau.

J'ai tout observé depuis ma cachette derrière les framboisiers. Je ne savais pas qui suivre. J'ai finalement opté pour mon père qui me semblait en plus grand danger. J'avais raison.

Sur la route d'Erzeroum, les hommes en armes ont aligné leur vingtaine de prisonniers en contrebas, dans un champ d'avoine. Formés en peloton d'exécution, ils ont tiré dans le tas. Papa a tenté de se sauver mais les balles l'ont rattrapé. Il a boité un peu puis il est tombé. Le manchot lui a donné le coup de grâce.

Après quoi, les assassins de l'Organisation spéciale sont repartis tranquillement, avec la démarche du devoir accompli pendant que montait en moi, comme un grand spasme, un mélange de chagrin et de haine, qui me coupait la respiration.

Quand ils se furent éloignés, je suis allée voir papa. Étalé par terre, les bras en croix, il avait ce que maman appelait les yeux de l'autre monde : ils regardaient quelque chose qui n'existe pas, derrière moi, derrière le bleu du ciel. Les chèvres ont les mêmes après qu'elles ont été saignées.

Je n'ai pu observer aucun autre détail parce qu'un déluge de larmes a brouillé ma vue. Après avoir embrassé mon père puis fait le signe de croix ou l'inverse, j'ai préféré filer : une petite meute de chiens errants s'approchait en aboyant.

Quand je suis retournée à la maison, elle brûlait encore par endroits en dégageant de la fumée. On aurait dit qu'un orage lui était tombé dessus. J'ai longtemps appelé mon chat mais il n'a pas répondu. J'en ai conclu qu'il était mort dans l'incendie. À moins qu'il se fût enfui lui aussi : il détestait le bruit et le dérangement.

Ne sachant où aller, je me suis naturellement rendue à la ferme des Efendi mais, quand j'y arrivai, quelque chose m'a dit que je ne devais pas me montrer : je me suis cachée dans un fourré en attendant de voir Mustapha. Il m'avait appris à imiter le cri de la poule qui vient de pondre. J'avais encore des progrès à faire mais c'était notre façon de nous dire bonjour.

Dès que je l'aperçus, je fis la poule et il se dirigea dans ma direction avec un air contrarié.

« Il ne faut pas qu'on te voie, murmura-t-il en s'approchant. Mon père est avec les Jeunes-Turcs. Ils sont devenus fous, ils veulent tuer tous les infidèles.

— Ils ont tué mon père. »

J'éclatai en sanglots. Du coup, lui aussi.

« Et toi, dit-il en s'étranglant, s'ils t'attrapent, tu auras droit au même sort. À moins qu'ils ne fassent de toi une esclave... Il faut que tu quittes tout de suite la région. Ici, tu es arménienne. Ailleurs, tu seras turque.

— Je veux retrouver ma mère et les autres.

— N'y pense pas, il leur est sûrement déjà arrivé malheur. Je t'ai dit que tout le monde est devenu fou, même papa ! »

Son père l'avait chargé de livrer du fumier de brebis chez un maraîcher à une dizaine de kilomètres de là. C'est ainsi que Mustapha a imaginé le stratagème qui m'a sans doute sauvé la vie.

Il a creusé à la pelle un gros trou dans le fumier noir et humide, sur la charrette qu'allait tirer la mule. Après m'avoir demandé de me lover dans cette fange, il m'a donné deux tiges de roseau à mettre dans la bouche pour continuer à respirer et m'a recouverte de pelletées de crottes tièdes, grouillantes de vie, sous lesquelles je me sentis réduite à l'état de cadavre.

Les gardiens de cimetière disent qu'il faut

quarante jours pour tuer un cadavre. Autrement dit, pour qu'il se mélange à la terre, que toute vie s'en retire et que les remugles se dispersent. Je me sentais comme un cadavre au commencement, quand il est encore bien vivant : je suis sûre que je puais la mort.

Merde, tu retourneras à la merde, c'est ce que les prêtres auraient dû nous dire au lieu de parler tout le temps de poussière qui, elle, n'a pas d'odeur. Il faut toujours qu'ils embellissent tout.

De la merde, j'en avais jusque dans les oreilles et les trous de nez. Sans parler des asticots qui me gratouillaient sans trop insister, sans doute parce qu'ils ne savaient pas si j'étais du lard ou du cochon.

C'est la première fois de ma vie que je suis morte.

La princesse de Trébizonde

MER NOIRE, 1915. On s'habitue à tout. Même au purin. J'aurais pu rester des jours entiers sans rien faire dans mon fumier si l'urine de mouton ne m'avait transformée, de la tête aux pieds, en une vaste démangeaison. Au bout de quelque temps, je me serais damnée pour avoir le droit de me gratter.

J'avais l'interdiction de bouger. Avant notre départ, Mustapha m'avait mise en garde : si abrutis qu'ils fussent, les assassins d'État auraient tôt fait de vérifier ce qu'il y avait dans le tas de fumier s'il lui prenait l'envie de gigoter, un coup de baïonnette est vite arrivé et, parfois, il ne pardonne pas. Il n'était pas question que je mette sa vie en danger, ni la mienne, d'autant qu'il m'apparaissait désormais inévitable, après cet épisode, que nous allions nous marier, c'était écrit.

À un moment donné, la charrette a quitté la route et s'est arrêtée. Je crus que la démangeaison allait faiblir ; il n'en fut rien. Maintenant que je n'étais plus secouée par les nids-de-poule dans mon cercueil de crottes, il me semblait qu'elles s'insinuaient dans mon corps pour s'y mélanger : j'éprouvais davantage encore la sensation de pourrir vivante.

Alors que la charrette était toujours immobilisée, j'ai décidé de sortir de mon fumier. Pas d'un seul coup, cela va de soi. Je m'y suis prise lentement, comme un papillon qui sort de sa chrysalide, un papillon crotté et répugnant. Il faisait nuit et le ciel étoilé répandait sur la terre ce mélange de lumière et de silence qui étaient à mes yeux les modes d'expression du Seigneur ici-bas et auxquels j'ajouterais plus tard les musiques de Bach, Mozart ou Mendelssohn qu'il semble avoir écrites lui-même, par personnes interposées.

La mule avait disparu et, apparemment, Mustapha aussi. C'est quand je suis descendue de la charrette que je l'ai découvert dans le clair de lune : étendu de tout son long sur le bas-côté, au milieu d'une mare de sang noir, les bras en croix et la gorge tranchée.

Je l'ai embrassé sur le front puis sur la bouche avant d'éclater en sanglots sur son visage où figurait cet étonnement propre à ceux qui sont morts par surprise : je ne savais pas qu'on pouvait avoir autant de larmes en soi.

J'ai imaginé que Mustapha avait été arrêté pour un contrôle par des gendarmes turcs du même genre que ceux qui avaient emmené ma famille et qu'il leur avait mal parlé, c'était bien son genre. À moins qu'ils aient pris ce noiraud poilu pour l'Arménien qu'il était peut-être sans le savoir.

Mon chagrin fut à son comble quand je me suis rendu compte qu'il n'aurait pas plus droit que papa à une sépulture décente et qu'il finirait déchiqueté par les crocs baveux des clébards à la gueule pestilentielle qui s'en donnaient à cœur joie depuis la veille, dans la région. Impossible de l'enterrer : en plus de la mule, ses assassins avaient aussi volé la pelle et la fourche qui étaient dans la charrette.

Après l'avoir éloigné de la route et recouvert d'herbe, j'ai couru longtemps à travers les champs jusqu'à la mer Noire dans laquelle je me suis jetée pour me laver. C'était l'été et l'eau était tiède. Je suis restée dedans jusqu'au petit matin à me frotter et à me curer.

Quand je suis sortie de la mer, il me semblait que je sentais encore la crotte, la mort et le malheur. J'ai marché pendant des heures et l'odeur n'a cessé de me poursuivre, une odeur que j'ai retrouvée l'après-midi alors que je me cachais le long du fleuve, en découvrant qu'il charriait des charognes humaines.

Cette odeur ne m'a plus jamais quittée et, même quand je sors de mon bain, je me sens sale. Au-dehors mais à l'intérieur aussi. C'est ce qu'on appelle la culpabilité du survivant. Sauf que, dans mon cas, il y avait des circonstances aggravantes : au lieu de penser aux miens et de prier pour eux, j'ai passé les heures qui ont suivi à me remplir la panse. Je crois bien n'avoir jamais autant mangé de ma vie. Des abricots, surtout. Avant la tombée du soir, j'avais un bedon de femme grosse.

Les psychologues diront que c'était une façon de tuer mon angoisse. J'aimerais qu'ils aient raison mais je suppute que mon amour de la vie fut, comme il l'a toujours été, plus fort que tout le reste, la tragédie qui avait frappé les miens et la peur de mourir à mon tour. Je suis comme ces fleurs increvables qui ont pris racine sur des murs de ciment.

De tous les sentiments qui m'agitaient, la haine était le seul que ne dominait pas cet élan vital, sans doute parce qu'ils se confondaient : je voulais vivre pour me venger un jour, c'est une ambition qui en vaut bien d'autres et, si j'en juge par mon âge, elle m'a plutôt bien réussi.

C'est dans l'après-midi que j'ai rencontré l'être qui allait changer mon destin et m'accompagner à chaque instant, les années suivantes. Mon amie, ma sœur, ma confidente. Si nos chemins ne s'étaient pas croisés, j'aurais peut-être fini par mourir, rongée par mes ressentiments comme par des poux.

C'était une salamandre. J'avais marché dessus. Les taches jaunes sur son corps étant particulièrement vives, j'en conclus qu'elle devait être très jeune. On s'est entendues au premier regard. Après ce que je venais de lui faire, elle était toute pantelante et j'ai lu dans ses yeux qu'elle avait besoin de moi. Mais j'avais besoin d'elle aussi.

J'ai fermé ma main sur son petit corps et j'ai continué à avancer. Le soleil était encore haut dans son ciel quand je me suis couchée sous un arbre. J'ai creusé un trou dans la terre pour y mettre la salamandre et j'ai posé une pierre dessus, puis le sommeil m'a emportée.

« Lève-toi ! »

C'est un gendarme à cheval qui m'a réveillée. Un moustachu à tête de porc, mais un porc stupide et content de lui, ce qui est plus rare dans cette espèce que chez la nôtre.

« Tu es arménienne ? » a-t-il demandé.

J'ai secoué la tête.

« Tu es arménienne ! » s'est-il exclamé, avec l'air entendu des imbéciles quand ils jouent les informés.

Il m'a appris que j'avais été surprise par une fermière turque en train de voler des abricots dans son verger. J'avais envie de prendre mes jambes à mon cou mais je me ravisai. Il me menaçait de son arme et il était du genre à l'utiliser, ça se voyait dans ses yeux vides.

« Je suis turque, ai-je tenté, Allah akbar ! »

Il a haussé les épaules :

« Alors, récite-moi le premier verset du Coran.

— Je ne l'ai pas encore appris.

— Tu vois bien que tu es arménienne ! »

Le gendarme m'a demandé de monter devant lui, sur son cheval, ce que j'ai fait après avoir récupéré ma salamandre, et nous sommes allés ainsi, au trot, jusqu'au siège du CUP, le Comité Union et Progrès. Arrivé devant, il a hurlé :

« Salim bey, j'ai un cadeau pour toi. »

Quand est sorti un grand type souriant, pourvu des dents de la chance, qui devait répondre à ce nom, le gendarme m'a jetée à ses pieds en disant :

« Regarde ce que je t'ai apporté, je ne me suis pas moqué de toi, hein, que Dieu te garde : pour de la princesse, c'est de la princesse ! »

J'ai su, ce jour-là, que j'étais belle. Je me suis dit qu'il valait mieux ne pas le rester longtemps : maintenant que Mustapha était mort, ça ne servait plus à rien et, en plus, je me disais que ça n'allait m'attirer que des ennuis.

6

Bienvenue au « petit harem »

Trébizonde, 1915. Salim bey m'a ramenée chez lui à la tombée du soir. Il régnait une grande effervescence dans les rues de Trébizonde. On aurait dit que tout le monde déménageait.

On a croisé une vieille dame aux prises avec un petit vaisselier trop lourd pour elle, au point qu'elle s'arrêtait tous les deux pas pour reprendre son souffle, un couple qui portait une armoire, suivi de ses cinq enfants avec un lit, une table et des chaises, un jeune homme qui charroyait un bric-à-brac de draps, de tapis, de statues et de jouets d'enfants. C'est la première fois que je fus confrontée au visage hideux de l'avidité humaine, le dos courbé, la bouche tordue et le regard fuyant ou, parfois, exalté.

Quelques semaines plus tôt, mon nouveau maître n'était qu'un enseignant modeste et famélique qui donnait des cours d'histoire à l'école coranique où les élèves, paraît-il, le cha-hutaient. Depuis qu'il était devenu l'une des sommités du Comité Union et Progrès, un mois plus tôt, il avait bien pris quinze kilos et pas mal d'assurance. Grand, un regard doux que contredisait un menton dominateur, il en imposait.

Je le trouvais beau, et ce n'est pas sans fierté que je lui tenais la main comme si j'étais sa fille pendant le trajet qui nous mena chez lui. S'il fallait chipoter, la prolifération de petites verrues autour de ses yeux aurait pu gêner les puristes, mais la beauté a toujours besoin de défauts pour s'épanouir.

Il habitait une maison en pierre au sommet d'une collinette qui surplombait la ville, au fond d'un parc luxuriant, que peuplaient des dattiers, des orangers, des lauriers-cerises et des oliviers de Bohême, aux bustes rougeâtres, coiffés de cheveux d'argent. Des années après, j'appris que c'était l'ancienne propriété du plus gros bijoutier de Trébizonde. Un Arménien qui, deux jours plus tôt, avait été envoyé en « déportation » dans un bois, à cinq kilomètres de la ville, pour y être occis avec plusieurs de ses congénères. Salim bey l'avait achetée pour rien à sa femme avant qu'elle parte elle-même en « déportation » au fond de la mer, avec ses quatre enfants.

Il me conduisit dans une grande pièce, à l'étage, où six filles plus âgées que moi étaient en train de dîner. De la soupe au chou noir et aux haricots. J'ai refusé l'assiette creuse que m'a tendue une femme édentée et à bec-de-lièvre, Fatima, qui faisait à la fois office de gardienne, de confidente et de nounou. Elle ne parlait pas beaucoup mais ses yeux disaient qu'elle était de notre côté. Je l'ai tout de suite aimée.

Elle m'a donné une boîte en fer pour ma salamandre. Même si mon batracien devait retourner sa queue pour tenir dedans, il y fut tout de
suite heureux et davantage encore quand, après
le bain du soir, j'y mettais, la nuit, de la terre
pour qu'il puisse s'y lover.

Fatima me conseilla de nourrir la salamandre
avec des insectes ou des vers de terre, ce que je
fis, les jours suivants, en rajoutant à son régime
des limaces et de minuscules escargots dont elle
raffolait. Sans oublier des araignées et des papillons de nuit.

Après ça, Fatima m'a mise en garde contre le
liquide venimeux appelé, je le sus plus tard,
samandarin, que pouvait secréter la peau de la
salamandre quand elle se croyait en danger.
Mais je n'ai jamais rien ressenti en la manipu-
lant, il faut croire qu'elle se pensait en sécurité
avec moi.

J'ai fait quelques trous sur le couvercle, pour
qu'elle respire, et je lui ai donné un nom : Théo,
diminutif de Théodora Comnène, la princesse
chrétienne de Trébizonde dont, depuis le
XVe siècle, la postérité célèbre la beauté.

Ma boîte à salamandre m'accompagnait partout, jusqu'aux toilettes. Je ne pouvais plus me
passer de Théo : c'était à la fois ma terre, ma
famille, ma conscience et mon alter ego. Elle
me sermonnait souvent et je ne me privais pas
de lui répondre. On avait le temps de parler.

Chez Salim bey, le travail n'était pas très fatigant. Je ne supportais pas les versets du Coran

dont on nous rebattait les oreilles, ni le reste, mais je n'oserais me plaindre quand je pense aux enfants qui ont été empoisonnés à l'hôpital de Trébizonde par le docteur Ali Saib, inspecteur des services sanitaires, et aux autres, attachés ensemble par groupe de douze à quatorze avant d'être emmenés avec leurs mères et leurs grands-parents dans des marches forcées en direction d'Alep pour mourir en chemin, de soif, d'inanition ou sous les coups de leurs gardiens. Sans parler de ceux qui ont été embarqués sur des bateaux et jetés en pleine mer.

Plusieurs soirs par semaine, Salim bey et ses amis, souvent des camarades de son parti, venaient disposer des corps de ce qu'il appelait le « petit harem ». Je sais que ce n'était pas amusant pour mes consœurs qui allaient de l'un à l'autre pour être ramonées de partout, plusieurs fois par soir. Il fallait qu'elles donnent de leur personne, en suant et ahanant, jusque tard dans la nuit. Des bêtes de somme dont elles avaient souvent l'œil mort, du moins le matin. Des chipies aussi. Elles me haïssaient à cause du traitement particulier auquel mon âge me donnait droit : j'étais réservée au maître dont les mœurs n'étaient pas assez dévoyées pour m'imposer la chosette. Il attendait simplement de moi que je lui fasse des choses. Des « gâteries », comme disait Fatima, qui m'a enseigné cet art qui est aussi une science.

« Fais attention à tes dents, répétait-elle. Tout ton travail consiste à les faire oublier. Les hommes détestent qu'on les râpe ou qu'on les mordille. Tu ne dois travailler qu'avec tes lèvres et ta langue pour sucer, lécher et aspirer avec toute la passion dont tu es capable : c'est comme ça que tu les rendras heureux. »

Il m'amenait dans son bureau, s'asseyait dans un fauteuil en cuir, me demandait de me mettre à genoux, de poser ma tête entre ses cuisses, puis d'ouvrir sa braguette, avant d'en extraire son engin et de lui donner son content en le pourléchant. Son désir montait alors crescendo, ses geignements se transformaient en grognements, et je ne vous raconte pas la suite.

Tout en l'excitant, je proférais toutes sortes d'insultes en mon for intérieur : notamment *salak* (« connard », en turc) ou *kounem qez* (« Je te baise », en arménien). Même si je ne pouvais, et pour cause, lire ses pensées dans son regard, je suis sûre qu'il était conscient de me faire du mal. Mais, en même temps, il me faisait beaucoup de bien. C'est lui qui, au fil de ces séances, a nourri cette violence qui m'habite et m'a permis de survivre.

7

Le mouton et les brochettes

TRÉBIZONDE, 1916. Un matin, Salim bey a fait venir l'imam pour que je prononce devant lui les paroles rituelles de la conversion à l'islam : « J'atteste qu'il n'y a pas de divinité excepté Dieu, et j'atteste que Mahomet est le messager de Dieu. »

Le messager, je veux bien, mais le seul, non. Il y a aussi Jésus, que je continuerai à prier jusqu'à mon dernier souffle, ainsi que Moïse, Marie, l'archange Gabriel et beaucoup d'autres. Personne n'a le monopole de Dieu.

Quand l'imam m'a demandé si ma conversion était libre et volontaire, j'ai menti comme Salim bey m'avait demandé de le faire. J'ai même prétendu que j'étais heureuse de quitter le christianisme que j'abhorrais depuis ma petite enfance.

« J'ai toujours trouvé que le Christ était un trouillard et un pleurnichard, ai-je dit. Si c'est ça, le fils de Dieu, franchement, je plains Dieu, il l'a vraiment raté. »

En écrivant ces lignes, la honte m'envahit mais pas autant que ce jour-là que je passai ensuite à prier, à genoux, avant de marcher pieds nus sur des cailloux, pour me mortifier et me faire pardonner mes blasphèmes.

Pour vivre, j'étais prête à tout et mon maître m'avait dit que la conversion était pour moi la meilleure protection. Après ça, à l'en croire, je ne risquais plus rien : les musulmans avaient pour règle, contrairement aux chrétiens, de ne pas se tuer entre eux, c'était quand même un avantage.

Même s'il m'avait sauvée, Salim bey se sentait très coupable à mon égard et j'en ai tiré parti. Un jour que je lui demandais qui était le gros manchot moustachu qui avait emmené mon père pour le faire assassiner dans un champ, il me répondit sans hésiter :

« Gros et manchot, ça ne peut être qu'Ali Recep Ankrun. Je le déteste. C'est un type capable de n'importe quoi pour y arriver. Il tuerait père, mère, même ses propres enfants. Je vérifierai si c'est bien lui qui était à Kovata. »

Il vérifia et confirma. Il essaya aussi de prendre des nouvelles de ma mère et des autres. C'était très compliqué, il fallut attendre au moins six semaines pour que ses recherches aboutissent.

Salim bey avait l'air sincèrement accablé quand il m'a dit un jour, les yeux baissés, la gorge serrée : « Ta mère, tes frères et tes sœurs ont été attaqués par des brigands kurdes qui les ont tous égorgés. Ta grand-mère, je ne sais pas ce qu'elle est devenue, personne n'a pu me dire. »

J'ai éclaté en sanglots. Salim bey a pleuré aussi et ça n'était pas du cinéma, ses larmes étaient vraies, elles ont taché sa chemise. C'est à partir de ce jour-là que j'ai attendu ma grand-mère tous les jours que Dieu a faits : j'espérais qu'elle avait été recueillie par les Syriens d'Alep ou d'ailleurs qui ont sauvé tant d'Arméniens. Pendant des années, jusqu'à une date récente, quand j'ai vraiment fait mon deuil, j'ai cru qu'on finirait par se retrouver et qu'on passerait nos vieux jours devant les fourneaux de mon restaurant. J'ai tout tenté, les détectives et les appels dans la communauté arménienne, mais en vain.

Je ne peux repenser à Salim bey sans éprouver un certain malaise. Ce qu'il faisait avec mon corps me répugnait mais, en même temps, j'appréciais qu'il désapprouve ses homologues du Comité Union et Progrès : il me parlait avec horreur des supplices qui étaient infligés aux Arméniens dans les geôles du CUP, pour leur faire dire où ils cachaient leurs économies. Les ongles qu'on enlevait à la pince. Les sourcils et les poils de barbe qu'on arrachait un à un. Les pieds et les mains que l'on clouait sur des planches pour se moquer ensuite des crucifiés : « Tu vois, t'es comme le Christ, Dieu t'a abandonné. »

Un jour, il m'a raconté aussi les marches de la mort, ces colonnes de zombies que les gendarmes turcs emmenaient dans les déserts ou les montagnes où ils tournaient en rond, jusqu'à ce qu'il n'en reste plus. Les femmes violées, les filles enlevées, les bébés abandonnés en chemin, les vieillards à la traîne, jetés dans les précipices ou par-dessus les ponts.

Salim bey était très fleur bleue, comme l'attestait son amour pour Mme Arslanian, sur lequel il s'est beaucoup étendu pendant ces séances où je réjouissais son engin. Une femme très belle et très riche qui, croyait-il, allait changer sa vie et lui apporter la fortune. Elle était libre, son mari, un médecin arménien, ayant malencontreusement disparu au cours de sa « déportation ».

Mme Arslanian était l'élégance incarnée. Avec ça, une bouche à baisers, une poitrine généreuse, des hanches à grossesses et une chevelure broussailleuse dont aucun peigne ni brosse ne pouvait venir à bout. Sans oublier son regard aimant et profond.

La première fois qu'il la vit, Salim bey éprouva un coup de foudre qui ne fut certes pas partagé mais dont il ne doutait pas qu'il finirait par la frapper à son tour. Il savait bien que ça le mettait en danger, à la direction de son parti qui bouffait de l'Arménien, matin, midi et soir, mais bon, si elle le lui avait demandé, il aurait tout quitté et se serait installé aux États-Unis pour vivre pleinement son très grand amour.

Bien qu'elle ait repoussé ses avances, ce que les circonstances permettaient de comprendre, Mme Arslanian se disait disposée à s'enfuir avec lui quand elle aurait récupéré ses enfants. Elle avait même trouvé leur point de chute : Boston. Elle rêvait de vivre sur la côte Est des États-Unis.

Mais il a fallu déchanter. Cette femme inspirait trop l'amour et la convoitise. Son destin tragique allait montrer que, contrairement à la légende, la beauté et l'argent ne protègent jamais personne de l'Histoire en marche.

Sur ce dossier, il y avait en effet trop de monde, et du beau, du puissant : le docteur Ali Saib, son ami Imamzad Mustafa, gestionnaire de magasins, et Nail bey en personne qui, à la tête du Comité Union et Progrès, était devenu le vrai maître de la Trébizonde. Sans parler d'Ali Recep Ankrun, l'assassin de papa. Quatre sales types, c'était écrit sur leurs visages qui portaient les stigmates de la haine et de la cupidité.

Mme Arslanian, ou plus précisément son magot, leur avait tourné la tête et, pour parvenir à leurs fins, ils l'avaient fait chanter avec ses deux enfants disparus, un garçon de dix ans et une fille de sept ans, qu'elle était prête à tout pour retrouver et dont elle était la seule à ignorer qu'ils avaient été assassinés.

Dieu seul sait si elle a dit à l'un des malfaisants qui lui tournaient autour où elle dissimulait son trésor de 1 200 livres en or mais, un jour, Cemal Emzi, le gouverneur de la province, a décidé de siffler la fin de la récréation. Il a fait emmener Mme Arslanian dans un bateau en haute mer où elle fut jetée par-dessus bord, selon la méthode de « déportation » qui semblait avoir la préférence des autorités de Trébizonde.

Salim bey m'a souvent dit qu'il ne comprenait pas comment la purification de la Turquie avait pu déraper de la sorte ; il n'avait jamais voulu, répétait-il, que « ça aille jusque-là ».

« Je suis désolé, m'a-t-il dit, un jour que j'avais été très performante, après qu'il eut poussé un cri de l'autre monde. On n'avait pas prévu ce qui est arrivé.

— Nous non plus...

— Tout le monde est devenu fou, tu comprends. Les gens en avaient assez...

— Assez de quoi ?

— Des Arméniens, tu sais bien. Des commerçants exploiteurs qui, depuis des siècles, nous suçaient le sang. Des gens très personnels, et pas seulement sur le plan religieux. Ils refusaient systématiquement d'entrer dans le moule, ils ne pensaient qu'à eux.

— C'était quand même pas une raison pour les massacrer comme ça.

— Nous, les Jeunes-Turcs, il faut que tu le saches, ma petite princesse, on est de bons musulmans et de bons francs-maçons, pas des barbares ni des assassins, on voulait simplement repartir de zéro avec une race pure et une nation moderne.

— Y avait pas des moyens moins affreux pour arriver à vos fins ?

— Il faut toujours égorger le mouton pour faire de bonnes brochettes mais bon, je suis d'accord, on n'est pas obligé d'exterminer tout le troupeau pour ça, on est allés trop loin. C'est pas la faute à notre programme, c'est la faute à l'homme. »

J'ai hoché la tête. Je savais qui étaient les vrais coupables : ceux dont j'avais écrit les noms sur une petite feuille de papier qui ne me quittait jamais.

J'aurais aimé rester encore avec lui des années, pour continuer mon enquête, mais, au fil des mois, j'ai senti décliner mes pouvoirs sur lui. Ses yeux ne me fixaient plus, ils m'évitaient. Il avait le regard pleutre des hommes qui vont voir ailleurs.

Désormais, pendant que je le besognais, Salim bey lisait un livre et ne le refermait qu'à l'instant ultime, quand la Sainte Crème m'explosait sur la figure ou dans la bouche. J'œuvrai ainsi tour à tour sous les couvertures du Coran, de *L'Île au trésor* de R.L. Stevenson ou des *Misérables* de Victor Hugo. En plus de ça, il était pressé, il en venait de plus en plus vite au fait.

J'avais cessé de l'intéresser mais il portait toujours sur moi le même regard protecteur. Ayant observé que je me passionnais pour ce qu'il lisait, il m'a offert *Les Misérables* pour la fête de l'Aïd al-Fitr de 1916. Après ça, il m'a donné *David Copperfield, Huckleberry Finn* et d'autres livres de ce genre que je lisais le soir, avant de m'endormir, en m'identifiant à tous ces aventuriers de rivière ou de ruisseau.

J'habitais chez Salim bey depuis près de deux ans quand, un matin, Fatima a préparé mes affaires, ce qui fut vite fait car j'en avais peu, avant de m'amener devant le maître qui finissait son petit déjeuner. Faussement jovial, comme quand on annonce une mauvaise nouvelle, il m'a dit qu'il m'envoyait chez un ami, un gros négociant en thé, riz, tabac et noisettes, qu'il avait reçu chez lui, la veille, et auquel j'avais beaucoup plu bien qu'il ne m'ait vue que de loin.

« Il n'est pas beau mais il est très gentil, dit-il.

— Personne ne sera jamais aussi gentil que vous, mon maître.

— Il t'a trouvée appétissante et m'a demandé si tu tenais tes promesses. J'ai confirmé.

— Je ferai toujours ce que vous me demanderez.

— Je te demande de lui donner du plaisir comme tu m'en as donné. Mais rassure-toi, ma petite princesse. Je te prête, je ne te donne pas. Tu reviendras.

— Bien sûr que je reviendrai, confirmai-je. J'ai beaucoup de choses à faire ici. »

8

Les fourmis et la roquette de mer

MÉDITERRANÉE, 1917. Nâzim Enver, mon nouveau maître, n'était pas un poète. La cinquantaine obèse, il était la preuve vivante que l'homme descend moins du singe que du cochon. Dans son cas, ce n'était pas n'importe lequel mais le verrat de concours qui, en équilibre précaire sur ses deux pattes arrière, peine à porter ses jambons flageolants.

Il ne me mettait pas l'eau à la bouche, mais je rêvais de le débiter, de le saler ou de transformer sa tête en pâté. J'avais calculé que s'il m'avait fallu le manger, à raison de deux cents grammes par jour, une année n'aurait pas suffi.

Dès que j'arrivai sur son bateau, *L'Ottoman*, un cargo qui mouillait dans le port de Trébizonde, je fus amenée dans sa cabine. J'y restai longtemps en plan, assise sur son lit. Dans les mains, j'avais la boîte de Théo et, à mes pieds, mon baluchon avec mes habits et la liste de mes haines. Je tuais le temps en priant Jésus dans son ciel pour qu'il se remue un peu, tue

quelques Jeunes-Turcs et retrouve ma grand-
mère.

Une heure après, quand Nâzim Enver arriva,
en sueur et en rut, il me demanda de me déshabiller et de m'allonger sur le lit. Après m'avoir
écarté les jambes puis écrasée sous les plis de sa
viande attendrie, il passa à l'acte sans me demander mon avis ni même prononcer une seule
parole, fût-ce de politesse.

À l'instant où Nâzim Enver se soulagea en
moi peu après m'avoir pénétrée, il hurla comme
si je venais de l'assassiner. Les verrats doivent
avoir le même cri quand ils jouissent.

Après ça, il resta longtemps au-dessus de moi,
comme prostré. Terrorisée à l'idée d'avoir mal
accompli ma besogne, je restai sans rien dire ni
bouger sous sa poitrine de dondon mamelue et
j'aurais étouffé s'il n'avait fini par se dégager
pour s'asseoir sur le lit. Il se retourna, son regard
se posa sur moi mais il ne me vit pas. Il avait sur le
visage les marques d'un ravissement affreux.

Quand je sortis des draps, je découvris qu'ils
étaient pleins de sang mais je savais ce que ça
signifiait, ma grand-mère me l'avait expliqué,
Fatima aussi, et je ne pus, malgré mon dégoût,
réprimer une certaine fierté.

Nâzim Enver ne me laissa pas le temps de me
rhabiller. Il m'emmena nue, les cuisses san-
glantes et mes affaires à la main, dans une petite
cabine qu'il ferma à clé derrière lui et où, après
m'être lavée, je passai la journée, puis les suivantes, à regarder la mer par le hublot en rumi-

nant le passé et en faisant toutes sortes de prières dont aucune n'a jamais été exaucée, comme si le Tout-Puissant me faisait payer ma conduite.

Chaque soir, mon maître venait me chercher avant de se coucher et j'ai passé toutes les nuits dans son lit pendant le trajet qui devait nous emmener de Trébizonde à Barcelone. En dehors des moments où il me chevauchait, je n'existais pas pour lui, et les rares fois où il s'adressa à moi, ce fut pour me reprocher de ne pas bien aiguillonner son désir : « Concentre-toi, il faut que tu te donnes plus de mal que ça, une pierre ne suffit pas à faire un mur. »

Le jour, quand j'étais enfermée dans ma cabine, l'homme à tête de bœuf qui m'apportait mes repas ouvrait rarement la bouche, lui aussi, et ne me regardait, quand il daignait le faire, qu'avec un mélange d'indifférence et de lassitude. J'aurais été un meuble, je crois que c'eût été pareil.

Dieu merci, avec Théo, j'avais à qui parler. Ma salamandre n'a pas aimé cette traversée de la Méditerranée. Sans doute parce que je la nourrissais exclusivement de mouches et d'araignées qu'elle consommait de mauvais gré, mais il n'y avait rien d'autre à manger sur le bateau. De plus, elle était très choquée par le sort qui m'était fait, celui d'une esclave sexuelle soumise au bon plaisir de son maître et traitée plus bas que terre. Je passais mes journées à essayer de la calmer.

« Tu ne peux pas continuer à accepter ça, protestait Théo.

« — T'es bien gentille, mais qu'est-ce que je peux faire ?

— Te révolter.

— Ah, oui, et comment ? »

Théo ne répondait rien parce qu'il n'y avait rien à répondre. Même si elle feint de les ignorer, la morale a toujours des limites, fixées par la raison.

Je redoutais que Nâzim Enver ne m'engrosse. Malgré les apparences, il ne m'avait rien pris. Ni ma dignité, ni mon estime, ni rien d'autre. J'ignorais que, n'ayant pas encore eu mes règles, je n'étais pas en âge d'enfanter. Mais j'avais appris à la ferme comment les bêtes faisaient leurs petits. Comme nous.

Je ne pouvais supporter l'idée que mon gros verrat lubrique me fasse un enfant à tête de cochon. Je savais ce qu'il fallait faire en pareil cas, Fatima me l'avait expliqué, quand j'étais au petit harem. Si la chose est prise à temps, de l'eau savonneuse suffisait. J'en barbouillais mon abricot après chaque pénétration.

Je me sentais comme la nymphe qu'une colonie de fourmis a dérobée à une autre pour la réduire en esclavage. Nous autres, humains, nous avons beau nous pousser du col et nous vêtir de parures, nous ne sommes que des fourmis, finalement, comme celles que j'observais dans la ferme de mes parents et qui, obsédées par l'idée d'étendre leur territoire, passaient leur temps à se faire la guerre.

Toujours disposées à éradiquer la colonie voisine, elles n'étaient mues que par leur volonté de puissance. Si un million et quelques centaines de milliers d'Arméniens ont été exterminés en 1915 et 1916, c'était bien simple : ils étaient moins nombreux et moins agressifs que les Turcs, comme ces grandes fourmis noires dont j'avais vu les nids dévastés par des armées de guerrières rouges, minuscules et mécaniques.

J'ai appris plus tard que, lors du grand massacre des Arméniens, les enfants de moins de douze ans étaient parfois soustraits à leurs parents pour être confiés à des « orphelinats » qui n'étaient en réalité que des bandes de derviches plus ou moins incultes, où l'on élevait les enfants dans la foi musulmane.

Les fourmis ne font pas autre chose quand elles se livrent à des razzias d'œufs, de larves et de nymphes qui, arrivés à maturité, se mettront au service de leurs conquérants. N'étaient nos apparences, rien ne nous différencie, et on est en droit de penser que les fourmis sont l'avenir du monde. Esclavagistes, pillardes et belliqueuses, elles ont toutes les qualités requises pour remplacer l'espèce humaine quand son avidité compulsive l'aura fait disparaître de la surface de la planète.

La science nous a appris que certaines plantes refrènent volontiers le développement de leurs racines quand elles sont entourées de membres de la même parentèle : elles ne veulent pas déranger et entendent partager l'eau ou les sels minéraux. La chose a notamment été observée chez la roquette de mer qui pousse sur les plages sablonneuses des pays froids.

Je vous concède que la roquette de mer n'a l'air de rien et qu'elle n'a pas fait avancer la pensée ni la philosophie. Mais à mon humble avis, au moins sur le plan de l'altruisme et de la fraternité, elle vaut beaucoup mieux que nous. Si les Arméniens avaient eu affaire à elle, ils n'auraient pas été exterminés.

C'est pendant ce voyage que j'ai vraiment découvert l'art de la dissimulation. Je feignis d'aimer éperdument ce gros cochon de Nâzim Enver. Dès que je le retrouvais entre les draps, je lui disais, en le couvrant de baisers et de caresses, que je ne pouvais pas vivre sans lui, « *hayatim* », et que je mourrais s'il me quittait. La vanité des hommes est la force des femmes. Il céda à son mauvais penchant.

C'est ainsi qu'à la fin du périple, alors que nous longions les côtes italiennes, Nâzim Enver décida que je ne serais plus enfermée à clé et que je pourrais sortir de ma cabine. Passant des heures sur le pont, à scruter les blancheurs molles de l'horizon, je me fondais en elles et partais très loin, au-delà du monde.

9

Chapacan Ier

MARSEILLE, 1917. Je ne sais quel jour exactement notre cargo, *L'Ottoman*, entra dans le port
de Marseille mais c'était au printemps, alors que
l'Empire vacillant dont il battait pavillon était
encore officiellement en guerre contre la
France.

Avant de faire don de ma petite personne à
Nâzim Enver, Salim bey m'avait dit que notre
destination finale serait Barcelone, mais je soup-
çonne mon nouveau maître d'avoir organisé le
déroutage avant notre départ de Trébizonde : il
ne semblait pas contrarié, bien au contraire,
quand le bateau accosta à Marseille.

Les recherches que j'ai pu faire m'ont appris
que Nâzim Enver était un homme d'affaires
avisé qui, à la fin des années 30, devint l'une des
grandes fortunes de la Turquie, le roi du tabac
et de la noisette auxquels s'ajoutèrent la presse
et le pétrole. Mais sur le mystère du change-
ment de destination, en 1917, je suis condam-
née aux conjectures.

Même si je n'en ai aucune preuve, je subodore que, anticipant la défaite de l'Allemagne et la débandade de l'Empire ottoman, il avait décidé de rechercher, avant même la fin des hostilités, de nouveaux marchés chez les futurs vainqueurs. Avec d'autres fleurons de sa flotte qui ne cessa de grandir, *L'Ottoman* devint rapidement un des piliers du port de Marseille où il apportait régulièrement les productions de la mer Noire.

La première nuit après notre arrivée à Marseille, Nâzim Enver ne me donna pas signe de vie. À 5 heures du matin, alors que je n'avais pas fermé l'œil, j'allai sur le pont avec Théo que j'avais sortie de sa boîte et laissai mes yeux errer longtemps sur la ville d'où montaient des effluves de sel, de stupre ou de poisson.

Il se dégageait de Marseille un sentiment de grandeur que résumait bien l'inscription en latin que l'on pouvait lire jadis, ai-je appris plus tard, sur la façade de l'hôtel de ville :

« Marseille est fille des Phocéens ; elle est sœur de Rome ; elle fut la rivale de Carthage ; elle a rouvert ses portes à Jules César et s'est défendue victorieusement contre Charles Quint. »

C'était vraiment une ville pour moi. Séditieuse et indépendante, elle a toujours tenu tête à tout le monde, y compris à Louis XIV. La légende raconte que, le 6 janvier 1659, elle a envoyé devant le roi deux représentants, Niozelles et Cuges, qui, contrairement à tous les usages et au grand dam du comte de Brienne, refusèrent de s'agenouiller devant lui.

Le Roi-Soleil sut s'en souvenir. L'année suivante, après s'être emparé de la ville, il fit construire au-dessus du port, sur une pointe calcaire, le fort Saint-Nicolas dont les canons furent tournés en direction de la ville, pour tenir le peuple de Marseille en respect.

Comme si je pressentais tout cela, j'étais dans un état de grande fébrilité. Ouverte à tous, vents ou humains, Marseille est une ville qui tend les bras. Il ne reste qu'à se laisser prendre. J'étais prise et ne voulais plus que la rejoindre sans attendre.

Je n'ai pas attendu. Il eût été trop risqué d'emprunter la passerelle, les marins auraient eu tôt fait de me rattraper. J'ai préféré ouvrir l'une des centaines de caisses entassées dans la soute, et me glisser dedans. Elle était remplie de noisettes, et il fallut que j'en jette pas mal pour m'y faire une place avec mon baluchon et la boîte de Théo.

Le matin, quand les grues commencèrent à décharger le bateau, je me suis sentie emportée puis ballottée dans les airs avant de me retrouver, un moment plus tard, sur les quais du port. Un docker m'a surprise en train de sortir de ma boîte, mais il a continué son chemin après m'avoir adressé un large sourire accompagné d'un petit salut amical de la tête.

Pendant deux semaines, j'ai vécu de rapines dans le quartier du port, à La Joliette, mais je dépérissais à vue d'œil. Découvrant à mon corps défendant que la liberté n'a jamais nourri per-

73

sonne, j'en venais à regretter les gâteaux et les loukoums dont je me gavais, peu de temps auparavant, dans la cabine de Nâzim Enver sur *L'Ottoman*.

J'ai fini par émigrer du côté du Vieux-Port où j'écumais les poubelles des restaurants après la fermeture. Les jours de chance, je m'y régalais de homards ou de crabes, aussi bien que d'ananas ou des restes de tartes. Sans oublier les croûtons de pain. Je profitais bien. Théo aussi.

Mais c'était une activité où la concurrence a toujours été rude et, une nuit, je fus interpellée par la police interne des clochards de Marseille et emmenée sans ménagement dans un bouge de Saint-Victor devant un petit homme très chic, aux souliers vernis et à la bouche tordue, qui semblait en vouloir à la terre entière et à moi-même en particulier.

Il avait toutes les apparences de la réussite mais il était plein de haine. On l'aurait piqué, c'est du fiel qui aurait coulé, un fiel noir et méphitique. Ses yeux étaient injectés de sang et son filet de voix cassée semblait se frayer un chemin à travers le gravier.

Je ne comprenais rien de ce qu'il disait mais je voyais bien qu'il n'était pas content. Je l'écoutais, tête baissée, échine courbée, incarnation vivante de la soumission totale, comme j'avais appris à le faire avec mes maîtres précédents. La servilité est un métier : j'étais d'accord avec tout. S'il l'avait fallu, je lui aurais même consenti des câlins, bien qu'il eût mauvaise haleine et que j'aie toujours eu la phobie des bouches qui puent. Mais je ne devais pas être son genre et je ne m'en plaindrai pas, ce fut une épreuve de moins.

On l'appelait Chapacan Ier. Ce n'était pas gentil : en argot local, ça voulait dire voleur de chien. On prononçait néanmoins ce nom avec un mélange de respect et de terreur.

À sa façon, c'était un roi, et il avait droit de vie ou de mort sur ses sujets dont je faisais désormais partie. Mais c'était aussi un chef d'entreprise, adepte du management par le stress, qui savait tirer le meilleur de ses employés. Il vivait sur six filiales spécialisées dans la mendicité, le glanage, le vol, la prostitution, le jeu et le trafic de drogue.

Dans un premier temps, je fus affectée, après un stage de formation, à la division « mendicité » de son empire, et remplissais mon office devant les églises et les bâtiments publics.

Mendier est fatigant. Il faut toujours être aux aguets, souvent sous un soleil de plomb, pour ne pas laisser échapper la bonne affaire, celle qui croise malencontreusement votre regard, ralentit son pas, et que l'on peut alors accrocher, le corps suppliant, en répétant la première phrase de français que j'ai su prononcer :

« Siouplaît, j'ai faim. »

Souvent, j'étais au bout du rouleau quand j'allais apporter ma recette de la journée aux sous-fifres de Chapacan Ier qui m'avait menacée des pires sanctions, avec des gestes évocateurs, si je m'avisais de lui en soustraire une partie : ça allait de l'ablation d'un doigt à la crevaison d'un œil ou des deux yeux, et ça pouvait finir, en cas de récidives, par l'amputation d'un bras, des deux, ou par la gorge tranchée dans un cul-de-basse-fosse.

Chapacan Ier ne semblait pas mécontent de mes performances, à en juger par son sourire affable quand il me convoqua, plusieurs mois après mon embauche, pour ce qu'on appellerait aujourd'hui, dans le jargon des entreprises, un entretien d'évaluation.

J'étais nourrie et logée, si j'ose dire, dans le grenier d'un immeuble en ruine que je partageais avec deux vieilles dames qui semblaient toujours raser les murs, même quand il n'y en avait pas. À force de porter tout le malheur du monde sur leurs frêles épaules voûtées, elles finiraient, c'était écrit, par marcher un jour sur le nez.

Je les ai longtemps imaginées princesses en exil, c'est dire leur classe, jusqu'au jour où j'appris qu'elles avaient toutes deux été abandonnées, au même moment, par leurs maris respectifs, un chaudronnier et un poissonnier, l'un et l'autre ayant décidé, la cinquantaine venue, de renouveler leur monture nocturne.

Le soir, elles m'apprenaient à parler français, et je commençais à bien me débrouiller. Plus je progressais, moins je me sentais à l'aise dans cette vie qui consistait à simuler, geindre et pleurnicher toute la journée pour trois francs

76

six sous. Chapacan Ier l'avait compris. C'est pourquoi il me proposa de m'affecter à la branche « glanage » de son organisation. Une promotion que j'acceptai sans hésiter.

Dans la foulée, Chapacan Ier, toujours très directif avec son personnel, m'attribua un nouveau prénom :

« J'aime pas Rouzane.

— Moi, j'aime bien. C'était le prénom de ma grand-mère.

— Ça sonne mal. Désormais, tu t'appelleras Rose. »

10

L'art du glanage

MARSEILLE, 1917. On ne s'improvise pas glaneur. Il faut une technique, un matériel dédié et un apprentissage que m'apporta l'un des barons de Chapacan Ier. Pourvu d'une tête grasse, j'allais dire ventrue, posée sur un corps fluet, on le surnommait l'Enflure et il justifiait pleinement ce sobriquet. Ce fat mettait de la solennité partout, dans ses gestes et ses paroles, y compris quand il se rendait au petit coin.

L'Enflure m'initia pendant trois jours à mon nouveau métier que j'exerçais avec un pic pour fouiller les poubelles, un crochet pour récupérer mes prises en gardant les mains propres s'il y avait de la gadoue dedans, une poussette d'enfant pour entreposer mon butin et un couteau pour le protéger, si besoin, contre les fâcheux. Il m'apprit aussi les quelques règles auxquelles il fallait se conformer pour devenir un as du glanage :

— La discrétion. Les gens n'aiment pas que l'on fouille dans leurs déchets, il suffit d'observer leurs regards noirs devant le manège des glaneurs.

— La rapidité. S'il y a un trésor dans une poubelle, il faut l'en soustraire le plus vite possible, sans éveiller l'attention, avant de repartir l'air détaché, ni vu ni connu, sous peine d'avoir des comptes à rendre.

— Le discernement. Il est important de savoir choisir ses prises et de ne pas tomber dans ce que j'appellerais le ramassage compulsif. Les mauvais glaneurs remplissent inconsidérément leur chariot de détritus inutiles, c'est une perte de temps et d'énergie.

Je récupérais le fer, bien sûr, mais aussi les jouets, les habits ou les chaussures. Un jour, j'ai trouvé des chatons dans un carton ; une autre fois, une vieille poule, une sorte d'ulcère vivant, les pattes attachées, apparemment trop moche pour mériter d'être tuée. Il y a des gens qui jettent tout, à commencer par leurs problèmes. Si j'avais continué à exercer ce métier, je suis sûre que j'aurais fini par tomber sur un vieillard grabataire gisant au fond de sa poubelle sous des boyaux de lapin et des épluchures de pommes de terre.

Je dois beaucoup au glanage, il m'a donné ma philosophie de la vie. Mon fatalisme. Mon aptitude à picorer au jour le jour. Mon obsession de toujours tout recycler, mes plats, mes déchets, mes joies, mes chagrins.

C'est aussi grâce au glanage que j'ai rencontré le couple qui a changé ma vie : les Bartavelle. Barnabé était un géant rustique et rougeaud avec un gros bedon qui semblait toujours sur le point d'exploser, ce qui explique sans doute qu'il posât si souvent ses deux mains dessus, avec une sorte d'inquiétude. Il mangeait ses mots et parlait des intestins.

Honorade, son épouse, semblait le fruit des noces d'un calcul biliaire et d'une fiole de vinaigre. Elle ne souriait jamais : tout la contrariait, le soleil, la pluie, le froid, la chaleur, et il y avait toujours une bonne raison de se plaindre.

Ils tenaient un restaurant, « Le Galavard », dans le quartier du Panier. Avant qu'ils m'embauchent, je crois n'avoir jamais déniché quelque chose d'intéressant dans leur poubelle que je fouillais pourtant consciencieusement chaque jour : ces gens-là ne gâchaient jamais rien, le poisson de la veille se retrouvait dans la farce du surlendemain avant de finir dans la soupe de roche des jours suivants.

Un jour qu'un de leurs employés leur avait fait défaut, Barnabé Bartavelle, dont la cuisine donnait sur la rue, me cria par la fenêtre, alors que je passais avec ma poussette, qu'il avait du travail pour moi :

« Occupe-toi au lieu de faire la cloche. »

Je compris plus tard que mon prédécesseur au restaurant s'était enfui après avoir reçu une de ces mémorables raclées que la main lourde de Barnabé Bartavelle, tyran de cuisine, infligeait régulièrement à son personnel. En tant que commis en charge de la plonge, de l'épluchage et du nettoyage, j'eus moi aussi mon content de coups, toujours sans frais, qui plus est, la maison ne rémunérant pas mes services qu'elle se contentait de payer en nature sous la forme des restes de la journée, conservés dans une gamelle.

Dans toute ma vie, j'ai rarement rencontré des rapiats pareils. Les Bartavelle comptaient tout et vérifiaient sans cesse que le niveau des bouteilles ou des provisions de farine ne baissait pas après qu'ils s'étaient absentés. Ils se méfiaient de tout le monde, y compris, je crois, d'eux-mêmes.

J'aurais eu tort de me plaindre. Grâce soit rendue à Barnabé Bartavelle de m'avoir permis de découvrir ma vocation et initiée à mon futur métier. Il prétendait toujours qu'il allait régler, un jour, son compte à Théo : « Pas de bête ici. » Il me parlait mal et me donnait des coups de pied dans le derrière quand je traînaillais, ainsi que des surnoms affreux comme « L'Estrasse » ou « La Bédoule », mais quelque chose me disait qu'il m'avait à la bonne. De temps en temps, quand il était débordé, il m'autorisait à me mettre aux fourneaux. Il m'apprit même à pré-parer, avant le service, ce qui serait plus tard une de mes grandes spécialités, les aubergines à la provençale dont je crains qu'elles ne soient supplantées par celles de l'autre Rose de Mar-seille, ma concurrente sicilienne.

Il me laissa dormir dans une remise, derrière le restaurant. Une sorte de placard à balais, qui donnait sur la cour. Honorade Bartavelle n'était pas d'accord : estimant que son mari était trop faible et me laissait « m'incruster », elle me fit payer chaque signe de relative humanité que son mari manifestait à mon endroit, réduisant ainsi mes portions quotidiennes ou me fichant des claques sous prétexte que je lui bloquais le passage.

Faisant tout pour que les sbires de Chapacan Ier ne me repérassent pas, j'avais changé de coiffure et n'allais, sauf exception, que de la remise à la cuisine et inversement. Ils m'ont quand même trouvée. Un jour, Honorade Bartavelle entra en cuisine, ce qu'elle ne faisait jamais pendant le service, ça irritait son mari, et se planta devant moi avec le seul et unique sourire qui, pendant mon séjour chez eux, traversa son visage :

« La Bédoule, y a du monde qui te demande. »

J'imaginais qui c'était mais j'ai quand même voulu vérifier en jetant un coup d'œil en salle. L'Enflure se tenait à l'entrée avec un grand escogriffe à poils courts et tête de boxeur. J'ai écouté mon instinct : j'ai sauté par la fenêtre et couru pendant deux heures sans savoir où j'allais avant de marcher jusqu'à la tombée du soir. Avec moi, je n'avais emporté que la boîte de Théo dans une main et, dans l'autre, la liste des bourreaux de Trébizonde.

11

Le bonheur à Sainte-Tulle

HAUTE-PROVENCE, 1918. Un petit vent tiède rasait les champs, courait dans les buissons et dansait dans les cheveux des arbres. Il était partout chez lui. Quand il eut fini d'entrer en moi, il m'emporta très loin, jusqu'aux miens que j'entendais parler dedans.

Il y avait dans ce vent le chant du bonheur sur la terre, le murmure infini des copulations minuscules et un mélange de graines et de particules où j'entendais assez distinctement les psalmodies de l'autre monde.

Après avoir mangé des pommes véreuses au bord d'un champ d'oliviers, je me suis endormie dans un fossé d'herbes sèches avec plein de voix familières dans la tête. L'été tirait à sa fin et la nature n'en pouvait plus. Mordue et saignée pendant des semaines par les crocs du soleil, elle semblait dans cet état qui, souvent, précède la mort quand, après une longue agonie, le malade finit, les bras baissés, par se laisser aller dans une douce torpeur.

C'était pour mieux recouvrer ses forces

quand débouleraient de l'horizon les grands orages de septembre qui assommeraient tout ici-bas avant que le bonheur s'élève à nouveau, jusqu'à la Toussaint, de la terre juteuse, dans une sorte de résurrection générale. En attendant, les arbres, les plantes et les herbes souffraient de toutes leurs fibres exsangues : leurs crépitements déchiraient mes oreilles comme des petits hurlements.

Quand je me suis réveillée, le vent était parti et, après m'être servie à nouveau dans les pommiers, j'ai repris mon chemin. J'étais à la hauteur d'Aix en début d'après-midi quand je fus hélée par un vieux coiffé d'un chapeau en osier, aux commandes d'une charrette tirée par un grand cheval blanc :

« Mademoiselle, voulez-vous monter ? »

À onze ans, je n'avais pas peur des hommes et j'ai accepté sans réfléchir l'invitation du vieux qui m'a tendu la main pour m'aider à grimper sur sa charrette. Quand il m'a demandé où j'allais, j'ai répondu :

« Plus loin.

— D'où viens-tu ?

— De Marseille.

— Mais tu as un accent d'ailleurs. De quel pays es-tu ?

— D'Arménie, un pays et un peuple qui ont disparu.

— Si tu ne sais pas où aller, tu peux dormir chez nous. »

Il a eu un sourire agricole, ce sourire souffrant qu'accompagne un plissement d'yeux, avec un air de deux airs. Sa tête était noire comme un sarment, il faisait penser à une branche qui a perdu l'élan vital et tourne au fagot sur son arbre.

Je ne répondis pas. Je jugeai son invitation rapide mais quelque chose sur son visage me disait que son invitation venait du fond du cœur, qu'elle était sans arrière-pensée.

Il s'appelait Scipion Lempereur. C'était un paysan de Sainte-Tulle, près de Manosque, qui faisait des moutons, des melons et des courgettes. Jusqu'à présent, tout lui avait réussi, le mariage, les enfants, le travail, les récoltes. Tout, jusqu'à cette affreuse année 1918.

« Le bonheur rend aveugle, dit-il, aveugle et sourd. Je n'ai rien vu venir. La vie est une grosse saloperie, à qui il ne faut jamais faire confiance. Elle donne tout et puis un jour, sans prévenir, elle reprend tout, absolument tout. »

Scipion Lempereur venait de perdre trois fils à la guerre. Le quatrième était entre la vie et la mort à l'hôpital militaire d'Amiens. Un éclat d'obus dans la tête, généralement ça ne pardonnait pas, mais Dieu, disait-il, ne pouvait quand même pas lui enlever tous ses enfants en même temps, ce serait trop inhumain.

« Tout Dieu qu'il est, il n'a pas le droit de me faire ça, observa-t-il. J'ai toujours essayé de tout bien faire. Je ne comprends pas de quoi il a voulu me punir. »

Après un faux rire nerveux, il s'est mis à pleurer et j'ai pleuré à mon tour. Il y avait longtemps que ça ne m'était pas arrivé et ça m'a fait du bien : souvent, le chagrin s'en va avec les larmes, du moins est-il moins lourd après qu'elles ont été versées. C'était la première fois que je rencontrais quelqu'un que la mort des siens avait transformé en cadavre debout. Il ne s'en était pas remis.

Moi, si. Je m'en voulais de n'être pas assommée de tristesse comme lui et demandai pardon à ma famille de lui avoir survécu avec tant de facilité.

« Pourquoi ? demanda Scipion Lempereur en regardant le ciel.

— Pourquoi ? » répétai-je.

Après ça, je lui racontai ma vie. Je passai sur Salim bey et Nâzim Enver et m'étendis sur mes aventures marseillaises qui le tinrent en haleine. Quand j'eus terminé mon récit, il renouvela sa proposition de rester au moins quelques jours avec sa femme et lui, dans leur ferme de Sainte-Tulle.

« Vous ne nous dérangerez pas, insista-t-il. Faites-le pour nous, ça nous fera du bien, je vous assure : on a besoin de se changer les idées. »

Cette fois, j'acceptai. C'est ainsi que je me retrouvai, tard le soir, dans la bastide des Lempereur au sommet d'une colline pentue qui donnait sur une pauvre rivière, un filet gluant et ridicule qui attendait les pluies pour ressembler à quelque chose. Tout autour, un immense tapis de laine, vivant et grouillant, broutait les herbes dorées.

Emma, la femme, était pourvue
mâchoire chevaline, avec la denture afféré
d'une carrure d'homme de peine, romp   ux
travaux des champs. Cela n'avait cependant pas
terni son visage altier : creusé de rides, il rappelait les ravins à sec après que des torrents en furie
les eurent dévalés pendant la mauvaise saison.

Elle n'était jamais allée plus loin que
Manosque, mais elle avait beaucoup vécu grâce
aux livres. C'est elle qui m'a fait découvrir, entre
autres, le poète John Keats qui a écrit :

« Toute beauté est joie qui demeure. »

En ce qui concerne Mme Lempereur, il fallait
ajouter au mot joie ceux d'intelligence et de
culture. De ces trois points de vue, elle était
d'une beauté comme on en rencontre peu, dans
une vie.

Elle m'adopta au premier regard, puis m'embrassa comme si j'étais sa fille. Je le deviendrais
un jour pour de vrai : après des années de pro-
cédures, j'ai fini par porter son nom. Les trois
fils étant tombés au champ d'honneur pendant
la guerre de 14-18, les Lempereur firent aussi de
moi, après la mort du quatrième, leur unique
héritière par testament déposé chez notaire.

Emma adopta aussi Théo qui connut, à
Sainte-Tulle, les plus belles années de son existence. Ma salamandre était heureuse et ne m'accablait plus de reproches, comme par le passé.

Moi aussi, j'étais heureuse, si ce mot a un
sens. Scipion et Emma Lempereur m'ont tout
donné. Une famille, des valeurs et plein

d'amour. Ma mère adoptive m'a de surcroît enseigné l'art de la cuisine : c'est elle, par exemple, qui m'a transmis la recette du flan au caramel qui a beaucoup fait pour ma célébrité.

Une autre recette a contribué tout autant à ma renommée. C'est la parmesane de Mamie Jo, une jolie châtelaine du coin qui venait souvent chez les Lempereur avec des plats cuisinés jusqu'à ce qu'un jour, pour notre grand malheur, elle parte aux États-Unis refaire sa vie avec un transporteur maritime.

À la basse saison, quand il y avait moins de travail dans les champs, Emma Lempereur organisait régulièrement de grands déjeuners campagnards d'une centaine de personnes : elle invitait ses voisins et des amis qui venaient parfois de très loin. Un jour que je lui demandais pourquoi elle se donnait tout ce mal, elle me répondit :

« La générosité, c'est des cadeaux qu'on se fait à soi-même. Y a pas mieux pour se sentir bien. »

Elle m'a laissé des tas de phrases de ce genre qui se sont imprimées pour toujours dans ma tête. Après Salim bey, Emma Lempereur m'a fait découvrir beaucoup de livres, notamment l'œuvre de George Sand ou les romans d'amour de Colette comme *Chéri* ou *Le Blé en herbe* dont je dois reconnaître qu'ils me tombent aujourd'hui des mains sans toutefois me faire mal aux pieds. Ils sont si légers...

J'ai honte d'écrire ça. C'est comme si je trahissais la mémoire d'Emma Lempereur qui, en dépit de tout l'amour qu'elle portait à son mari, répétait qu'il faudrait bien qu'un jour « les hommes cessent de s'essuyer les pieds sur les fesses des femmes ». C'était pour ça qu'elle aimait Colette et toutes celles qui portaient haut leur fierté d'être femmes.

Elle était féministe et aimait tenir avec ironie des propos du genre : « C'est un secret encore très bien gardé, mais un homme sur deux est une femme. Donc toutes les femmes sont des hommes, encore que, Dieu merci, tous les hommes ne sont pas des femmes. »

Chez les Lempereur, je revécus entre onze et dix-sept ans les saisons molles du bonheur, quand un jour chasse l'autre mais que rien jamais ne change, tout retrouvant toujours sa place, les hirondelles dans le ciel, les moutons dans la bergerie, les poudroiements à l'horizon, tandis qu'un mélange de joie et d'ivresse vous envahit rien qu'en respirant.

Vous me direz que je deviens bêtassonne mais le bonheur est toujours bêtasson. Au surplus, l'ayant déjà connu dans la ferme de mes parents, je m'en méfiais : toute cette griserie en moi me faisait peur. L'expérience m'avait appris que ça ne dure jamais.

C'est quand tout va bien que l'Histoire vient vous déranger.

12

Le fusillé

HAUTE-PROVENCE, 1920. C'est l'année de
mes treize ans et de mes premières règles que le
monde a commencé à devenir fou. Peut-être y
eut-il des signes annonciateurs dans le ciel ou ailleurs, mais il me faut bien reconnaître qu'à
Sainte-Tulle je n'avais rien observé de particulier.

Je ne regardais jamais plus loin que le lendemain. J'étais trop occupée à préparer des confi-
tures, rentrer les foins, terminer mes devoirs,
jouer avec les chiens, rouler la pâte, tailler les
rosiers, caresser mon chat, affiner les fromages,
prier le Seigneur, cuisiner, nourrir les poules,
cueillir les tomates, tondre les moutons ou rêver
des garçons.

Le soir, avant de m'endormir avec mon chat,
je lisais des livres, comme chez Salim bey, et
celui qui m'aura le plus marquée fut *Les Pensées*
de Pascal dont Emma Lempereur m'avait dit
qu'il était, de tous les ouvrages de ce genre,
celui qui approchait le plus la vérité car il allait
au bout de toutes les contradictions : Dieu, la
science, le néant et le doute.

L'amitié du monde, des arbres, des bêtes et des livres m'a empêchée de voir par-delà l'horizon. Si l'Histoire a déraillé en quelques mois, il m'a fallu longtemps pour m'en rendre compte, puis comprendre que c'était la faute de quelques personnages dont le moindre n'était pas Georges Clemenceau, une teigne de génie, un grand homme, le roi des formules amusantes comme celle-là dont j'ai fait ma devise : « Quand on est jeune, c'est pour la vie. »

À l'époque, Clemenceau était président du Conseil. C'était le héros de Sainte-Tulle et de la France entière. Le casseur et le bouffeur de Boches. Le Père la Victoire. Le Tigre qui n'avait jamais froid aux yeux. Il avait gagné la guerre mais il allait perdre la paix. « Ne rabaisse jamais l'âne que tu as maté, disait ma grand-mère. Ou bien tue-le. »

Imposé à l'Allemagne par Clemenceau et les vainqueurs de la guerre de 14-18, le traité de Versailles entra en application le 10 janvier de cette année-là : certes, il créait une République arménienne mais pour le reste, d'une stupidité sans nom, il humiliait le Reich, le démembrait et le saignait économiquement, semant en lui les germes de la guerre suivante.

Un mois après qu'il fut promulgué, un personnage à mauvaise haleine et moustache carrée, Adolf Hitler, prenait en Allemagne le contrôle du parti ouvrier. Après l'avoir rebaptisé parti national-socialiste des travailleurs allemands, il le dotait d'un logo à croix gammée et d'un programme qui nationalisait les cartels, confisquait les bénéfices de la grande industrie et abolissait les revenus qui n'étaient pas le fruit d'un travail. Au même moment, une armée populaire de plusieurs dizaines de milliers de militants communistes occupait la Ruhr, et des gouvernements ouvriers, soutenus par des unités prolétariennes, prenaient le contrôle de la Thuringe.

C'était le chaos, sur fond de misère sociale, comme en Russie où les Bolcheviks et les Blancs monarchistes s'entre-tuaient, tandis que montait l'étoile de Staline qui deviendrait, en 1922, secrétaire général du parti communiste.

Dieu sait si je n'avais rien à voir avec tout ça. Le bonheur n'aime pas les mauvaises nouvelles et c'était comme si elles n'arrivaient pas jusque chez nous, en Haute-Provence : nos odeurs de cuisine les avaient découragées. Je crois n'avoir entendu parler d'Hitler que longtemps après, dans les années 30.

L'Arménie aurait dû me l'apprendre, mais j'ignorais qu'on n'échappe pas à l'Histoire quand elle a commencé à rouler sa meule. On a beau faire, on se trouve toujours réduit au sort de ces fourmis qui se carapatent devant la montée des eaux, les jours d'orage : tôt ou tard, elles sont rattrapées par leur destin.

J'étais comme elles et comme tout le monde, en vérité. Je ne voulais pas savoir et je n'ai rien vu arriver. Aujourd'hui encore, alors qu'une moitié de ma carcasse semble déjà partie pour l'autre monde, je n'entends pas la mort qui frappe pour m'emmener chez elle. J'ai beaucoup trop de choses à faire en cuisine, devant mes casseroles, pour prendre le temps de lui ouvrir.

*

C'est en 1920 encore que nous avons reçu la visite d'un ancien soldat qui avait fait la guerre dans la même section que Jules, le troisième des fils Lempereur. Un grand gaillard au teint blême et au regard affolé, qui flottait dans un manteau de velours tout crotté. Il avait tout le temps l'air de s'excuser, comme s'il dérangeait, rien qu'en parlant, en respirant ou en vivant.

Même s'il n'était pas franchement laid, il inspirait une sorte de répugnance. Deux grosses verrues poilues se poussaient du col sur sa joue droite. De la mousse de salive blanche traînait toujours aux commissures de ses lèvres et sur le bout de sa langue. Sans parler de ses mains grandes comme des pelles, noueuses et par endroits violettes, dont il ne savait quoi faire.

Il s'appelait Raymond Bruniol. Vacher dans le Nord, il venait de perdre son travail, mais il avait trouvé une place pour dans deux mois dans une ferme voisine. En attendant, il avait décidé de voir du pays. Il est resté plusieurs jours à Sainte-Tulle. Un bon gars, la main sur le cœur, qui cherchait toujours à aider. J'ai vite compris qu'il était venu dire quelque chose aux parents, mais que ça n'arrivait pas à sortir.

Une heure après son arrivée, alors qu'on allait dîner, il a sorti de sa poche la montre de Jules et l'a posée sur la table de la cuisine. Emma a pleuré et Scipion a dit :

« On croyait qu'elle avait été volée.

— Il me l'a donnée pour que je vous la rende, a répondu l'homme. Il n'avait pas confiance en l'armée.

— Je lui donnerais pas tort », a fait Scipion.

Emma lui a jeté un regard noir et le soldat a ouvert la bouche pour reprendre la parole avant de la refermer subitement. Sa glotte tremblait.

« Il a été courageux jusqu'au bout ? a demandé Scipion sur un ton dégagé, comme s'il connaissait la réponse.

— Jusqu'au bout. »

Quand Emma lui a demandé quelles avaient été ses dernières paroles, il y a eu un long silence. On lui avait servi du vin et il en avala une longue gorgée pour se donner le temps du courage, puis :

« Maman. »

Tout le monde se regarda, interdit, tandis qu'Emma sanglotait de plus belle.

« Vous savez, observa-t-il, c'est ce que disent la plupart des soldats quand ils meurent. Faut pas oublier que ce sont des gosses qu'on tue. Des enfants qui viennent à peine de muer. »

Comme s'il voulait relativiser la chose pour consoler ma mère adoptive, Raymond Bruniol a ajouté :

« Il a dit quelque chose après mais c'était un gargouillis que j'ai pas compris. »

La veille du jour où l'homme est reparti, on était allés ramasser des cageots de pommes tous les deux. Des pommes rouges et potelées comme des derrières de petites filles après la fessée.

On était en train de rentrer à la bastide quand je me suis retournée au milieu du chemin pour laisser tomber :

« Qu'est-ce qui s'est passé que vous ne nous avez pas dit ? »

Il a baissé les yeux et, quand il les a relevés, il avait une expression ahurie :

« C'est délicat.

— Je veux que vous me racontiez », insistai-je.

Il y eut un silence pendant lequel il regarda la collinette, comme pour y chercher une inspiration, puis, d'une voix étranglée :

« Jules est passé devant le tribunal militaire et il a été fusillé, y a pas grand-chose de plus à dire.

— Qu'est-ce qu'il avait fait ?

— Rien.

— C'est impossible.

— Non, c'était comme ça, la guerre. On faisait rien et on se retrouvait devant le peloton.

— Pourquoi il a été condamné ?

— Pour sa flemme. L'année d'avant, il avait ouvert sa gueule un peu fort pendant un début de mutinerie, mais à bon, ses supérieurs lui avaient pardonné. À la fin, ils en ont eu marre qu'il traîne tout le temps les pieds. Le général Pétain, le morpion de l'arrière, l'avorton de la Grande Guerre, il rigolait pas, vous savez. Pour faire peur à ses troupes, il avait un commandant à sa botte, un certain Morlinier, qui présidait le tribunal militaire. Si vous passiez devant lui, vous étiez sûr de finir devant le peloton d'exécution. C'est ce qui est arrivé au pauvre Jules.

— Sa dernière parole, ça n'a donc pas été : "Maman" ?

— Est-ce que je sais, moi ? J'étais pas là quand il est mort. J'ai improvisé. Mais vous savez, tout le monde disait ça, sur le front, à l'instant du dernier soupir. »

Le soir, après le dîner, j'ai écrit le nom de Morlinier sur la petite feuille de papier que j'avais gardée avec moi depuis mon séjour à Trébizonde et que j'appelais la liste de mes haines.

Je la conservais dans mon exemplaire des *Pensées* de Pascal.

Je la relisais souvent et, chaque fois, j'éprouvais le même tremblement intérieur devant le nom du manchot satanique qui avait tué mon père.

Comme Raymond Bruniol, je n'ai jamais eu le cœur de dire à ses parents que Jules avait été l'un des six cents soldats condamnés à mort et passés par les armes, au nom de la France, pour la victoire, par hasard, sans raison apparente.

13

La cuisine de l'amour

MARSEILLE, 2012. Des décennies plus tard, Emma Lempereur est toujours aussi vivante en moi. Dans mon restaurant, j'ai plein d'occasions de penser à elle. Parfois, au milieu des grésillements de la friture, je crois l'entendre proférer les préceptes gastronomiques qu'elle me répétait sans cesse pour que je les imprime quand nous étions aux fourneaux pour préparer ses grands repas :

« Ne sale pas trop les plats. Ne sucre pas trop les desserts non plus. Mégote toujours sur l'huile, le beurre ou les sauces. La cuisine, c'est d'abord le produit, ensuite le produit et enfin le produit. »

C'est grâce à elle et à ma grand-mère que je suis devenue cuisinière, une cuisinière à succès, même si je n'ai jamais eu les honneurs du guide Michelin. Je dois tant à Emma qu'en pensant à elle la nostalgie m'étreint alors que j'écris ces lignes sur le petit pupitre où, d'ordinaire, je prépare mes additions et derrière lequel trône ma caisse enregistreuse. Mais je ne reste jamais triste très longtemps : en même temps, la fruition se lève en moi tandis que Mamadou et Leila finissent la mise en place de la salle enluminée par les gouttes de soleil du matin. Je me sens riche, très riche : il y a de l'or partout, sur les verres comme sur les couverts.

L'envie est trop forte, je ne peux m'empêcher de reluquer Mamadou et Leila quand ils dressent les tables. Chez le premier, j'aime surtout les bras et les jambes qui me rappellent ceux de sa mère. Chez la seconde, je suis fascinée par le popotin, le plus beau de Marseille, comme une tomate pulpeuse dans sa peau tendue. À plus de cent ans, vous me direz que ce n'est pas de mon âge, mais qu'importe, je frétille du dedans en les regardant : ce sont deux provocations à l'amour.

De l'amour, j'en trouve encore sur les sites de rencontres que je fréquente la nuit, sur la Toile. Ce n'est que du virtuel, bien sûr, mais ça fait du bien. Jusqu'au jour où, la proie ferrée, j'accepte, de mauvais gré, de me dévoiler : il faut voir l'expression apeurée des hommes quand je daigne les voir enfin, après les avoir fait languir quelque temps.

Le dernier fut un septuagénaire ventripotent et alcoolique, divorcé, agent d'assurances, père de sept enfants, rencontré sur un site d'amateurs d'huile d'olive. Le contraire d'une affaire. On s'était bien entendus sur la Toile. On avait les mêmes goûts culinaires. On se tutoyait.

J'étais déçue. Il avait menti sur son âge. Moi aussi, il est vrai. Quand il s'est assis devant moi dans le café où on avait rendez-vous, il m'a vouvoyée, les sourcils froncés, après avoir chassé sur son visage des mouches imaginaires :

« C'est vous ?

— Ben, oui, c'est moi.

— Vous ressemblez pas tellement à la photo.

— Vous non plus.

— Quel âge avez-vous exactement ?

— Exactement, ai-je répondu calmement, c'est impossible à dire, mon âge change tout le temps, vous savez.

— Mais encore ?

— J'ai l'âge que j'ai et je le garde pour moi, voilà tout.

— Pardonnez-moi, mais vous êtes beaucoup plus vieille en vrai. »

J'ai explosé :

« Écoutez-moi, petit con. Si ma tête ne vous revient pas, je dois vous informer, au cas où vous l'ignoriez, que vous n'avez pas été gâté par la nature, ça, non ! Vous êtes-vous vu en vrai, saloperie de connerie de bordel de merde ? »

Plus je fréquente les hommes, plus j'apprécie les femmes. Mais avec elles aussi, j'ai pris des râteaux comme avec mon assureur obèse. Je sais qu'il vaut mieux quitter l'amour avant qu'il ne vous quitte. Mais je n'arrive pas à m'y faire. C'est pourquoi je continue à sévir sur la Toile sous le pseudonyme de « rozz-coeuraprendre ».

Une foule d'internautes vient chaque jour sur

mon compte où j'étale mes états d'âme sur l'actualité des célébrités ou mon mal de vivre de femme seule en ne tenant que des propos débiles truffés d'expressions de minette en chaleur. J'emploie soigneusement les mots ou les expressions toutes faites de la nouvelle génération, comme « carrément » ou « c'est cool ». Je suis de mon temps.

*

À « La Petite Provence », mon restaurant marseillais, quai des Belges, face au Vieux-Port, il n'y a aucune photo d'Emma Lempereur ni de tous ceux qui, ensuite, ont partagé jadis la couche de « rozz-coeuraprendre ». Mon établissement est néanmoins un résumé de ma vie. Je la vois qui défile rien qu'en sentant les plats ou en regardant la carte des menus où figurent, entre autres, le plaki de ma grand-mère, les aubergines à la provençale de Barnabé Bartavelle ou le flan au caramel d'Emma Lempereur. C'est à ma mère adoptive, en définitive, que je dois une grande partie de mes recettes qu'elle agrémentait, ce qu'il m'arrive de faire aussi, de plantes médicinales.

Elle s'inspirait d'un livre ancien qu'elle consultait souvent, le *Petit Albert*, publié au XVIIIe siècle, qui prétendait nous dévoiler tous les « secrets merveilleux de la magie naturelle et cabalistique ». J'en ai toujours un exemplaire au restaurant et suis ses indications plus ou moins farfelues au gré des désirs de la clientèle. Surtout en ce qui concerne les choses de l'amour.

Ce livre était si porté là-dessus qu'un *Albert moderne* fut édité contre l'*Albert* ancien, accusé, selon les auteurs du premier, de traiter « des matières un peu trop libres et peu convenables à cette décence que l'on doit garder dans un ouvrage public ». Les mêmes se gaussaient aussi de ses penchants pour l'astrologie ou de ses formules abracadabrantes ouvrant les portes de l'amour.

Pour séduire l'être aimé, l'*Albert* ancien recommande de lui faire avaler des extraits d'hippomane, un morceau de chair de dix à quinze centimètres que l'on trouve dans le liquide amniotique des juments et non, comme le prétendait Aristote, sur le front des poulains, sans oublier des cœurs d'hirondelles ou de passereaux, des couilles de lièvres et des foies de colombes. Je me contente, pour ma part, de plantes médicinales comme l'inule aunée ou *enula campana*, que l'on trouve dans les fossés et qui peut atteindre jusqu'à deux mètres de haut. Sous forme de poudre ou de décoction, elle est très efficace contre l'anémie, l'inappétence, les troubles digestifs, la diarrhée et le désamour chronique.

J'en mets à la demande dans mes plats, ainsi que de la roquette, de la marjolaine, de la verveine, des racines de fenouil et des feuilles de peuplier. Chaque fois, il me semble que je fais revivre Emma Lempereur. « On est ce qu'on mange, disait-elle. C'est pourquoi il faut manger de l'amour, de la cuisine de l'amour. »

Elle consultait souvent aussi un autre livre, *Les Plantes médicinales et usuelles* d'un certain Rodin, paru aux éditions Rothschild, dont j'ai retrouvé une édition, datée de 1876, et qui célèbre les vertus émollientes de la guimauve et de la verveine ou les capacités stimulantes du romarin et de la menthe sauvage. Grâce soit rendue à cet ouvrage d'avoir, de surcroît, réhabilité l'ortie qui fait tant de bien aux bovins, aux dindons ou aux humains. Je la sers souvent en soupe.

C'est l'un des plats préférés de Jacky Valtamore, un ancien caïd de mes connaissances, devenu, avec le procureur et le président du conseil régional, l'un des piliers de mon restaurant. Un bel homme avec un regard bleu Méditerranée, qui connaît et peut chanter plein d'airs de l'opéra italien. Un romantique comme j'aime. L'amant idéal qui a survécu contre toute attente à une tentative d'assassinat qui l'avait laissé pour mort. Dommage qu'il soit trop vieux pour moi. Passé la soixantaine, les hommes ou les femmes ne m'attirent plus et il y a déjà quelque temps qu'il est entré dans le cercle des octogénaires.

J'aime quand il pose son regard protecteur sur moi. C'est mon assurance-vie. Il me rend plus forte. L'autre soir, deux merdeux gominés sont venus me voir en cuisine. Ils m'ont proposé de leur verser un forfait mensuel en échange de ce qu'ils ont appelé une « assistance sécurité ».

« Oh, mais c'est du racket ! ai-je protesté.

— Non, c'est une aide qu'on vous apporte...

— Allez discuter de ça avec mon fondé de pouvoir. C'est lui qui s'occupe de tout. »

Je leur ai pris un rendez-vous avec Jacky Valtamore. Je n'ai plus entendu parler d'eux. Sa seule présence leur a fait perdre tous leurs moyens.

Un jour, après que Jacky m'eut dit qu'il avait le sentiment d'avoir raté sa vie, je lui demandai quel genre d'homme il aurait aimé être. Il m'a répondu sans hésiter :

« Une femme. »

Venant d'un macho pareil, c'est le genre de réponse qui aurait plu à Emma Lempereur. Dans mon adolescence, j'ai traversé une phase où je ne lisais que les romans dont le personnage central était une femme : *Une vie* de Maupassant, *Madame Bovary* de Flaubert, *Nêne* d'Ernest Pérochon ou encore *Maria Chapdelaine* de Louis Hémon. Les héroïnes de ces livres étaient toutes des victimes des hommes et de la société qu'ils avaient édifiée pour leur usage exclusif. Un jour que j'avouais à ma mère adoptive que j'aurais voulu être un homme, elle m'en dissuada avec une expression d'effroi :

« N'y pense pas, ma fille ! Tu verras, la vie te l'apprendra : la femme descend du singe mais, à l'inverse, c'est le singe qui descend de l'homme. »

Elle rit, puis :

« Attention, je ne parle pas de Scipion. Lui, c'est mon mari. Ce n'est pas un homme comme les autres. »

14

La reine des courbettes

HAUTE-PROVENCE, 1924. Un jour, alors qu'Emma Lempereur et moi-même cueillions des abricots, elle est tombée de l'échelle. C'était l'année de mon bac et de mes dix-sept ans.

L'année aussi où, après la mort de Lénine, Staline entama sa conquête du pouvoir absolu. L'année encore où Hitler commença à écrire *Mein Kampf* dans la prison de Landsberg où il était détenu après un coup d'État manqué, si ridicule qu'on l'appela le « putsch de la Brasserie », contre la République de Weimar.

Ma mère adoptive est morte une quinzaine de jours plus tard, à l'hôpital de Manosque, après qu'un abcès se fut formé dans sa colonne vertébrale. Quand nous sommes rentrés de l'enterrement, Scipion Lempereur m'a dit, avant de monter dans sa chambre :

« Je vais passer. »

J'ai protesté et il a répondu :

« Je pourrais essayer de vivre, ça ne changerait rien, y a quelque chose qui coule en moi. Je ne sais pas ce que c'est, du chagrin, de la fatigue ou de la mort, mais ça coule tellement fort que je ne pourrai pas l'arrêter : c'est fini. »

Il s'est allongé tout habillé, avec son chapeau en osier sur le nez, du côté du mur, pour se retrancher du monde. Je ne m'affolai pas ; j'étais sûre qu'on ne pouvait décider de mourir de son propre chef et que c'est Dieu qui choisissait la date mais, le lendemain matin, il y avait des bulles sèches sur ses lèvres et il ne bougeait plus ; il était dans le coma.

Le temps d'aller chercher un médecin, Scipion Lempereur était mort. Il n'a même pas eu un frisson, un geste, une parole, rien. Il est décédé comme il avait vécu : subrepticement. C'est ainsi que je me suis retrouvée orpheline pour la deuxième fois de ma vie.

Mes parents adoptifs avaient tout prévu sauf qu'ils mourraient à quelques jours d'intervalle, avant que je fusse majeure. J'ai donc eu droit à un tuteur, Justin, un cousin de Scipion Lempereur qui arriva quinze jours plus tard de Barcelonnette avec sa femme, Anaïs, une charrette et deux gros chiens noirs et débiles.

L'hiver précédent, Emma Lempereur m'avait initiée à la physiognomonie, l'art que nous ont enseigné Pythagore et Aristote : il prétend déterminer le caractère d'une personne à partir des traits de son visage. Chez les nouveaux arrivants que je n'avais jamais rencontrés jusqu'alors, j'ai tout de suite décelé un mélange de violence, de voracité et de sournoiserie dans le nez de chien truffier, l'œil vicieux de fouine à l'espère et la graisse qui, à partir des lèvres inférieures, enrobait la tête. Je ne fus pas déçue.

Le premier soir, ils m'ont annoncé qu'ils me reprenaient en main et m'ont donné leurs instructions que je peux résumer ainsi :

« Tu arrêtes l'école, ça ne sert à rien, surtout pour une fille. »

« Tu ne regardes jamais tes maîtres dans les yeux si tu veux garder les tiens. »

« Tu n'utilises pas la tinette de tes maîtres. Tu vas faire tes besoins derrière la maison, dans un trou que tu auras creusé. »

« Quand on te parle, tu te tiens le dos courbé, la tête baissée et les mains derrière le dos. Tu ne te plains jamais et tu fais toujours ce qu'on te dit. »

« Si tu réponds ou discutes les ordres qu'on t'a donnés, tes paroles seront considérées comme des insolences et elles seront châtiées comme il se doit. »

« Tu quittes ta chambre qui sera désormais attribuée aux chiens : ils veulent toujours dormir à côté de nous. Tu t'installeras dès cette nuit dans l'écurie avec les chevaux. »

« Tu arrêtes avec les chichis, les robes, les souliers et tout le reste. Désormais, tu t'habilleras en blouse et tes cheveux seront coupés ras, pour qu'ils ne tombent pas dans les plats, on déteste la cuisine aux cheveux. »

Mangeant comme quatre, se réveillant même la nuit, après un dîner substantiel, pour aller se sustenter encore, Justin et Anaïs m'ont ainsi transformée le jour même de leur installation en fille de peine, me traitant plus bas que terre et ne manifestant de la considération que pour leurs deux chiens, aussi affamés qu'eux et pas plus futés qu'une mouche à viande.

Au demeurant, Justin et Anaïs aimaient surtout la viande, de préférence très saignante, bien qu'ils ne crachassent pas sur les daubes, les ragoûts, les fricassées ou les pieds paquets. Vivant surtout en cuisine pour leur préparer de quoi remplir leur panse, j'avais l'impression de nager dans le sang.

Au bout de quelques jours à leur service, je sentais la viande grillée, la chair morte carbonisée, la plaie saignante et brûlée. Je ne parvenais plus à me défaire de cette odeur, elle me suivait partout, y compris dans la paille de l'écurie, la nuit.

Justin et Anaïs n'ont pas attendu longtemps pour dévoiler leurs intentions. Ils n'étaient pas là depuis trois semaines qu'ils avaient déjà vendu le cheval et une partie du mobilier des Lempereur. Un bahut, une table, une horloge, deux armoires et des fauteuils. Ils me dépouillaient vivante. Comme je leur disais mon inquiétude, Justin a soupiré :

« On a des frais.

— Quels frais ?

— Faut te nourrir.

— Je ne coûte rien.

— Bien plus que tu le crois.

— Vous savez bien qu'on peut se nourrir sur la ferme, elle est même faite pour ça.

— Y a quand même des frais, insista Anaïs. Je crois que t'es trop jeune pour comprendre. »

Après cet échange, Anaïs me demanda de sortir et, derrière la porte, j'entendis des murmures au terme desquels ils m'annoncèrent qu'ils avaient décidé de me punir pour avoir répondu : mon chat serait donné à manger à leurs deux chiens.

J'avais un chat, un gros matou blanc angora qui me suivait partout comme un chien quand il n'allait pas, pendant les périodes de chaleur, courir la gueuse. Comprenant, dès leur arrivée, que leurs molosses ne s'entendraient jamais avec lui, je l'avais installé dans le grenier d'où il ne sortait que la nuit, quand les deux sales bêtes dormaient dans mon ancienne chambre.

Justin monta dans le grenier, l'attrapa et le jeta aux chiens comme s'il jetait des restes de poulet. Je préfère ne pas qualifier le cri qu'il poussa quand ils le tuèrent, un cri de colère et de révolte qui résonna longtemps sous ma boîte crânienne. Près d'un siècle plus tard, il arrive que je l'entende encore.

« Ça t'apprendra, me dit Justin, son forfait accompli. Maintenant, j'espère que tu tourneras ta langue plusieurs fois dans ta bouche avant de dire des bêtises. »

J'étais invitée aussi fermement à ne pas essayer de m'échapper : les chiens, qui me suivaient partout quand j'étais sur la propriété, ne

me rateraient pas : d'après Justin, ils me ramè-
neraient aussitôt devant eux par la peau du cou.
Morte ou vive, à moins que ça ne soit entre ces
deux états.

Autant dire qu'après leur première leçon j'ai
filé doux. Sans oublier de cacher aussitôt Théo
et sa boîte dans la grange. Je continuai à nourrir
ma salamandre, mais en veillant bien à ne pas la
faire repérer. Elle y serait passée aussi.

Elle était très remontée. Tous les soirs, quand
je lui apportais ses lombrics et ses insectes de la
journée, elle fulminait :

« Qu'est-ce que t'attends pour bouger ?
Prends des initiatives, chiotte !

— Y a rien à faire. J'ai pas la main. »

Comme d'habitude, Théo gratouillait là où
ça faisait mal : tout en ourdissant contre mes
nouveaux maîtres des complots qui restaient
sans suite, je me comportais désormais en
domestique docile et même servile. Sombrant
dans les affres de la jouissance par la mortifica-
tion, j'étais devenue la reine des courbettes. Je
le serais peut-être restée quelques années
encore si l'amour ne m'était pas subitement
tombé dessus, un jour de pluie.

15

Grippe d'amour

HAUTE-PROVENCE, 1925. Le grand amour,
c'est comme une grippe. La première fois que
j'ai vu Gabriel, j'ai ressenti un formidable tremblement me traverser de haut en bas, jusque
dans la moelle des os. Un séisme de la colonne,
qui me laissa dévastée, les jambes flageolantes.

C'était au demeurant un temps à grippe. Il
pleuvait depuis des mois et des mois. Le ciel
s'était étalé de tout son long sur la terre et ne
voulait plus en décoller. Le monde semblait une
serpillière au milieu d'une rivière en crue; il
était en train de couler.

Gabriel n'en pouvait plus, de cette pluie.
Certes, il travaillait toujours à l'abri, dans la bergerie, mais elle lui plombait le moral et il allait
beaucoup moins vite en besogne. Depuis son
arrivée à la ferme de Sainte-Tulle, en fin de
matinée, il n'avait fait que cent vingt-trois moutons. Les bêtes étaient à cran. Il en restait le
double à castrer.

Justin Lempereur ne voulait pas aider le castreur; il n'aimait pas ce travail et, en plus, il était

très fatigué. Il avait trop mangé la veille au soir : ma fricassée de foies de volaille ne passait pas. Il avait donc envoyé à Gabriel le vieux berger de la ferme d'à côté, une loque humaine surnommée « Guenillou », qui déclara forfait au bout de vingt minutes, sous prétexte qu'une de ses brebis avait du mal à vêler, ce qui était au demeurant exact.

« Vêler par cette saison ? s'étonna Gabriel. C'est pas plutôt une maladie.

— Non, c'est un agneau. »

Il était rare que Gabriel ratât une bête et voilà que ce petit mâle s'était mis à pisser le sang en poussant un cri d'agonie, l'amourette dégoulinant son jus comme un morceau de viande rouge. Après ça, la bête s'était couchée sur le flanc avec le regard des animaux qui sont passés au couteau. Il avait le museau riant à pleines dents des moutons qui vont mourir.

Il fallait de la ficelle pour arrêter l'hémorragie et, après avoir vérifié qu'il n'en restait plus dans sa boîte à outils, Gabriel courut à la bastide, puis frappa de grands coups à la porte. Quand je lui ouvris, il faisait peine à voir. Il flottait dans ses habits trempés d'ouvrier agricole sous une casquette qui était ramollie comme une éponge gonflée d'eau.

C'était un jeune homme de petite taille avec des cheveux châtains dont la coiffure en boucles me rappellerait plus tard celle de l'Apollon de Michel-Ange. Pas ce jour-là, bien sûr, à cause de la pluie qui aplatissait tout sous les casquettes, même les crânes.

Je redoute de trahir ses traits en essayant de le décrire. La beauté ne se décrit pas, elle se vit. En tout cas, on voyait au premier regard que c'était quelqu'un d'aimant, de sensuel et de prévenant. Ses lèvres humides et entrouvertes inspiraient tant l'amour que j'eus tout de suite envie de l'embrasser. Mon cœur était en passe d'exploser, telle la tomate du potager, mordue par le soleil, à l'apothéose de l'été.

Si j'avais été une puriste, j'aurais trouvé à redire sur ses pieds démesurés ou sur son visage qui semblait avoir été taillé à la va-vite par un aveugle, à grands coups de serpe. Mais quand on était devant lui, on était tout de suite capturé par ses yeux bruns qui vous transperçaient : quelque chose me coupa en deux, un mélange de vertige, d'exaltation et de peur panique.

Comment me trouva-t-il ? J'étais une flaque de honte et me sentais minable dans ma blouse délavée à carreaux rouges, avec mes sabots crottés et mon teint hâlé de fille de ferme. L'amour ne prévient pas, même pas le temps de me faire une beauté, je n'étais pas à la hauteur de ce qui commençait.

« De la ficelle ! s'écria-t-il. Il me faut tout de suite de la ficelle ! »

Je ne lui ai pas demandé pourquoi et me suis aussitôt ruée dans la buanderie pour revenir avec une bobine. Gabriel m'a raconté plus tard que c'est au moment où je l'ai mise dans sa main qu'il a décidé que je serais sa femme.

Moi, je n'en étais pas encore là, je ne comprenais pas ce qui m'arrivait. J'éprouvais des sensations que je n'avais encore jamais éprouvées. Mon cœur tanguait. Ma bouche devenait sèche et mes lèvres se trémoussaient, comme fouillées par des vers. J'étais comme les Juifs de l'Exode à l'heure de la septième plaie d'Égypte (IX, 24) quand « la grêle et le feu, mêlés l'un avec l'autre, tombaient ensemble » sur eux. Je tremblais de froid et, en même temps, j'avais si chaud que tous les pores de ma peau s'étaient mis à suer. J'avais envie de crier de joie et, simultanément, d'aller me coucher. J'étais tombée amoureuse.

Alors qu'il était déjà reparti en courant avec sa bobine retrouver son mouton, je le hélai pour lui proposer de lui apporter du vin chaud à la bergerie.

« C'est pas de refus », cria-t-il sans se retourner.

Quelques minutes plus tard, le mouton sauvé, je lui apportai une timbale fumante d'une main tremblante :

« Ça vous réchauffera, monsieur.

— Appelez-moi Gabriel.

— Moi, c'est Rose. »

Il y eut un silence. Il ne savait pas quoi dire. Moi non plus. Je fus saisie de panique en songeant que la conversation allait peut-être s'arrêter là et que j'allais passer à côté du grand amour.

« Tu parles d'un mois de juin ! finit-il par dire. On n'a jamais vu ça !

— C'est vrai.

— Y a encore beaucoup de boulot, je pourrai pas finir aujourd'hui. Je vais dormir ici ce soir.

— Dans la bergerie ? Ça sent mauvais !

— Non, il y a aussi de bonnes odeurs de lait et de laine, ça sent l'enfance.

— C'est vrai », répétai-je.

J'étais pathétique, luttant contre la syncope, le souffle court, avec un regard éperdu. Je fis un grand effort sur moi-même avant de bredouiller :

« Vous allez dîner avec nous ?

— C'est prévu. »

J'étais heureuse qu'il restât manger et, en même temps, je redoutais ce moment où il découvrirait que je n'étais que la bonniche. L'éplucheuse de légumes, l'épandeuse de purin, la terreur des rognures, la videuse de tinettes, l'astiqueuse des sols, meubles, chaussures ou ego des patrons.

Je ne mangeais pas à la table familiale mais à la cuisine, une fois le service terminé.

« La suite ! hurla Justin quand, après l'entrée, vint le moment de passer au plat de résistance.

— Bon, alors, ça vient ? » grogna Anaïs, excédée par la lenteur du service.

J'avais préparé du poulet à la crème d'ail et d'artichaut. Une recette de mon invention et, soit dit en passant, une tuerie. Après avoir servi

Gabriel et les Lempereur, je restai à attendre le verdict, le cœur battant.

« Je n'ai rien mangé d'aussi bon de ma vie, dit Gabriel.

— C'est vrai que c'est bon, concéda Justin.

— Sauf que ça manque de sel », observa Anaïs.

En guise de récompense, Justin m'invita à rester avec eux pour écouter Gabriel nous parler de son métier. Je m'assis sur un tabouret, près de la fenêtre, et bus ses paroles avec une expression de ravissement. La même, j'imagine, que celle de Thérèse d'Ávila en extase, sculptée par le Bernin, que j'ai vue un jour à la chapelle Cornaro de l'église Santa Maria della Vittoria de Rome, et qui reste à mes yeux l'une des plus belles représentations de l'amour à l'état pur.

16

Le roi de la pince Burdizzo

HAUTE-PROVENCE, 1925. Gabriel Beaucaire
était châtreur professionnel. Il lui était arrivé de
castrer jusqu'à quatre cents bêtes en une seule
journée. Un habile, un rapide et un costaud, car
ce métier requiert de la force, notamment dans
les bras.

Un artiste aussi, car la castration est un art
autant qu'une science. Avec les bêtes, il faut
faire preuve d'un mélange de fermeté et de
douceur, pour éviter les mouvements de
panique. Gabriel avait la main sûre et rassu-
rante.

Il châtrait tout. Les moutons, surtout, mais
aussi les veaux, les ânons, les porcelets et même
les lapereaux. Il maîtrisait la méthode la plus
moderne, celle de la castration à la pince Burdizzo par écrasement du cordon testiculaire.

Châtreur était un métier de saison qui commençait à la fin de l'hiver et se terminait à son
commencement. Gabriel avait calculé qu'il cas-
trait en moyenne près de quatre-vingt mille
bêtes par an. C'était le roi de la pince Burdizzo,

soucieux de ne pas blesser les bêtes ni de les faire trop souffrir.

Depuis la nuit des temps, les humains, non contents de se repaître de leurs chairs mortes et de leurs plaies saignantes, humilient les animaux tout au long de leur existence. Tandis que les femelles sont soumises à des cadences infernales, pour produire leur lait, leurs petits ou leurs œufs, les bourses des mâles sont massacrées sans pitié, dans une sorte d'hécatombe génitale permanente.

Longtemps, la castration fut un danger pour les animaux de boucherie qui mouraient parfois des suites de l'opération. Elle était néanmoins systématique. Sinon, ils auraient été comme les hommes, toujours à courir après leur queue, grimpant sur tous les dos, enchaînant les saillies et affolant les femelles. Ils n'auraient pas profité ni fait leur gras.

C'est pourquoi les fermiers ont longtemps coupé au couteau les amourettes des moutons ou écrasé à coups de marteau les cordons testiculaires des bovins qu'ils avaient préalablement coincés entre deux bâtons. L'arrivée de la pince à castrer humanisa, si j'ose dire, la castration. Et Gabriel fut l'un des acteurs de cette révolution du testicule.

C'est un Français, Victor Even (1853-1936), qui l'a commencée en inventant la première pince à castrer : en broyant sous la peau les cordons testiculaires des mâles, elle bloquait l'irrigation sanguine des bourses et provoquait leur atrophie naturelle sans plaie ni risque d'hémorragie ou d'infection.

Quelques années plus tard, l'Italien Napoleone Burdizzo de La Morra (1868-1951) a perfectionné l'outil et démodé la pince d'Even, la sienne, à mors larges et manches raccourcis, étant plus légère et plus maniable. Mais le principe est resté le même : en transformant en bouillie une fraction des vaisseaux sanguins, on interrompt la circulation du sang vers les testicules, ce qui provoque la mort des tissus.

Gabriel palpait d'abord le scrotum de la bête pour repérer l'un des deux cordons spermatiques, au-dessus des testicules. Quand il l'avait trouvé, il le pinçait en le tirant sur le côté du scrotum, le plaçait alors entre les mâchoires de la pince Burdizzo, qu'il refermait dessus avant de l'étirer dans un mouvement de va-et-vient. L'opération durait une dizaine de secondes. Quatre fois de suite, car il comprimait les deux cordons spermatiques en deux endroits chaque fois, le second étant écrasé légèrement en dessous du premier.

Dans les jours qui suivaient, les testicules des bêtes enflaient avant de rapetisser et de se transformer peu à peu en lambeaux de peau rachitiques et débilitants. Il n'aimait pas son métier et, en même temps, il en était fier. Ce soir-là, il expliqua avec un sourire ambigu qu'il avait l'impression de faire œuvre de paix : « Quand il y a moins de couilles dans une ferme, il y a moins de violence, moins de conflits. Tous les paysans savent ça.

— Il faudrait peut-être songer à appliquer ce principe dans les sociétés humaines, fit Anaïs.

— Y aurait moins de guerres, ajouta Justin.

— On compte sur vous pour éviter la prochaine », conclus-je.

Tout le monde rit, Gabriel surtout. Il reconnut que ce n'était pas sans une certaine griserie qu'il attentait, avec sa pince, à tant de vies futures. Il ajouta qu'il se verrait bien castrer quelques généraux ou maréchaux de la dernière guerre mondiale, et j'ai tout de suite pensé au commandant Morlinier, qui avait condamné Jules à mort, mais il me sembla que la pince ne pouvait être une punition à la hauteur de son crime.

Quand il fut parti, les Lempereur sont montés se coucher avec leurs chiens, j'ai lavé la vaisselle et nettoyé la cuisine en moins de temps qu'il ne faut pour le dire, les mains tremblantes, incapable de fixer mes pensées. Je n'étais plus qu'un grand frisson de la tête aux pieds. Une affolée. Je savais que je ne me retrouverais qu'entre les bras de Gabriel.

Il eût été trop dangereux d'aller voir Gabriel avant d'avoir tout fini : j'aurais mis la puce à l'oreille des Lempereur qui ne se seraient pas privés de tout gâcher puisque leur mission sur terre était apparemment de me pourrir la vie jusqu'à ce que mort s'ensuive.

Le regard de Gabriel ne pouvait pas m'avoir trompée, je savais ce qui allait se passer. Lorsque je suis sortie de la cuisine, il m'attendait en effet dehors.

Je ne l'ai pas vu tout de suite, la nuit était trop noire, mais dès que j'eus refermé la porte, il craqua une allumette. Il était à deux ou trois mètres du perron.

La pluie avait cessé depuis quelque temps mais la cour était comme un grand égout. Il a fait vers moi quelques pas glouglougoutants, puis :

« Je voudrais vivre avec vous le reste de ma vie. »

Il m'aurait donné un coup de maillet sur la tête, c'eût été pareil. Je ne savais pas quoi répondre.

« Êtes-vous prête à tout partager avec moi, le temps que Dieu voudra bien nous donner ? »

J'ouvris la bouche, mais aucun son n'en sortit. Je me sentis si idiote que j'eus envie de partir en courant et en pleurant, mais ma tête finit par esquisser un hochement d'approbation qu'il ne put voir, l'allumette s'étant éteinte.

Pour qu'il ne prenne pas mon silence pour un refus, je me mis à tousser, comme si je cherchais à m'éclaircir la gorge, avant de lâcher, d'une voix étranglée, quelque chose qui pouvait passer pour un oui.

Je pensais qu'il m'embrasserait ou qu'il me prendrait la main, mais non, il est resté en plan devant moi sans savoir quoi dire. Il était dans le même état que moi.

Il m'a proposé de le suivre dans la bergerie. J'aurais préféré qu'il me demandât de le rejoindre à l'écurie. Les odeurs y sont bien plus agréables : on dirait que les chevaux chient du miel dans leur crottin et ses relents provoquent dans les poumons d'exquis chatouillis qui me transportent, mais bon, je n'allais pas chipoter.

Gabriel et moi avons passé une grande partie de la nuit, au milieu des moutons, à nous dire notre amour sans nous toucher, ni même nous effleurer, mais en nous regardant sans nous voir. Je n'ose rapporter notre parlage, tant il était insipide et radoteur.

« Il faut toujours revenir à l'esprit d'enfance, disait ma grand-mère. C'est là que tu retrouveras tout. Dieu, l'amour, le bonheur. » Mais c'est quand même une chose étrange, à la fin, que l'amour rende si bête et en même temps si heureux.

17

Un baiser de soixante-quinze jours

SISTERON, 1925. Gabriel avait un programme assez lourd pour les jours à venir : trois cents moutons à châtrer dans une bergerie de Sisteron, d'autres aux Mées et à La Motte-du-Caire.

Pour ce qui nous concernait, il avait tout prévu avant même de me témoigner sa flamme. C'était quelqu'un qui ne doutait de rien, ni de moi, ni de lui, ni de notre amour.

Il avait prévenu mes maîtres qu'il partirait très tôt le matin, bien avant qu'ils se réveillent et lâchent leurs chiens. Il n'entendait pas compliquer notre départ.

Pour préserver leur sommeil pendant que nous décampions, Gabriel avait laissé sa mule et sa carriole assez loin de la bastide, en contrebas, au bord de la rivière, dans un champ de trèfles. Il pensait toujours à tout, mon amour.

Je n'emportai avec moi que la boîte de Théo, *Les Pensées* de Pascal avec la liste de mes haines à l'intérieur, quelques vêtements et un couteau de cuisine pour me défendre, si besoin, contre les molosses.

En chemin, tandis que tournoyaient des vols de corneilles, nous nous sommes tant embrassés qu'en arrivant à destination je ne sentais plus ma bouche ni ma langue, c'est à peine si je pouvais parler. Notre conversation tournait en rond. Il me demandait en mariage, je lui donnais mon consentement, il m'implorait à nouveau de lui accorder ma main, j'acceptais encore, et ainsi de suite : il fallait sans cesse que je le rassure d'un geste, d'un baiser, d'une caresse.

Il n'y a pas d'amour vrai sans angoisse. L'angoisse que tout s'arrête à chaque instant. L'angoisse que la vie reprenne soudain ce qu'elle a donné. C'est pourquoi Gabriel transpirait des cordes. Moi aussi. Je ruisselais de partout, mes yeux me picotaient, ça me brouillait la vue.

Nous restâmes dans cet état plusieurs jours de suite, collés l'un contre l'autre, sauf quand il réglait leur compte, à la pince, aux amourettes des agneaux mâles qui semblaient toujours humiliés par cette épreuve dont ils sortaient en boitant, la tête basse, avec des regards d'enfants punis.

Le jour où nous arrivâmes à Sisteron, chez Aubin, un gros éleveur de moutons et une vieille connaissance de Gabriel, je ressentis un pincement : je craignais, à tort, que ça n'en soit déjà fini de notre grand baiser permanent.

Aubin était un célibataire endurci, d'une soixantaine d'années, avec de petits yeux jaunasses, sous les plis graisseux des paupières. Quand il nous ouvrit, il resta un moment interloqué, avant de dire quelque chose qu'on n'a pas entendu à cause du vent qui se cognait dans les montagnes dressées en arc de cercle derrière nous. Il nous observa avec un air mauvais, nous invita d'un geste à entrer, puis bougonna à l'adresse de Gabriel :

« Je ne croyais pas que tu oserais venir après ce que tu viens de faire. Sinon, j'aurais prévenu la police.

— Mais qu'est-ce que j'ai fait? Tu peux me dire? »

Aubin alla chercher un journal dans sa cuisine et le mit sous le nez de Gabriel. À la une du *Petit Provençal* de la veille, ce gros titre :

Drame à Sainte-Tulle.
Une mineure enlevée
par un dangereux maniaque.

L'article qui suivait faisait abondamment parler Justin et Anaïs Lempereur. Ils insistaient sur la naïveté de leur parente, Rose. Une simple qui n'avait jamais eu toute sa tête, au grand désespoir de sa famille. Elle n'en était pas, selon eux, à sa première fugue. « Elle a le diable au corps », commentait le journaliste qui, par ailleurs, décrivait Gabriel comme un être malfaisant doublé d'un obsédé sexuel, plusieurs fois condamné pour des attentats à la pudeur. Une bordille, comme on dit en Provence pour désigner la lie de l'humanité dont il semblait l'une des pires illustrations.

« C'est grotesque, explosa Gabriel quand il eut fini l'article. Grotesque et ridicule. On va t'expliquer, Aubin.

— C'est pas la peine, grogna l'autre, j'ai tout compris. »

Gabriel insista et nous fîmes à deux voix le récit de nos aventures. À la fin, Aubin a dit :

« Je veux bien, mais bon... »

Il est allé chercher dans son vaisselier trois verres et un alcool de gentiane. Après nous avoir servis, il a laissé tomber :

« Je vois qu'une solution pour vous, il faut dire à la police ce que vous venez de me raconter.

— Impossible, dis-je. Mes maîtres sont de tels menteurs que, dans dix ans, on y sera encore. Je préfère leur laisser la ferme et passer à autre chose.

— En ce cas, si vous avez besoin d'un gîte, vous pouvez rester ici, le temps de vous faire oublier. »

Après quoi, il nous a invités à passer à table. Il y avait des œufs durs, de la soupe au pistou et des fromages de chèvre, vieillis dans un pot d'huile d'olive. On mangeait de tout à la fois, avec de larges tranches de pain pour saucer ou tartiner. C'était son menu de tous les jours et, apparemment, il ne s'en lassait pas.

Je me souviens qu'Aubin roulait de gros yeux en direction de Gabriel, un virtuose de la conversation qu'il animait et relançait sans cesse, dans un feu d'artifice d'anecdotes et d'histoires drôles.

La nuit, quand je lui demandais où il avait appris tout ça, Gabriel me répondait :

« Dans les livres. Ici-bas, il n'y a que la vie et les livres qui nous permettent de la vivre mieux. C'est mon père qui m'a appris ça. Il est instituteur. Ma mère, elle, est maraîchère. Je tiens des deux. Du ciel et de la terre.

— Tu sais tellement de choses, Gabriel. Pardonne-moi, mais pourquoi es-tu castreur ?

— Je n'ai rien pu faire d'autre.

— Tu peux tout faire.

— J'ai été renvoyé du lycée de Cavaillon en classe de première après avoir mordu l'oreille du professeur de philosophie, si fort qu'il en a perdu un morceau : ça a fait scandale et, depuis, cette histoire me poursuit.

— Pourquoi l'as-tu mordu ?

— Parce qu'il avait dit que Spinoza était un philosophe dégénéré.

— C'est peut-être vrai.

— C'est mon philosophe préféré, celui qui nous a appris que Dieu est tout et inversement. Quand il a écrit : "Dieu est la nature", il n'y avait plus rien à ajouter. C'est une phrase que l'on peut vérifier tous les jours rien qu'en regardant un brin d'herbe qui s'élève vers le soleil. »

Théo aimait Gabriel autant que moi, c'était dire. Chaque fois que je lui apportais sa nourriture, ma salamandre me répétait en enfournant ses vers, ses araignées et ses limaçons :

« Épouse-le, Rose, épouse-le tout de suite. Tu l'as trouvé, ton homme, c'est lui. »

Je ne crois pas avoir été aussi heureuse que pendant ces deux mois et demi passés à Sisteron. Je n'ai jamais eu aussi peur non plus. Je faisais tout pour cacher ma joie, y compris à Gabriel, de crainte d'attirer les mauvais esprits qui, aux premiers signes de gaieté, accourent pour nous désenchanter.

Ce séjour à Sisteron fut un long baiser à peu près ininterrompu. Un baiser de soixante-quinze jours. Ce n'était pas seulement nous qui ne pouvions plus vivre l'un sans l'autre : nos lèvres ne supportaient pas l'éloignement, fût-il bref. Comme ces escargots qui se mélangent si bien qu'on ne parvient plus à les séparer, nous nous embrassions tout le temps. Quand nous gardions les moutons sur les flancs pentus des bouts d'Alpes. Quand nous étions surpris par des orages qui, après nous avoir gueulé dessus, versaient leurs seaux sur nous. Quand nous allions cueillir les herbes de montagne pour les plats que je préparais le soir. Quand nous avons fait l'enfant qui, un jour, s'est mis à pousser dans mon ventre.

18

Les mille ventres de l'oncle Alfred

CAVAILLON, 1925. Gabriel habitait à Cavaillon dans un petit immeuble en pierre, à l'ombre de la cathédrale Saint-Véran, l'une des merveilles de la Provence avec des tableaux de Nicolas Mignard, un grand peintre du XVIIe qui s'était toqué de l'édifice.

Jadis, les villes se cachaient. Contre la chaleur ou contre les envahisseurs. Tout le quartier de la cathédrale Saint-Véran vivait dans l'obscurité, même à midi, par grand soleil. La topographie des lieux était ainsi faite que l'immeuble de deux étages ne voyait jamais le jour.

Quand Gabriel a tourné la clé de sa porte, la voisine du dessus, une vieille moustachue, est descendue précipitamment en boitant et en criant :

« Heureuse de te revoir, mon pitchoun, mais il faut pas t'éterniser ici. Les gendarmes te cherchent, ils sont passés plusieurs fois, ils disent que t'as commis un crime abominable. »

Elle eut un sourire sans dents, puis :

« Alors, c'est elle, la petite que tu as enlevée ?

Eh bien, félicitations, mon minot. T'as bon goût. »

Sur quoi, elle m'embrassa, laissant sur mon visage une odeur de pisse, avant de prédire avec la gravité des diseuses de bonne aventure :

« Je sens que vous allez beaucoup vous aimer et vous avez raison, on a toujours raison quand on s'aime. »

L'appartement de Gabriel était inondé de livres. La coulée s'étendait jusque dans les placards de la cuisine. Des romans, des récits, des ouvrages philosophiques.

« Tu les as tous lus ? demandai-je.

— J'espère que je les aurai tous lus avant de mourir.

— À quoi ça sert de mourir cultivé ?

— À ne pas mourir idiot. »

Après avoir demandé à la vieille de rendre la mule et la carriole à ses parents, à Cheval-Blanc, une commune limitrophe de Cavaillon, Gabriel rassembla en hâte quelques affaires dans une valise en carton et, une heure plus tard, nous étions dans le train pour Paris.

Il avait décidé que nous nous réfugierions dans la capitale chez son oncle Alfred, qui avait épousé en premières noces la sœur de sa mère, morte depuis, et qu'il décrivait comme un écrivain de premier ordre, un des classiques du xxᵉ siècle, auteur d'essais, de romans, de pièces de théâtre et de recueils de poésie.

Quand nous arrivâmes à Paris, le lendemain matin, nous allâmes directement chez lui. Alfred

Bournissard habitait un immeuble cossu, rue Fabert, près des Invalides. Il était en train de finir son petit déjeuner, les lèvres luisantes et constellées de miettes de croissant. Quand la bonne nous amena devant lui, il se leva et embrassa Gabriel avec effusion.

Il était au courant de notre histoire et nous surnomma tout de suite « Roméo et Juliette ». Il y avait chez lui quelque chose qui impressionnait, une vivacité d'esprit, un sens de la repartie, ainsi qu'une drôlerie bienveillante. Il avait, de surcroît, un regard clair qui mettait en confiance ; il ne faisait aucun doute qu'il avait été un bel homme dans sa jeunesse, ce qui lui avait permis d'épouser une riche héritière après la mort en couches de sa première femme, la tante de Gabriel.

Mais Alfred Bournissard était aussi arrivé à l'âge où, la cinquantaine passée, on est responsable de son visage, et le sien ne le prédisposait pas à être acquitté le jour du Jugement dernier tant il semblait avoir été façonné par la haine, la veulerie et la cupidité.

On aurait dit que le mot ventripotent avait été inventé pour lui. Il bedonnait de partout, du menton, des joues et même des poignets, ce qui contribuait à lui donner cette assurance satisfaite, insupportable à ses ennemis, qui l'avait empêché d'être élu à l'Académie française où il s'était présenté à deux reprises. Chaque fois, il avait recueilli plus de croix que de votes favorables.

D'un naturel expéditif, l'oncle Alfred décida, sans nous demander notre avis, que Gabriel serait l'assistant de son secrétaire particulier, tandis que je serais affectée à la cuisine, dans un premier temps à l'épluchage et à la plonge; il attendait que je fasse mes preuves.

*

L'oncle Alfred travaillait à un grand projet auquel il comptait nous associer comme nègres. C'était ce qu'il appelait l'« événement Drumont ». Un essai, une grande biographie et une pièce de théâtre qu'il sortirait simultanément en 1927 pour commémorer le dixième anniversaire de la mort de ce graphomane illuminé, auteur de *La France juive*, dont il avait été le collaborateur à la fin de sa vie.

C'est pourquoi j'ai lu et annoté, avec Gabriel, toute l'œuvre d'Édouard Drumont, journaliste, député, fondateur du comité national antijuif, qui fascina tant Charles Maurras, Alphonse Daudet ou Georges Bernanos. Sans oublier Maurice Barrès, le si bien surnommé « rossignol du carnage ».

C'était comme si nous avions fait un ménage à trois avec Drumont. Je ne compte pas les fois où nous nous sommes embrassés ou avons fait l'amour, Gabriel et moi, au milieu de ses ouvrages que nos ébats, malgré nos précautions, ont pu, parfois, froisser ou couvrir de taches suspectes. Ma grossesse excitait son désir.

Ainsi ai-je acquis, dans tous les sens du terme, une certaine intimité avec Édouard Drumont. Un enfant du siècle romantique qui, dans *La France juive*, un des grands succès d'édition de la fin du XIXe, singe volontiers Victor Hugo dans un style qui coule comme de la lave, j'allais dire de la bave.

Il est habité. Avant de mourir en 1917, à demi ruiné et atteint par la cataracte, Édouard Drumont avait dit à Maurice Barrès, qui le nota dans ses *Cahiers* : « Comprenez-vous que Dieu me fasse cela, à moi Drumont, après tout ce que j'ai fait pour Lui ! »

Dans *La France juive*, Drumont décrit de la sorte les principaux signes auxquels on peut reconnaître les Juifs : « Ce fameux nez recourbé, les yeux clignotants, les dents serrées, les oreilles saillantes, les ongles carrés au lieu d'être arrondis en amande, le torse trop long, le pied plat, les genoux ronds, la cheville extraordinairement en dehors, la main moelleuse et fondante de l'hypocrite et du traître. Ils ont assez souvent un bras plus court que l'autre. »

Après avoir lu ce passage, Gabriel avait rigolé : « On dirait mon portrait craché ! »

Dans son manuel antisémite, Drumont a noté d'autres traits : « Le Juif possède une aptitude merveilleuse à s'habituer à tous les climats. » Ou bien : « Par un phénomène que l'on a constaté cent fois au Moyen Âge et qui s'est affirmé de nouveau au moment du choléra, le Juif paraît jouir d'immunités particulières vis-à-vis des épi-

démies. Il semble qu'il y ait en lui une peste permanente qui le garantit de la peste ordinaire. »

Il a également noté que le Juif « sent mauvais » : « Chez les plus huppés, il y a une odeur,
fetor judaïca, un relent, dirait Zola, qui indique
la race et qui les aide à se reconnaître entre eux
[...]. Le fait a été cent fois constaté : "Tout Juif
pue", a dit Victor Hugo. »

Enfin, la névrose est, selon Drumont, « l'im-
placable maladie des Juifs. Chez ce peuple longtemps persécuté, vivant toujours au milieu de
transes perpétuelles et d'incessants complots,
secoué ensuite par la fièvre de la spéculation,
n'exerçant que des professions où l'activité
cérébrale est seule en jeu, le système nerveux a
fini par s'altérer. En Prusse, la proportion des
aliénés est beaucoup plus forte chez les Israélites que chez les catholiques ».

Sur quoi, Édouard Drumont donne des
chiffres saisissants : sur 10 000 Prussiens, on
compte 24,1 aliénés chez les protestants, 23,7
chez les catholiques et 38,9 chez les Israélites.
« En Italie, ajoute-t-il, on trouve un aliéné sur
384 juifs et un sur 778 catholiques. »

De livre en livre, avec de plus en plus de succès, Édouard Drumont a tapé sur le même clou :
la juiverie qui s'est abattue « comme une pluie
de sauterelles sur cet infortuné pays » qu'elle a
« ruiné, saigné, réduit à la misère » en organi-
sant « la plus effroyable exploitation financière
que jamais le monde ait contemplée ». Je cite là
des extraits de son livre *La France juive devant*

l'opinion, publié en 1886, où il revient sur le triomphe obtenu par son célèbre essai, paru la même année.

Je ne peux pas vous obliger à lire les citations qui suivent. Du Hitler avant l'heure, écrit dans un beau français. Sachez cependant qu'elles résument bien le galimatias idéologique qui, avant de culminer avec l'Allemagne nazie, servait de pensée à tant de patriotes comme l'oncle Alfred.

« La société française d'autrefois étant chrétienne, écrit Édouard Drumont dans *La France juive devant l'opinion*, avait pour devise : Travail, Sacrifice, Dévouement. La société actuelle étant juive a pour devise : Parasitisme, Fainéantise et Égoïsme. L'idée dominante chez tous est non plus de travailler pour la collectivité, pour le pays, comme autrefois, mais de forcer la collectivité, le pays, à travailler pour vous. »

Édouard Drumont n'était pas un conservateur. La preuve, il prédisait que « toute la France suivra le chef qui sera un justicier et qui, au lieu de frapper sur les malheureux ouvriers français, comme les hommes de 1871, frappera sur les Juifs cousus d'or[1] ». Jules Guesde, l'une des grandes figures de la gauche socialiste, se crut ainsi autorisé à participer, un moment, à des réunions publiques à ses côtés. Sans doute partageait-il son analyse de ce capitalisme qui, partout en Occident, était en train de sortir de terre :

1. *La France juive.*

« C'est sur les ruines seules de l'Église que s'est élevée cette idole dévorante du capitalisme qui, pareille à une divinité monstrueuse d'Ashtoreth se fécondant elle-même, se reproduit sans cesse, enfante sans s'en douter, en quelque sorte, pendant qu'on dort, pendant qu'on s'aime, pendant qu'on travaille, pendant qu'on se bat, et étouffe tout ce qui n'est pas elle, sous son exécrable multiplication. »

On peut tout reprocher à Édouard Drumont, personne ne lui enlèvera un don inouï pour la prophétie comme quand, proposant d'en finir avec le « système juif », il écrit, plus de cinquante ans avant l'affreux séisme qui allait ravager le vieux continent :

« Le grand organisateur qui réunira en faisceau ces rancunes, ces colères, ces souffrances, aura accompli une œuvre qui aura du retentissement sur la terre. Il aura remis l'Europe d'aplomb pour deux cents ans. Qui vous dit qu'il n'est pas déjà au travail ? »

Adolf Hitler n'était pas encore né. Il faudra attendre 1889, soit trois ans plus tard, pour que vienne au monde cet enfant d'Édouard Drumont qui, comme l'archange, en fut aussi l'annonciateur.

19

« *La Petite Provence* »

PARIS, 1926. Mes relations avec Théo se sont passablement détériorées pendant les mois où nous avons travaillé pour l'oncle Alfred. Quand j'apportais ses mouches ou ses araignées à ma salamandre qui avait désormais droit à un aquarium, j'essuyais souvent des pluies de reproches :

« Qu'est-ce qui t'arrive, Rose ? Qu'as-tu fait de ton âme ?

— J'essaie de survivre, comme tout le monde, Théo.

— Tu ne pourrais pas trouver des causes moins immondes !

— Je fais ce que je peux mais je vais me sortir de là, fais-moi confiance.

— Regarde-toi. Une chiffe molle, voilà ce que tu es devenue. Ressaisis-toi avant de finir en bouillie dans la cuvette des cabinets où tu es tombée, jusqu'à ce qu'un jour quelqu'un tire la chasse sur toi. »

J'entendais Théo mais je ne l'écoutais pas. L'oncle Alfred fut tellement satisfait de notre travail sur Édouard Drumont qu'il nous gratifia d'une somme substantielle grâce à laquelle je pus, quelques mois plus tard, ouvrir mon restaurant.

Je n'étais pas en mesure de monter l'affaire moi-même : j'avais dix-neuf ans et à cet âge, en ce temps-là, on était encore mineur. Étant recherché par la police depuis l'« enlèvement » de Sainte-Tulle, Gabriel prendrait cependant, pour moi, le risque de mettre l'établissement à son nom.

« Je sens que nous allons continuer à faire de grandes choses ensemble, dit l'oncle Alfred en se tapotant le bedon de contentement. Vous avez tout. Le talent, la passion, les convictions. Il ne vous manque plus que la réussite et je vais vous la donner. Elle viendra, mes petits, vous verrez qu'elle viendra. »

Il nous avait demandé de débroussailler le terrain et de lui préparer des notes sur l'auteur de *La France juive*. Mais dans notre élan, en travaillant tout le temps, nous avions écrit les premières moutures de la pièce, de l'essai et de la biographie qu'il reprit à peu près telles quelles. Sans oublier de nous rendre un hommage appuyé dans l'introduction des deux livres.

« Vous êtes la preuve qu'il y a des nègres intelligents », pouffa l'oncle Alfred avec une expression de satisfaction répugnante.

Ses mille ventres tremblant d'excitation, il nous commanda, dans la foulée, un dictionnaire des Juifs de France mais nous déclinâmes sa proposition. Outre que j'avais décidé de passer ma vie dans les cuisines, et non dans les livres, je n'aimais pas ce projet, Gabriel non plus : je le compris à son expression quand l'oncle Alfred nous le présenta.

Comme Gabriel était habile, il refusa l'offre avec tact, sans vexer son oncle :

« C'est un travail titanesque, je ne me sens pas à la hauteur. En plus, on va avoir le petit dans les jours qui viennent, on ne sera plus si disponibles, je ne voudrais pas vous décevoir.

— Comme vous voudrez, mes enfants. »

L'oncle Alfred n'insista pas. Il avait d'autres idées pour nous. Une biographie de Charlemagne, un essai sur Napoléon et les Juifs, une histoire des mentalités européennes, un atlas des races dans le monde et j'en passe.

« Je l'ai toujours bien aimé, Charlemagne, dit Gabriel.

— Attention, il faisait travailler beaucoup de Juifs, observa l'oncle Alfred. Il en a truffé son administration, c'est ça qu'il faudrait creuser en s'interrogeant sur ses propres origines.

— Charlemagne était juif ?

— Je ne sais pas mais c'est fort possible : un Juif se reconnaît à ce qu'il embauche toujours des Juifs, ces gens-là se serrent les coudes, c'est une obsession qu'ils ont. Si on les laisse faire, y en a plus que pour eux. J'ajoute que Charlemagne était un cosmopolite, une sorte d'apatride militant, et que c'est une des principales caractéristiques de l'âme juive qui ne se reconnaît en aucun lieu et se considère chez elle partout... surtout chez nous, hélas ! »

— Pour écrire un ouvrage comme ça, conclut Gabriel, il faut être historien. Je crains qu'on ne vous déçoive. »

Il ne s'avouait jamais vaincu, l'oncle Alfred. Geyser d'idées, il nous proposa alors d'écrire pour lui le scénario d'un film dont il avait déjà la trame et le titre, *Moloch*. Il sortit du tiroir de son bureau un exemplaire de la revue scientifique *Cosmos*, daté du 30 mars 1885, où figurait une gravure d'un certain Sadler représentant « le supplice d'un enfant de Munich dont la mort avait provoqué le massacre de Juifs en 1285 ».

« L'enfant, indiquait le texte accompagnant la gravure, fut retrouvé sur les indications de la pourvoyeuse des sacrificateurs ; la victime avait été liée sur une table de la synagogue et percée de stylets, elle avait les yeux arrachés. Le sang avait été recueilli par des enfants. Le peuple excité commit les plus graves excès contre les Juifs de la ville et il fallut toute l'autorité de l'évêque pour calmer l'effervescence populaire et arrêter le massacre. »

« Voilà les bases du scénario, dit l'oncle Alfred. C'est un film qui pourrait avoir un gros succès, car il provoquera une polémique à propos d'une réalité qu'on refuse de voir : les Juifs aiment le sang, c'est un fait. Édouard Drumont a retrouvé un Talmud édité à Amsterdam en 1646 où il est écrit noir sur blanc que verser le sang des jeunes filles non juives est un moyen de se réconcilier avec Dieu. Moloch, qu'il faut sans cesse bourrer de chair humaine bien sanglante, est la divinité sémitique par excellence. Rien n'étanche sa soif et sa faim. Des sacrifices comme celui de Munich, il y en a eu partout dans le passé, à Constantinople comme à Ratisbonne, et il y en a sûrement encore. Il est temps de le dire et même de le crier sur les toits : les Juifs adorent le sang chaud. Si ce n'était pas le cas, le Pentateuque ne leur interdirait pas d'en boire. »

J'étais horrifiée par le son de scie de sa voix et, en même temps, attendrie par cette bonté douloureuse qui émanait de lui. Cet homme qui ne voulait que notre bien était odieux et touchant. Devant lui, j'étais toujours déchirée et me réfugiais derrière un sourire stupide, laissant la main à Gabriel qui, mieux que personne, savait embrouiller son monde.

Ce n'est pas une chose dont je suis fière mais nous avons appelé notre fils Édouard à cause de Drumont, notre bienfaiteur posthume, et aussi pour faire plaisir à l'oncle Alfred qui devint par ailleurs le parrain de cet enfant conçu et accouché dans le péché.

Il faudrait attendre encore deux ans pour pouvoir nous marier. Tant que je n'avais pas atteint l'âge de la majorité civile, il m'aurait fallu demander l'autorisation de mes tuteurs de Sainte-Tulle avant de convoler. Autant se dénoncer tout de suite à la police.

La naissance d'Édouard fut le plus beau jour de ma vie. Toute révérence gardée, il fallait que Chateaubriand fût un mâle bien obtus pour

oser écrire dans ses *Mémoires d'outre-tombe* :
« Après le malheur de naître, je n'en connais
pas de plus grand que celui de donner le jour à
un homme. »

S'il avait été une femme, Chateaubriand
aurait su le bonheur atroce d'enfanter. Cette
élévation intérieure. Cette joie sanglante, doublée d'un sentiment religieux. Après l'accouchement, alors qu'Édouard dormait sur mon
ventre, sous le regard de Gabriel, je pleurais de
ravissement ; c'était comme si j'habitais au-dessus de moi-même. J'aurais pu rester dans cette
position jusqu'à ma mort.

Mais le monde m'attendait. Il me fallait
gagner ma vie et faire mon lait. J'allaitai
Édouard jusqu'à l'âge de six mois où je le mis
en nourrice chez une voisine du sixième étage,
une grosse femme qui produisait encore son
litre de lait quotidien, sept ans après la naissance de son dernier-né.

À la fin de l'année, j'avais trouvé une gargote,
rue des Saints-Pères, dans le VIe arrondissement
de Paris. Une salle de seize mètres carrés avec
une cuisine exiguë, qui ne me permettait pas de
faire plus de trente couverts par jour. Le restaurant s'appelait « Le Petit Parisien », enseigne
que j'ai remplacée par « La Petite Provence ».

J'y servais tous les jours mes spécialités, le
plaki, la parmesane et les flans au caramel. À
cela, j'ajoutais ma soupe au pistou où je ne
mégotais ni sur l'ail ni sur le fromage. En
quelques mois, je m'étais fait une belle clientèle

d'écrivains, d'intellectuels et de bourgeois du quartier.

Alfred Bournissard venait souvent dîner ou déjeuner à « La Petite Provence », pour rameuter du grand monde. C'est à lui que je dois d'avoir attiré dans mon établissement des personnages comme la chanteuse Lucienne Boyer et les écrivains Jean Giraudoux ou Marcel Jouhandeau. Sans oublier un très vieux monsieur, Louis Andrieux, ancien préfet de police, qui avait aussi été député, sénateur, ambassadeur, et qui était le père naturel de Louis Aragon. Autant de gens qui ont fait la gloire de mon restaurant.

L'oncle Alfred nous a tant donné que je lui trouvais souvent des excuses quand il proférait ses monstruosités. Même si je me gardais bien de la contrarier, sa générosité me mettait mal à l'aise. Après la mort de sa première femme, il avait épousé en secondes noces l'héritière des quincailleries Plantin, écrabouillée par un train pour être sortie trop tard de sa voiture qui avait calé au milieu d'un passage à niveau. Veuf une seconde fois, il ne s'était jamais remis de sa mort. Il avait la larme facile et souffrait d'une sorte de manque d'amour qu'il recherchait partout, jusque dans le regard de son teckel, et je m'en voulais de ne pas le détester ni de pouvoir envisager de rompre un jour avec lui.

Je me consolais en me disant qu'il est toujours moins facile de recevoir que de donner.

20

L'art de la vengeance

MARSEILLE, 2012. Il me faut interrompre provisoirement mon récit. Alors que je terminais le chapitre précédent, Samir la Souris est venu sonner à ma porte, vers 1 heure du matin.

« Je te dérange pas au moins ? »

Il m'a demandé ça avec l'air péteux de ces jeunes têtes à claques qui, derrière leurs lunettes noires, aux terrasses des cafés, nous narguent, nous les ancêtres dont chaque pas devant l'autre est un indescriptible supplice.

« J'allais me coucher, ai-je répondu.

— J'ai quelque chose d'énorme pour toi. »

J'ai détesté son sourire équivoque quand il m'a dit ça.

« C'est de la dynamite, a-t-il insisté. J'ai trouvé ça dans un registre officiel : Renate Fröll a été confiée à un "Lebensborn", en 1943. Tu sais ce que c'est, les "Lebensborn" ?

— Pas vraiment », répondis-je sur un ton dégagé avant de proposer à Samir la Souris de s'asseoir, ce qu'il allait de toute façon faire sans

me demander l'autorisation, avec son impoli-
tesse habituelle.

Il m'expliqua ce qu'étaient les « Lebensborn », mais je le savais déjà : des maternités SS,
créées par Himmler pour développer une « race
supérieure » avec des enfants volés ou abandonnés dont les parents étaient tous deux certifiés
aryens, yeux bleus, cheveux blonds et tout. On
effaçait leur état civil et ils étaient adoptés par
des familles allemandes modèles afin de régéné-
rer le sang du IIIᵉ Reich.

Après que j'eus laissé s'installer un long silence
pour le mettre mal à l'aise, une lueur d'inquiétude traversa le regard de Samir la Souris :

« Alors, tu ne me félicites pas ?

— J'attends la suite.

— Il faut qu'on aille en Allemagne tous les
deux pour enquêter, on y verra plus clair.

— Tu sais que je ne peux pas voyager, objectai-je. J'ai un restaurant à tenir.

— Quelques jours suffiront.

— Maintenant que j'ai appris ce que je voulais savoir, je n'ai pas envie de creuser davantage. Je vais te donner la console que je t'ai pro-
mise en échange de ton travail et on sera quittes.

— Non, je veux continuer.

— Pourquoi ?

— Pour identifier les parents biologiques de
Renate Fröll. Pour connaître sa vie après le
"Lebensborn". Pour comprendre pourquoi tu
t'intéressais à elle. »

Il y avait dans son regard un mélange d'ironie

et d'insinuations qui m'horripilaient. J'avais le sentiment qu'il en savait plus qu'il n'en disait.

« Bordel de connerie de saloperie de merde, m'écriai-je tout à coup, qu'est-ce que c'est que ce pastis que tu es en train de me faire, petit con ? Si ça continue comme ça, tu vas vite te prendre une salade de phalanges dans la gueule. Tu ne pourrais pas me lâcher un peu la grappe ? Non mais, t'as vu mon âge ? Tu ne crois pas que tu me dois le respect ? »

Samir la Souris s'est levé d'un bond et a pointé sur moi un index menaçant :

« Tu arrêtes ça tout de suite, Rose. Tu m'as insulté, tu me dois des excuses. »

J'ai réfléchi un moment. Je regrettais mon mouvement d'humeur.

« Pardonne-moi, ai-je répondu pour clore l'incident. Je suis en train de remuer des tas de souvenirs pour écrire le livre de ma vie et ça ne me fait pas que du bien. C'est pour ça que je suis très à cran, tu comprends.

— Je comprends, dit-il, mais ne me refais pas ça deux fois. Tu ne me parles plus jamais comme ça, d'accord ? Plus jamais ! Sinon, ça ira très mal pour toi. »

Pour me rattraper, je lui ai proposé une menthe à l'eau et nous l'avons bue sur mon balcon en regardant le ciel étoilé qui clignotait. C'était une de ces nuits où il fait jour et où l'on sent Dieu au fond de l'espace, dans l'espèce de lumière voilée qui fait tout vibrer.

Samir la Souris semblait un bonbon et il me

fallut beaucoup de volonté pour résister à l'envie de le prendre, de le croquer, de le sucer. Il sentait le feu qui montait dans ma carcasse de centenaire et, à en juger par son expression réjouie, ça l'amusait.

« Tu es une drôle de fille, finit-il par dire. Je crois que je vais enquêter sur toi.

— Inutile. Tu sauras bientôt tout sur moi quand tu auras lu mes Mémoires.

— Tu diras vraiment tout dans tes Mémoires ?

— Tout.

— Tu parleras même des gens que tu as tués ? »

Il dépassait les bornes. Je n'ai rien dit en le fixant avec une expression de mépris, pour marquer le coup et signifier mon mécontentement.

« Je sais que tu as tué des gens, reprit-il au bout d'un moment, ça se voit dans tes yeux. Il y a parfois une telle violence dedans, je te jure que tu me fais peur.

— C'est la première fois que j'entends ça. »

Ce n'était pas l'envie qui m'en manquait, mais je ne pouvais terminer la conversation là-dessus. Il y eut un nouveau silence qu'il finit par rompre :

« Tu dis toujours que pour se sentir bien il faut se venger...

— C'est vrai que je le dis. La vengeance est la seule justice qui vaille, ceux qui disent le contraire n'ont pas vécu. En plus, je crois qu'on ne pardonne vraiment qu'une fois qu'on s'est vengé. C'est pour ça qu'on se sent tellement bien, après. Regarde dans quelle forme je suis, à mon âge. Je n'ai ni regrets ni remords parce que, toute ma vie, j'ai observé la loi du talion et rendu coup pour coup.

— Merci de confirmer.

— Non, je ne confirme rien. On peut très bien se venger sans tuer, Samir. Il y a tout un art de la vengeance et il se pratique avec lenteur, sadisme et fourberie, souvent sans faire couler une seule goutte de sang. »

Il secoua la tête deux ou trois fois, puis soupira en haussant les épaules avec ostentation :

« Rose, tu ne peux pas croire un mot de ce que tu viens de dire. Il n'y a que le sang qui venge le sang.

— Non, il y a aussi l'intelligence. »

J'étais fière de ma réplique, c'était une bonne chute, il fallait arrêter la discussion dessus. Pour lui prouver ma bonne foi, j'ai proposé à Samir la Souris de retourner dans le salon et de lire les premiers chapitres de mon livre.

C'était un pur produit de notre époque où l'ignorance, en matière littéraire, ne cesse de progresser. Malgré ses dénégations, je crois bien qu'il n'avait encore jamais lu un seul livre de sa vie, pas même un de ceux qu'il devait commenter à l'école et dont il avait survolé le résumé sur Internet avant de le recopier purement et simplement.

Butant souvent sur les mots, il mit plus d'une heure à lire mon prologue et les dix-sept premiers chapitres. À la fin, il était sonné. Non par mon génie, mais par la fatigue, comme s'il venait d'accomplir un effort surhumain.

Pour tout commentaire, il a laissé tomber avant d'aller se coucher, sur un ton de maître chanteur :

« Il faudra qu'on reparle de tout ça les yeux dans les yeux. »

Je ne savais trop ce qu'il voulait dire mais ça m'a empêchée de m'endormir.

21

Une omelette aux champignons

Paris, 1930. Tout allait trop bien, mais il a fallu que je bouscule notre félicité routinière et satisfasse les bas instincts qui me remuaient le ventre.

C'était une promesse que je m'étais faite à moi-même. Il n'y a que Théo qui fut mise au courant de mes projets qu'elle approuva au demeurant avec enthousiasme.

Gabriel et moi étions comme deux poissons nageant dans les eaux tièdes de la béatitude. Nous étions mariés depuis plus d'un an et j'aimais toujours tout chez lui, y compris ses parents que j'avais rencontrés à l'occasion de nos noces et qui m'avaient séduite. Deux Provençaux philosophes, comme Emma et Scipion Lempereur.

Quand on les regardait, on se disait qu'ils ne feraient pas de vieux os, mais ils mirent des années à mourir. En attendant, pour nous, la vie commençait. Édouard avait trois ans, moi, vingt-deux, et Gabriel, vingt-six, quand j'ai décidé de fermer mon restaurant pendant les vacances de Pâques.

J'ai prétendu que j'avais des affaires personnelles à régler en Provence, il ne m'a pas demandé lesquelles : il y avait chez Gabriel une délicatesse qui lui interdisait de me réclamer des comptes sur la moindre chose, mais il est vrai qu'il entrait dans mes pensées comme dans du beurre. Je lui laissai Théo en gage.

Avec Gabriel, je ne doutais pas que notre amour durerait toute la vie. Dans notre chambre de bonne, au sixième étage de la rue Fabert, il n'y avait jamais un mot plus haut que l'autre, même après qu'Édouard nous eut fait passer une mauvaise nuit, ce qui arrivait souvent, les sinusites succédant aux laryngites et à toutes ces maladies qui s'acharnent sur nos bébés.

Gabriel savait bien ce que j'avais en tête. Il connaissait ces bouffées de haine qui, parfois, bloquaient ma poitrine. M'accompagnant à la gare de Lyon avec Édouard, il me glissa à l'oreille, alors que, le pied droit sur la première marche, j'allais monter dans le train :

« Sois prudente, mon amour. Pense à nous. »

La prudence n'étant pas mon fort, toute l'habileté de Gabriel consistait à me culpabiliser. Il ne contestait pas mon projet ; il en pesait les risques et en fixait les limites. S'il ne m'avait pas dit ça, je ne crois pas que j'aurais fait une étape à Marseille avant de prendre le train pour Sainte-Tulle. J'aurais simplement écouté l'envie pressante qui m'incitait à accélérer mes pas pour l'assouvir.

À Marseille, j'allai chez le coiffeur pour me

faire couper les cheveux à la Jeanne d'Arc, puis achetai un panier, de la viande et de quoi me travestir en homme. Un pantalon, un manteau et une chemise, une casquette, ainsi qu'une écharpe pour dissimuler une partie de mon visage.

Quand j'arrivai à la gare de Sainte-Tulle, je pris la direction de la bastide des Lempereur en coupant à travers une petite forêt de chênes où je connaissais un coin à champignons et j'en remplis mon panier. Quelques morilles pour mettre par-dessus, mais surtout deux espèces mortelles dont les odeurs et les goûts trompent, depuis des générations, leurs victimes : des amanites phalloïdes et des inocybes fastigiés. De quoi tuer un régiment.

Quand les deux molosses arrivèrent sur moi, je leur jetai des morceaux de viande que j'avais fourrés de graines de ciguë à fleur bleue. Ils les engloutirent avec cette voracité stupide qu'on ne rencontre que chez le chien, le cochon et l'humain. C'est ainsi que l'on tuait les loups jadis. Effet garanti. Au bout de quelques minutes, les chiens se sont laissés tomber par terre, secoués par des spasmes, les yeux exorbités et la gueule mousseuse. On aurait dit qu'ils crevaient de froid, à petit feu, si j'ose dire...

« Je suis désolée pour vous, leur dis-je, mais il ne fallait pas tuer mon chat. »

Alors qu'ils agonisaient dans la cour, j'allai frapper à la porte de mes anciens maîtres, le panier de champignons dans une main et un revolver dans l'autre. Un Astra mod.400, un pistolet semi-automatique d'origine espagnole, que m'avait vendu un ami journaliste du Quartier latin.

C'est Justin qui m'ouvrit. N'était son teint rouge brique qui tournait au violet, il n'avait pas changé. Malgré mon déguisement, il me reconnut tout de suite et me serra la main en gardant ses distances, avec une circonspection craintive.

« Qu'est-ce qui est arrivé aux chiens ? demanda-t-il en regardant ses molosses gigoter sur le dos.

— Un malaise. »

Feignant de ne pas voir mon pistolet, il dit :

« Je suis content de te voir. Qu'est-ce qui t'amène ?

— Je suis venue pour le chat.

— Le chat ? »

Même si sa bouche était sèche et sa voix, blanche, il avait adopté un air faussement enjoué à cause du rapport de force : mon revolver braqué sur lui et ses chiens en train d'agoniser derrière moi.

« Si c'est que ça, on peut te donner un autre chat, ça se remplace facilement, y en a tellement...

— J'ai tout accepté de votre part, tout, mais le chat, non, dis-je en prenant la direction de la cuisine. Appelle ta grosse et on va manger, c'est l'heure. Je vais vous préparer une omelette aux champignons comme dans le temps, tu te rappelles ?

— Sûr que je me rappelle! Tu es la reine de l'omelette aux champignons...

— ... et de beaucoup d'autres choses. »

Intriguée par le bruit, Anaïs s'amena de son pas lourd. Sa rétention d'eau lui faisait des chevilles comme des bonbonnes. Quand elle me vit dans la cuisine, mon Astra mod.400 à la main, elle poussa un grand cri de frayeur et serait tombée à la renverse si son mari ne l'avait retenue.

« Pourquoi t'es venue avec un revolver? a fait Justin d'une voix gémissante, parfaitement adaptée à sa situation.

— Je n'ai pas voulu prendre de risques avec vous. Y a eu trop de malentendus entre nous, j'avais peur que vous ne compreniez pas le sens de ma visite, qui est une visite de paix et d'amitié...

— C'est dommage qu'on se soit pas compris. »

Justin était tellement fier de sa phrase qu'il la répéta deux fois.

« Voilà l'occasion ou jamais, dis-je, de se rattraper et de repartir de zéro. »

J'épluchai les champignons et les coupai devant eux avant de les mélanger aux œufs battus, quinze en tout. Quand mon omelette fut comme ils aimaient, bien baveuse, je leur ai servi une grosse part chacun en leur demandant de ne pas l'avaler, comme ils le faisaient d'ordinaire avec la nourriture, mais de bien la mâcher pour mieux s'en imprégner, en l'honneur du bon vieux temps. Ils obtempérèrent avec la

goinfrerie professionnelle de porcs à l'engrais-
sage.

« J'aimais beaucoup mon chat, murmurai-je
pendant qu'ils mangeaient leur omelette.

— Nous aussi, faut pas croire.

— Pourquoi l'avez-vous tué, alors?

— C'est pas nous, c'est les chiens, protesta
Justin, mais c'est sûr qu'on aurait pas dû le leur
donner, on a été bêtes, on s'excuse. »

Quand ils eurent la panse remplie d'omelette, je leur préparai du café. Ils commençaient
à le boire quand, observant leurs premières
suées, je leur ai dit qu'ils allaient mourir : le pro-
cessus commencerait d'ici quelques minutes et
durerait plusieurs heures.

Ils ont paru surpris. Ils imaginaient bien que
je mijotais un sale coup, mais ils ne s'attendaient
pas à tomber par là où ils avaient toujours tant
péché : la mangeaille.

« C'est pour le chat, dis-je. Il fallait que je le
venge, j'y pensais tout le temps, ça me pourris-
sait la vie. »

Justin s'est levé mais je l'ai fait rasseoir sous la
menace de mon semi-automatique. Je les ai laissés à leur destin quand ont commencé les nausées, les vomissements, les diarrhées, les vertiges,
avant les convulsions et la destruction du foie. Je
ne voulais pas voir ça : je n'ai pas la vengeance
morbide.

Avant de partir, j'ai vidé une partie des restes
de l'omelette aux champignons dans les écuelles
des molosses avant de poser la poêle au quart

154

pleine sur la table de la cuisine, de sorte que la police ne puisse avoir aucun doute sur les raisons de la mort des Lempereur et de leurs chiens.

Deux semaines plus tard, je reçus à Paris une convocation du commissariat de Manosque. De retour en Haute-Provence, je fus interrogée par un inspecteur suspicieux qui, avec un de ses collègues, me bombarda de questions pendant plus de quatre heures mais ne trouva, dans mes réponses, aucun élément pouvant lui confirmer mon implication dans cette affaire.

Il s'appelait Claude Mespolet et son nez était comme un poinçon prêt à percer, jaillissant de sa tête de vieille momie aigrie, plantée sur un petit corps de polichinelle. Il avait à peine trente ans et portait une veste huileuse sur une chemise chiffonnée mais pourvue cependant de boutons de manchette dorés. Très sceptique devant cette histoire d'empoisonnement aux champignons, il en avait contre le monde entier en général et contre moi en particulier.

« Quand il y a un meurtre, me dit-il, il faut d'abord chercher le mobile. Vous avez un mobile.

— J'ai peut-être un mobile mais il n'y a pas de meurtre.

— Rien ne le prouve, objecta-t-il.

— Rien ne prouve le contraire non plus.

— Si, madame : on a retrouvé des traces de ciguë dans les cadavres des chiens. Ce qui me permet d'imaginer qu'il y a quelqu'un qui, après leur mort, dans un souci de mise en scène, a rajouté dans leurs écuelles les restes des champignons vénéneux. »

L'inspecteur Mespolet planta son regard dans mes yeux jusqu'à ce que je les baisse.

« Ce n'est certes qu'une supposition de ma part, conclut-il, mais bon, reconnaissez qu'il y a comme un ver sous la pierre... »

Sans le savoir, Claude Mespolet m'avait donné une bonne leçon. S'il n'était pas un as de la police, je n'étais pas non plus une virtuose du crime. Plus de mise en scène, désormais : ça éveillait trop les soupçons. Mieux valait improviser.

Quelques mois après, je reçus une lettre du notaire de Manosque m'annonçant qu'après la « tragique disparition » de Justin et d'Anaïs Lempereur j'étais l'unique héritière de la ferme de Sainte-Tulle. Je lui répondis que, ayant atteint la majorité et souhaitant me séparer de la propriété, je le chargeais de la vendre dans les meilleurs délais.

Avec le fruit de la vente, je pus acheter, à la fin de la même année, un trois pièces à Paris, rue du Faubourg-Poissonnière, pour Gabriel, Édouard et moi. C'est là que je fus, pendant près de dix ans, la femme la plus heureuse du monde.

22

Retour à Trébizonde

PARIS, 1933. Le bonheur, disait Emma Lempereur, ça ne se raconte pas. C'est comme une tarte aux pommes, ça se mange jusqu'à la dernière miette qu'on ramasse sur la table avant de lécher le jus doré qui macule les doigts.

Le bonheur, ça ne s'affiche pas non plus. La meilleure façon de transformer vos amis en ennemis, c'est de se montrer heureux. Ils ne le supportent pas. Le bonheur est un chef-d'œuvre qui doit rester à tout prix inconnu : il faut le garder pour soi si l'on ne veut pas s'attirer les inimitiés ou le mauvais sort.

Nous étions arrivés à l'apothéose du bonheur, Gabriel et moi, quand nous avons donné une petite sœur à Édouard : Garance, une blondinette aux yeux bleus, comme sa mère, mais avec des traits bien plus fins, qui a manifesté très tôt une passion pour la danse. Je la voyais déjà ballerine à l'Opéra de Paris.

Édouard se voyait, lui, en policier ou en conducteur de train, à moins que ce ne soit chef d'orchestre. C'était un touche-à-tout sans complexe qui détestait les tiroirs et les étiquettes. Très tôt, il me sembla si éloigné de l'esprit français que j'avais peur pour lui.

Pardonnez-moi si je ne peux vous en dire plus sur Édouard et Garance. Dans les pages qui suivent, j'éviterai de parler de mes enfants. Il faut me comprendre : rien qu'en couchant leurs deux noms sur le papier, mon visage s'inonde de larmes et ma gorge se secoue de sanglots.

Pendant que j'écris ces lignes, l'encre se mélange aux pleurs, transformant mes phrases en grosses taches bleutées sur la feuille de mon cahier. Je n'ai pas commencé à vous raconter mon histoire pour me faire du mal. Or, tout s'embrouille et le sol se dérobe sous mes pieds chaque fois que j'essaie d'évoquer mes enfants en mots ou en paroles. Depuis la tragédie, je vis avec eux dans ma tête mais il vaut mieux pour moi qu'ils n'en sortent pas.

Dieu sait pourquoi, il m'est plus facile de me remémorer Gabriel, qui a pourtant connu le même sort qu'eux. À l'époque, il ramait. Professionnellement du moins. Désormais secrétaire en titre de l'oncle Alfred, mon mari était aussi son nègre et inondait de la prose bournissardienne la presse antisémite du moment, *La Libre Parole*, *L'Ordre national* ou *L'Antijuif*.

Même s'il ne me l'a jamais dit, je sentais bien, ce qui n'était pas pour me déplaire, qu'il avait honte de son travail : il n'en parlait presque jamais et quand, par hasard, nous l'évoquions, il gardait de plus en plus souvent les yeux baissés, tandis que des plis d'amertume tordaient ses lèvres et ses sourires. Il était complice de quelque chose que j'abominais et, en même temps, je savais qu'il valait mieux que cela. C'est pourquoi je lui pardonnais, d'autant qu'il cherchait apparemment à changer de voie en assurant, par exemple, l'intérim de la chronique musicale du *Figaro*.

Après la mort d'Alfred Bournissard, au printemps 1933, à cinquante-deux ans, d'une congestion cérébrale que l'engorgement de ses vaisseaux sanguins préparait depuis longtemps, Gabriel tenta de s'affranchir de cette extrême droite lamentable où grenouillait son oncle. Il travailla un moment pour Jean Giraudoux, auteur de *La Folle de Chaillot*, qui fut souvent accusé d'antisémitisme mais auquel il sera beaucoup pardonné pour avoir écrit un jour que la « race française est une race composée » et qu'il n'y a pas que « le Français qui naît. Il y a le Français que l'on fait ». Même s'il sent un peu le roussi, je ne l'ai jamais mis dans le même sac que les autres.

Quelques mois plus tard, cherchant un emploi stable, Gabriel accepta de devenir secrétaire de rédaction de la *La France réelle*, une feuille dont la vue même me donnait la nausée. J'aurais été mal fondée de jeter la pierre à mon mari. La clientèle de mon restaurant était composée pour l'essentiel d'individus de cette engeance.

Le dégoût qu'elle nous inspirait, sans que nous l'exprimions jamais, était sans doute la seule limite du bonheur à qui il en faut toujours pour nous permettre de profiter mieux de ce qui nous reste. Je savais que Gabriel n'avait rien à voir avec ces braillards prétendument patriotes qui proliféraient dans les années 30 et j'aimais qu'il cherchât à racheter son âme en travaillant sur une biographie à la gloire de Salomon Reinach, originaire d'une famille de banquiers juifs allemands, archéologue, humaniste et spécialiste de l'histoire des religions, l'un des plus beaux esprits de son temps, mort un an avant l'oncle Alfred.

Rien ne pouvait entamer l'harmonie de notre couple. Ni les miasmes de l'époque ni les difficultés professionnelles de Gabriel. Nous n'avions même pas besoin de nous parler pour nous comprendre.

Il lisait dans mes pensées comme l'année où il accepta de bonne grâce que je lui laisse les enfants pendant la fermeture annuelle de « La Petite Provence », la première quinzaine d'août : à son sourire complice, je compris qu'il savait ce que j'avais en tête lorsque je lui annonçai mon intention de me rendre à Trébizonde sur les lieux de mon enfance « pour régler des affaires personnelles ».

*

1933 fut l'année de la naissance du IIIe Reich. Il vint au monde, le 30 janvier, quand le président Paul von Hindenburg, vieille baderne à l'image de sa République finissante, sacra Adolf Hitler en faisant de lui un chancelier. Le ver était dans le fruit et le fruit était pourri.

Quelques semaines plus tard, après l'incendie du Reichstag, Hitler s'arrogea les pleins pouvoirs pour protéger le pays contre un prétendu grand complot communiste et, le 20 mars, Himmler, le patron de la police de Munich, annonça que s'ouvrirait près de Dachau, deux jours plus tard, le premier camp de concentration officiel avec « une capacité de 5 000 personnes » pour y cantonner tous les éléments asociaux qui, en suscitant de l'agitation, mettaient en péril leur vie et leur santé.

Au lycée de Manosque, j'avais choisi l'allemand en première langue. Passionnée par la culture germanique, Emma Lempereur m'y avait initiée en me mettant entre les mains *Les Souffrances du jeune Werther* de Goethe. Après ça, tout s'était enchaîné. Bach, Schubert, Mendelssohn et tous les autres.

Malgré ce tropisme germanique, je ne prêtais aucune attention à la montée du nazisme et ne me préoccupais pas davantage des millions de morts, cinq, six ou sept, provoqués, la même année, par les grandes famines soviétiques.

Le 22 janvier 1933, Staline, l'un des plus grands criminels de l'histoire de l'humanité, signa avec son acolyte Molotov une directive ordonnant le blocus de l'Ukraine et du Caucase du Nord où les habitants furent condamnés à mourir sur pied d'inanition, avec interdiction absolue d'aller chercher ailleurs le pain qui leur manquait, tandis que l'Union soviétique exportait dix-huit millions de quintaux de blé.

La fièvre génocidaire était en marche; rien ne pourrait plus l'arrêter. Sous la houlette d'Hitler et de Staline, elle allait broyer tour à tour ou simultanément les Juifs, les Ukrainiens, les Biélorusses, les Baltes, les Polonais et beaucoup d'autres.

Si j'avais pris la peine de m'informer sur tout cela, 1933 aurait laissé un goût de cendres dans ma bouche. Au contraire, cette année-là m'a donné l'une des plus grandes joies de ma vie. Et l'été 33, elle a commencé à vibrer en moi quand, du pont de mon bateau, je vis se rapprocher Istanbul.

Elle ne m'a pas quittée pendant mes trois jours d'escale à Istanbul, dans l'ancienne Constantinople qui avait changé de nom en 1930 et où je me suis tout de suite sentie chez moi. Je ne sais si c'était à cause des odeurs qui traînaient dans l'air ou de la bienveillance des regards que je croisais, mais j'eus le sentiment, en marchant dans les rues, de retrouver la part de moi que j'avais perdue en quittant la mer Noire.

Où étaient les assassins de ma famille? Ici-bas, les bourreaux ont tôt fait de devenir des victimes et les victimes, des bourreaux. La foule était si bonasse que je ne pouvais l'imaginer, un instant, en train de massacrer les miens. J'étais turque parmi les Turcs, j'allais dire pour les Turcs : les hommes me semblaient bien plus beaux qu'à Paris mais je n'ai pas cédé à la tentation.

Il s'en est cependant fallu de peu. Un type m'a suivie dans le grand bazar d'Istanbul où j'achetais des cadeaux pour la famille. Il a fini par m'accoster et m'a proposé de me promener avec lui mais je n'ai pas donné suite.

J'ai été prier à la mosquée Sainte-Sophie qui fut pendant presque dix siècles, de l'an 537 à 1453, date de son islamisation, le monument le plus considérable de la chrétienté. C'était la dernière année qu'elle servait de lieu de culte avant d'être transformée en musée. J'étais transportée. Il m'a semblé voir quelque chose de divin dans la blancheur lumineuse qui entrait par les fenêtres pour se cogner contre les parois de la coupole.

Quelques jours plus tard, ma joie redoubla quand notre bateau arriva au large du port de Trébizonde qui se dressait au bout d'une mer laiteuse, mélangée au ciel bas et crémeux.

Ma joie était toutefois mêlée de cette sensation d'angoisse qu'on éprouve, la première fois, avant l'amour, quand on ouvre la porte de la chambre où nous attend le lit du plaisir. Sauf qu'en l'occurrence ce serait un lit de mort.

Je savais qui j'allais voir mais je ne savais pas encore ce que j'allais lui faire.

23

Une promenade en bateau

TRÉBIZONDE, 1933. Ali Recep Ankrun avait
autant de ventres que l'oncle Alfred, à ceci près
qu'il en portait aussi un sur le nez qui ressem-
blait à une tomate du Caucase, jetée en pleine
figure.

Il était manchot et faisait partie de ces mutilés
qui refusent d'admettre qu'ils ont perdu un
membre : il ébauchait de temps en temps des
moulinets avec son coude, afin de ponctuer ses
phrases quand il les jugeait importantes. Je résis-
tai, non sans mal, à l'envie folle de lui demander pourquoi il avait été amputé.

Il transpirait beaucoup, du visage surtout, ce
qui l'amenait à garder sans cesse par-devers lui
un mouchoir à carreaux grand comme un torchon avec lequel il s'épongeait la tête. Mais il
sentait bon. Une odeur de loukoum, de caramel
et de lait d'amande, qui me donna une petite
faim.

Le maire de Trébizonde m'avait accueillie en
se précipitant vers moi avec cette euphorie vul-
gaire et stupide qui caractérise les politiciens,

164

comme s'il attendait ma visite depuis le jour de sa naissance :

« Vous avez tout à fait raison de vous intéresser à notre ville.

— Quand *Le Figaro* m'a proposé de préparer un grand dossier sur Trébizonde, j'ai tout de suite accepté.

— C'est la preuve que ce journal est très intelligent, ce que je savais déjà. »

Puis, baissant la voix, avec un sourire mielleux :

« Vous parlez très bien le turc. Où l'avez-vous appris ?

— À l'école. Mon père était fasciné par l'Empire byzantin.

— Vous savez sans doute que notre ville fut, pendant plus de deux cents ans, la capitale d'un autre empire qu'on appelle précisément l'Empire de Trébizonde.

— Oui, je sais aussi que votre ville a été fondée par les Grecs, longtemps avant notre ère.

— Ah ! les Grecs, soupira-t-il, nous ne nous sommes pas bien entendus. Ce sont des chrétiens obtus, obsédés par leur foi débile et maniaques des croix, il faut toujours qu'ils en mettent partout. Maintenant qu'ils sont tous partis, franchement, on se sent beaucoup mieux chez nous. »

Même si ça me démangeait, je n'allais pas lui répondre que le gouvernement turc avait résolu le problème grec comme il avait résolu le problème arménien, quelque temps auparavant :

par l'éradication. Entre 1916 et 1923, le génocide des Grecs avait fait 350 000 morts dans la région. Le christianisme avait disparu de la surface de cette terre, les cloches s'étaient effacées devant les muezzins.

Je n'étais pas venue pour débattre avec Ali Recep Ankrun mais pour quelque chose de bien plus important. C'est pourquoi j'abondai dans son sens avec un air de petite fille soumise et fascinée :

« C'est cette purification qui a permis à votre ville de repartir sur de bonnes bases.

— Repartir n'est pas tout à fait le mot, je parlerais plutôt de renaissance et même d'explosion économique. Je suis prêt à vous accorder une interview exclusive pour évoquer tout cela, ainsi que mes projets qui sont très nombreux sur tous les plans, industriel, éducatif et religieux. »

Il me vanta les mosquées de Trébizonde qu'il fallait visiter toutes affaires cessantes, avant de me parler de la pêche, l'une des principales activités de la ville qui, à ses yeux, était la capitale d'à peu près tout. De l'anchois, du harenguet, du mulet rouge mais aussi de la noisette, du tabac, du maïs et de la pomme de terre.

Une heure passa, puis deux. Ali Recep Ankrun n'avait pas envie de mettre fin à notre entretien. Un garde-chiourme passait régulièrement une tête par une des portes de son bureau en lui faisant les gros yeux : la délégation de patrons géorgiens, qui faisait antichambre, s'impatientait, elle devait repartir très vite à Erze-roum où elle avait des rendez-vous.

Avant de mettre fin à notre première rencontre, le maire de Trébizonde m'invita à dîner le soir même et j'acceptai en simulant une sorte de frémissement dorsal qui, à en juger par la dilatation de ses pupilles, l'émoustilla.

Je passai l'après-midi à me promener dans les rues de Trébizonde, notamment Uzun Caddesi, les oreilles remplies des cris des marchandes de poissons et les narines rassasiées des bonnes odeurs de pain lavash. Au bout d'un moment, je me suis sentie si pleine de vent, d'effluves, de parfums ou de couleurs, que j'avais fini par oublier ce pour quoi j'étais venue.

Tant de morts après, rien n'avait changé dans cette ville qui grouillait comme avant, au pied de sa montagne. La vie avait repris son cours et m'emmenait moi aussi à travers la foule affairée. Malgré toutes mes préventions, j'avais cédé aux charmes de Trébizonde. J'étais comme réconciliée avec moi-même.

Le soir, dans le meilleur restaurant de la ville où Ali Recep Ankrun m'invita, il me fallut résister avec tact aux avances du maire qui, apparemment, avait décidé que je passerais à la casserole, sitôt le dessert terminé. Sans me vanter, il me semble que je m'y pris assez bien.

« Jamais le premier jour, lui dis-je en prenant sa main moite. Pardonnez-moi mais... j'ai toujours besoin de réfléchir un peu avant de m'engager. Je suis tellement sentimentale, vous comprenez, et puis je suis mariée. »

Ce ne serait que partie remise. Quand Ali Recep Ankrun me proposa d'aller pique-niquer le lendemain midi sur son bateau, j'acceptai sans hésiter, les paupières papillotantes, en humectant mes lèvres avant d'émettre une sorte de râle qui, pour n'être pas subtil, était au moins très prometteur. J'ai failli lui dire que je serais alors prête pour la chosette, mais ce sont mes lombaires et mes fesses qui, en quelques légers trémoussements, le lui ont fait savoir.

« Ne dites mon nom à personne, insistai-je. Je tiens à mon mari, je ne veux pas de scandale.

— Moi non plus. Je serai très discret, rassurez-vous. C'est aussi mon intérêt.

— Je veux qu'il n'y ait que vous et moi sur le bateau. Pas de domestique, vous savez comment sont ces gens-là. Ils parlent trop.

— Ça va de soi et je suis trop pudique pour accepter la présence de quelqu'un quand je vous ferai ma déclaration. »

Sur quoi, il me lança un clin d'œil, doublé d'un sourire égrillard. Je posai ma main sur la sienne et la caressai doucement pour lui confirmer mes intentions.

On a commencé à se tutoyer.

« J'ai tellement hâte de te prouver mes sentiments, ai-je dit.

— Je t'aime.

— Je crois que c'est une grande histoire qui commence. »

Le lendemain, quand je suis montée dans son bateau à moteur pour notre petite croisière, j'avais mon semi-automatique Astra mod.400 au fond de mon sac à main, mais comptais bien ne pas m'en servir. Comme je l'ai déjà dit, j'avais décidé d'improviser.

En premier lieu, je lui demandai de prendre la direction du large et le maire obtempéra sans argumenter quand je lui précisai que, pour ne pas froisser ma pudeur qui était grande, il devait mettre la plus grande distance possible entre le rivage et nous avant d'entamer les préliminaires.

Ensuite, quand nous fûmes loin de la terre, après qu'il eut arrêté le moteur et laissé dériver le bateau, je lui ai donné son content, c'était la moindre des choses : l'affaire fut vite expédiée, à peine le temps d'éternuer, mais je crois que le maire était très ému. Moi aussi, mais pas pour les mêmes raisons. J'étais dans l'état de fébrilité où je me trouvais avant mes accouchements.

La chosette faite, il lécha mes tétons avec une avidité de nourrisson. Comprenant qu'il avait envie de remettre le couvert, je prétendis que l'amour m'avait creusé l'appétit.

« D'accord, dit-il, on mange, on recommence, et ainsi de suite. »

De son panier, Ali Recep Ankrun a sorti des galettes turques, en particulier des *pides* à la feta et aux épinards à tomber par terre. C'est quand, le repas achevé, il s'est mis sur le bord pour pisser que je l'ai poussé avec une rame de secours pour le faire tomber à la mer. Alors qu'il s'agitait dans l'eau en ahanant comme un gros chien, je lui ai dit :

« C'est pour la mort de mon père.

— Ton père ?

— Un fermier de Kovata.

— Je me rappelle pas.

— Un Arménien. Tu l'as tué comme tu as fait tuer ma mère, ma grand-mère, mes frères et mes sœurs. Il fallait que tu payes un jour. Pour lui, pour tous les autres. »

Son infirmité le gênait et, en plus, il savait à peine nager. Il perdait son souffle et s'affolait. Je n'aurais pu dire s'il beuglait, couinait ou hennissait mais, entre chaque mot, il poussait des cris affreux d'animal d'abattoir.

« Est-ce que tu jouissais quand tu allais jeter tous ces gens à l'eau, ces femmes, ces enfants ?

— C'était les ordres. »

À en juger par l'expression de sa bouche où la lèvre inférieure avait pris l'avantage, il me semblait qu'il pleurait, mais je ne l'aurais pas juré.

« Si tu me sauves la vie, réussit-il à hurler dans un dernier effort, tu auras tout l'argent que... »

Il glouglouta quelque chose, gigota encore quelques secondes, bava des petits cris de lapin mourant, disparut sous une vague, puis coula.

J'ai regretté de ne pas lui avoir demandé s'il avait réussi à mettre la main sur le magot de Mme Arslanian. Il paraît que les gens disent toujours la vérité quand ils savent qu'ils vont mourir.

J'ai remis en marche le moteur du bateau et, quand je suis revenue à terre, j'ai filé à l'hôtel pour prendre mes affaires avant de retourner au port où je suis montée sur le premier bateau en partance.

Une somme rondelette a suffi à me trouver une place de passager clandestin. C'était un cargo qui transportait des raisins secs, de la laine et des peaux de bœuf. Sa première escale était en Roumanie d'où j'allais ensuite rejoindre la France par le train, innocente comme l'agneau qui vient de naître.

24

Le Juif qui s'ignorait

PARIS, 1938. Quand on a été heureux, on s'en aperçoit souvent trop tard. Je n'ai jamais eu ce défaut. J'ai profité autant que j'ai pu des cinq années qui ont suivi et je n'ai rien à en dire, sinon qu'elles furent belles. Jusqu'au drame qui allait changer notre vie, quand un journal accusa Gabriel d'être juif.

Comme le disait l'auteur de l'article, il y avait des Juifs partout, pas seulement dans la banque ou dans la presse, mais aussi « dans la foule où on leur a permis de se fondre » en changeant leurs patronymes.

Tout a commencé avec l'Empire austro-hongrois. Pour en finir avec la pratique des Juifs de se donner des surnoms héréditaires, il leur attribua, de gré ou de force, des patronymes germaniques qui, souvent, sonnaient bien, comme Morgenstern (étoile du matin), Schoenberg (belle montagne), Freudenberg (mont de la joie) quand ce n'était pas des noms de villes : Bernheim, Brunschwig, Weil ou Worms.

En France, le décret napoléonien du 20 juillet 1808 donna le droit aux officiers d'état civil de choisir eux-mêmes le nom des immigrés juifs. Certains furent appelés arbitrairement Anus qu'ils transformèrent plus tard en Agnus. D'autres eurent droit, comme de l'autre côté du Rhin, à des noms de villes ou de villages : Caen, Carcassonne, Millau ou Morhange.

C'est ainsi que le nom de Picard n'a pas forcément de rapport avec la Picardie. Il s'agit souvent d'une traduction libre de Bickert ou de Bickhard. Ce patronyme fait partie de ceux qui, comme Lambert ou Bernard, francisation de Baer, peuvent prêter à confusion. Comme l'avait écrit un jour l'oncle Alfred, « les Juifs se cachent n'importe où, même sous des noms français ».

À la fin des années 30, des auteurs en vue entreprirent, à l'instar d'Henry Coston, de traquer le Juif jusque dans les retranchements patronymiques derrière lesquels il se dissimulait. Avec une rage de chasseurs, ils débusquaient dans leur terrier les Cavaillon, Lunel, Bédarrides ou Beaucaire.

Notre malheur fut que Gabriel s'appelait précisément Beaucaire. Le 8 janvier 1938, sous la signature de Jean-André Lavisse, un article de *L'Ami du peuple*, torchon qui tira longtemps à un million d'exemplaires, dénonça à la « une » et sur trois quarts de page à l'intérieur les origines juives de mon mari. Je tombai de l'armoire. Lui aussi.

Sous la rubrique « Cherchez le Juif », l'article, aussi venimeux qu'informé, révélait que Gabriel était issu, du côté paternel, d'une longue lignée juive : il y avait plein de noms et un arbre généalogique. Un travail apparemment imparable qui remontait jusqu'à l'arrivée de ses ancêtres en France, en 1815. On aurait dit une fiche de police.

L'Ami du peuple annonçait que Gabriel préparait en cachette une hagiographie du « juif et calomniateur du christianisme Salomon Reinach ». Il l'accusait aussi de s'être « vicieusement » infiltré dans les milieux d'extrême droite pour le compte de la Lica, la ligue contre l'antisémitisme, dont il aurait fréquenté depuis longtemps et en secret plusieurs dirigeants.

D'après Jean-André Lavisse, Gabriel était un « indicateur » qui collaborait avec les services de police de l'ancien président du Conseil socialiste Léon Blum, l'« hybride ethnique et hermaphrodite », dont il était proche et pour lequel il rédigeait des notes quand il n'alimentait pas en informations de toutes sortes les ennemis des Français de souche, Lica en tête.

Le journal donnait des noms et je dois dire que j'en connaissais au moins un, Jean-Pierre Blanchot, un des meilleurs amis de Gabriel qui me l'avait toujours présenté comme un professeur d'histoire et jamais comme l'une des chevilles ouvrières de la Ligue, ce qu'il était.

Le jour de la sortie de *L'Ami du peuple,* Gabriel vint me voir, à l'improviste, à « La Petite Provence ». J'étais en train de casser mes œufs dans ma casserole de lait pour préparer mon célèbre flan au caramel quand il est entré dans la cuisine. À son visage défait, j'ai tout de suite compris que la situation était grave. Quand il m'eut expliqué l'affaire, je lui demandai :

« Savais-tu que tu étais juif ?

— Bien sûr que non. Personne ne le savait dans la famille. Sinon, crois-tu que l'oncle Alfred, antisémite comme il était, nous aurait accueillis comme ça ?

— Il y a quelque chose à quoi je n'avais pas réfléchi avant et qui m'intrigue : ton prénom. C'est pas bizarre que tes parents t'aient appelé Gabriel ?

— Il y a beaucoup de non-Juifs qui s'appellent Gabriel. C'est un prénom que tu retrouves, comme l'archange, dans le judaïsme, le christianisme et l'islam. Rose, je savais bien que tu t'en fichais mais si je l'avais su, je t'aurais tout de suite dit que j'étais juif. Où était le problème ? Et pour qui me prends-tu ? »

Quand je lui demandai s'il avait joué double jeu avec l'extrême droite, comme l'en accusait *L'Ami du peuple*, Gabriel a répondu par une question, ce qu'il faisait souvent et qui était, selon l'oncle Alfred, l'une des principales caractéristiques des Juifs en société :

« Tu me crois capable de jouer double jeu ?

— Franchement, ça m'étonne un peu... mais bon, je ne te cache pas que je préférerais. »

Gabriel ne m'a rien dit ; il a simplement posé un baiser sur mon visage, à la place habituelle, entre les tempes et les yeux. J'osais espérer que j'avais interprété comme il le fallait le sens de son geste mais n'arrivais pas à le lui demander, de crainte d'être déçue par sa réponse. J'étais, de surcroît, sonnée. Je venais de recevoir l'une des grandes leçons de ma vie : on ne connaît jamais les gens, même quand on vit avec eux.

S'il avait réussi à me cacher ses vraies convictions politiques, je n'étais pas à l'abri d'autres surprises. J'en vins à imaginer que Gabriel me trompait. Pendant que je suais dans ma cuisine, rien ne l'empêchait de mettre son art de la dissimulation au service d'une double vie sentimentale, d'autant qu'après tant d'années je sentais son désir s'émousser.

Il passait de moins en moins souvent à l'action et, de surcroît, expédiait son affaire de plus en plus vite. La nuit, pendant qu'il dormait près de moi, je fantasmais souvent sur ses supposées infidélités et, quand je rêvassais, le voyais chevaucher l'une de ces filles faciles qui, lors des réceptions, lui tournaient autour en buvant ses paroles et ses yeux.

J'arrivais encore à supporter le spectacle de leurs gigotements sous mon crâne mais je ne souffrais pas leurs râles ni leurs hurlements de plaisir agonique dans ma tête. Ces supplices nocturnes laissaient toujours en moi une sorte de ravissement atroce dont j'avais du mal à me remettre et, chaque fois, je sortais des draps avec un visage de déterrée.

Plus j'y pensais, moins je doutais qu'il eût le profil du mari adultère. Il ne parlait jamais de ses journées et semblait n'être soumis à aucun emploi du temps, travaillant beaucoup mais seulement quand bon lui semblait. Il était, au surplus, d'une humeur toujours égale, ce qui n'était pas mon cas, et n'oubliait jamais les petites attentions, comme les bouquets de fleurs, qui me mettaient le rouge aux joues et dont on sait bien, nous les femmes, qu'ils permettent aux époux volages de s'acheter une bonne conscience à peu de frais. L'agence Duluc Détective de la rue du Louvre m'indiqua néanmoins, après un mois de filatures, que Gabriel était blanc-bleu.

Après les révélations de *L'Ami du peuple*, Gabriel se retrouva du jour au lendemain sans travail : antisémite pour les Juifs et Juif pour les antisémites, il avait perdu sur tous les tableaux. Je dois reconnaître que c'est surtout pour l'avoir à l'œil que je finis par le convaincre, non sans mal, de venir travailler avec moi.

J'avais cédé le fonds de commerce de la rue des Saints-Pères pour acheter un nouveau restaurant, bien plus grand, que j'ouvris quelques semaines après, place du Trocadéro, toujours sous l'enseigne de « La Petite Provence ». C'est là que Gabriel et moi devînmes, pour quelque temps, les rois de Paris avec notre chat Sultan que j'avais acheté pour qu'il y fasse la chasse aux souris, tâche qu'il remplissait avec un art consommé et une distinction sans pareille.

25

Jours insouciants

PARIS, 1938. Quelques jours après l'article de *L'Ami du peuple* qui a changé notre vie, Adolf Hitler annexait l'Autriche. Le temps pour les troupes allemandes d'entrer dans le pays natal du Führer, sous les applaudissements des populations, et l'Anschluss était décrété le 13 mars.

Tandis qu'Hitler éructait ses mots de victoire sur le balcon de la Hofburg, place des Héros à Vienne, devant une foule en liesse, Himmler fermait les frontières, prenant ainsi au piège les rats, les poux, les Juifs et tous les ennemis du régime qu'il entendait éradiquer de la surface de la terre.

Cet événement ne m'a pas particulièrement frappée. Quand Gabriel et moi parlions du nazisme, nous n'arrivions pas à nous inquiéter. Berlin était un grand bouillon de culture où nous rêvions de nous abreuver. La culture de l'Allemagne, en pleine explosion créatrice avec Thomas Mann ou Bertolt Brecht, semblait la protéger de tous les maux.

Je suis sûre de n'avoir même pas lu les jour-

naux qui relataient les derniers méfaits d'Hitler.
J'étais aussi confiante que débordée. Dans le
gros registre du restaurant où je notais tout, j'ai
retrouvé que, le jour de l'Anschluss, je recevais
le député du XVIe, Édouard Frédéric-Dupont,
qui avait réservé une table de quarante personnes. Le grand défenseur des concierges dont
on disait qu'il serait député jusqu'à sa mort et
qu'après il serait sénateur.

Un personnage à tête de crochet avec des
façons de mille-pattes et un regard de fouine.
Je l'aimais beaucoup et il le rendait bien à
« La Petite Provence » qu'il fréquentait assidûment. Si j'en crois la note qui figure en bas de la
réservation, il m'avait commandé un menu
unique avec, en plat principal, mon inimitable
brandade à l'ail et à la pomme de terre. À mon
âge, je crois qu'il est temps de vous donner mon
secret de fabrication : je rajoute toujours du
piment de jardin dans ma purée.

Le 30 septembre 1938, quand furent signés
les accords de Munich qui permirent le déman-
tèlement de la Tchécoslovaquie au profit de
l'Allemagne nazie, j'avais encore la tête ailleurs :
c'était le jour de l'anniversaire de Garance que
nous fêtions, comme chaque année, au restaurant, avec mon inégalable soufflé au crabe à la
sauce au homard, qui était son plat préféré. Je
me rappelle encore qu'à la table d'à côté il y
avait Yvette Guilbert qui dînait avec deux vieilles
dames et qui, après que notre fille eut soufflé
ses bougies, vint nous chanter *Madame Arthur* :

Chacun voulait être aimé d'elle,
Chacun la courtisait, pourquoi ?
C'est que sans vraiment être belle
Elle avait un je-ne-sais-quoi.

Tandis que j'enchaînais les services à « La Petite Provence », de l'autre côté du Rhin, les événements se précipitaient. Je ne peux dire ce que je faisais pendant la « Nuit de Cristal », du 9 au 10 novembre 1938, quand fut ouverte la chasse aux Juifs dans toute l'Allemagne. L'amour avec Gabriel, probablement pas, la chose devenait assez rare. Une grosse insomnie que j'essayais de noyer dans le porto, cette hypothèse est la plus vraisemblable.

Apparemment, ce pogrom géant m'est passé au-dessus de la tête. Après ces incendies de synagogues, ces pillages de magasins et ces 30 000 arrestations de Juifs, j'aurais au moins pu m'inquiéter pour Gabriel. D'autant que, dans la foulée, les Juifs allemands ont été condamnés à vendre pour des sommes dérisoires tous leurs biens, maisons, entreprises ou œuvres d'art, avant le 1er janvier de l'année suivante. D'autant qu'ils ont été, de plus, interdits *ad vitam aeternam* de piscine, de cinéma, de concert, de musée, de téléphone, d'école ou de permis de conduire.

L'insouciance menait nos vies, et si nous avions pu mourir pour quelque chose, Gabriel et moi, c'eût été pour les deux enfants ou pour le restaurant. Comme les trois se portaient bien, tout était pour le mieux dans le meilleur des mondes, pour reprendre une expression stupide. Elle revenait tout le temps dans la bouche de mon mari qui, quand il me voyait me déchaîner devant mes fourneaux, me recommandait la lecture des grands sages de l'Antiquité, tel Épicure dont il citait souvent cette phrase : « Celui qui ne sait pas se contenter de peu ne sera jamais content de rien. »

Un jour, je le bluffai en lui répondant par une autre citation d'Épicure qui lui coupa le sifflet pour longtemps : « Hâtons-nous de succomber à la tentation avant qu'elle ne s'éloigne. »

J'y succombai au demeurant un soir que Gabriel était resté à l'appartement pour garder les enfants. C'était l'un des grands patrons des magasins Félix Potin. Un fort gaillard aux épaules de bûcheron qui sentait le cigare et l'eau de Cologne, le genre de type qui était fait pour jouer le rôle de Maupassant au cinéma. Il prenait toujours ses repas tout seul et, ces derniers temps, semblait attendre le moment où, avant la fin du service, je ferais le tour des clients. J'avais compris qu'il me courait après, une semaine auparavant, quand il avait mis sa main sur la mienne et bredouillé quelque chose que j'avais cru comprendre et préféré ne pas lui faire répéter.

Ce soir-là, le service étant terminé plus tôt que d'habitude, j'avais donné congé avant minuit au personnel alors qu'il restait encore un seul client qui, dans la salle, près de la porte, rêvassait devant son verre d'armagnac : Gilbert Jeanson-Brossard, c'était le nom de ma tentation.

Je suis allée boire un verre d'armagnac avec lui et l'ai fini dans la cuisine après qu'il m'eut prise debout et par-derrière, contre la table de travail. Il n'était pas du genre à ménager sa monture mais j'avais beaucoup aimé et, quand il se dégagea, je laissai tomber :

« Merci.

— C'est pas à la femme de remercier, mais à l'homme, parce que la femme, elle donne, et que l'homme, lui, il ne fait jamais que recevoir.

— Si vous permettez, je crains que ce ne soit le contraire.

— Non. Si c'est le cas physiquement, ça ne l'est pas du tout dans la réalité des choses, vous le savez bien. »

Le front haut, les traits réguliers et les cheveux châtains, Gilbert Jeanson-Brossard était très bel homme. Le mieux conformé que j'aie jamais serré dans mes bras. Ses grosses mains de travailleur de force me surexcitaient. Rien que de les sentir sur moi, sous ma blouse, j'avais la chair de poule.

En dehors du cheval, des restaurants parisiens ou de la Côte d'Azur où il se rendait tous les étés, trois sujets sur lesquels il était inépuisable, sa conversation tournait vite court. C'était tout le contraire d'un intellectuel. Il y avait chez Gilbert Jeanson-Brossard quelque chose de fruste et d'animal qui me changeait des prévenances de Gabriel. Deux ou trois fois, il laissa sur mon cou des morsures violacées qui me confirmèrent que mon mari ne me regardait plus, même si j'avais pris soin de les cacher sous des foulards incongrus pour la saison.

Gilbert Jeanson-Brossard prit l'habitude de venir tous les jeudis soir, le jour de congé que s'accordait mon époux pour le consacrer à nos enfants. Lui aussi était marié et, bien qu'il me trouvât belle et toujours plus désirable, il ne me demandait rien de plus qu'une petite saillie hebdomadaire qui rajoutait du plaisir à mon bonheur.

26

La guerre est déclarée

PARIS, 1938. Pendant plusieurs semaines, Gilbert Jeanson-Brossard ne mit pas seulement du sel dans notre couple, il resserra davantage encore, si c'était possible, mes liens avec Gabriel. C'est du moins ce que je crus.

Chaque fois qu'il m'avait chevauchée, de sa façon rapide et sauvage, dans la cuisine du restaurant, je rentrais ensuite dans la chambre conjugale avec des bouffées d'amour pour mon mari que j'entreprenais aussitôt sous les draps, sans que mes efforts fussent toujours couronnés de succès.

Je découvrais que la culpabilité peut être l'un des meilleurs ferments de l'amour. À condition, non de se donner, mais de se prêter, dans un adultère auquel on ne lâche pas la bride : une relation de convenance, sans autre enjeu que de se régaler, comme on dit à Marseille, dans le respect de tous. Le général de Gaulle a écrit que « l'homme n'est pas fait pour être coupable ». La femme, si. J'aimais bien me sentir mordue par un sentiment de forfaiture.

Ce n'était pas sans déplaisir que je subissais les objurgations de Théo dont l'aquarium trônait désormais dans les cuisines du restaurant et sous les yeux de laquelle nous forniquions :

« Qu'es-tu en train de me faire ? On ne trompe pas son mari, chiotte ! En tout cas, pas à trente ans ! Qu'est-ce que ce sera après ? »

Je n'avais rien à dire pour ma défense mais je changeai l'aquarium de place afin d'épargner à Théo le spectacle de nos amours. Elle continua néanmoins à me faire la leçon, sur un ton plus modéré.

En sa qualité de maître d'hôtel, Gabriel connaissait bien Gilbert Jeanson-Brossard qui était devenu l'un des piliers de « La Petite Provence », et je les ai souvent vus, non sans frissons, deviser ensemble. On aurait dit qu'une complicité secrète les unissait. Je craignais qu'elle ne se développât sur mon dos, mais je n'ai jamais eu droit, de la part de mon mari, à une insinuation ni à un sous-entendu pouvant donner à penser qu'il avait la puce à l'oreille.

Jusqu'à ce jeudi mémorable où il m'annonça qu'il restait avec moi pour le service du soir.

« Et les enfants ? demandai-je.

— J'ai tout réglé. Ils dorment chez la nou-nou. Je voudrais qu'on ait le temps de s'expliquer.

— À quel propos ? dis-je avec un air faussement étonné qui n'était pas en phase avec mes lèvres que je sentais trembler.

185

— Tu sais bien », a-t-il laissé tomber sur un ton de lassitude.

Je crois bien avoir servi ce soir-là les plus mauvais repas de toute ma vie de cuisinière, s'agissant du moins des plats qui n'étaient pas préparés d'avance. Plusieurs clients se sont plaints. L'un d'eux a même renvoyé son poulet fermier qui était quasiment cru, la cuisse et le pilon nageant dans une mare de sang. Je suis allée présenter moi-même des excuses en salle à un pète-sec à nœud papillon, qui ne les a pas acceptées :

« Pour le prix que vous nous faites payer, madame, il n'y a qu'un mot, c'est une honte ! Une honte ! »

Mais je savais comment faire avec les mauvais coucheurs de ce genre. Il se calma dès que je lui annonçai qu'il était l'invité de la maison et qu'il aurait aussi droit, en dédommagement, à une bouteille de champagne.

À la fin du service, pendant mon tour de la salle, je m'arrêtai naturellement devant Gilbert Jeanson-Brossard qui murmura, la main devant la bouche, comme s'il avait peur que Gabriel lise sur ses lèvres :

« Qu'est-ce qu'il fait là ? Peux-tu me dire ?

— Je ne sais pas.

— Il est au courant pour nous deux ?

— Je crains le pire.

— Veux-tu que je reste ?

— Je ne crois pas que ce soit une bonne idée. »

Quand tout le monde fut parti, Gabriel, après avoir fermé la porte à tambour, est venu me retrouver dans la cuisine où je m'affairais, un verre de pinot noir à la main. Il s'est avancé vers moi sans rien dire et m'a prise par-derrière comme le faisait Gilbert Jeanson-Brossard.

La chosette finie, il m'a dit en me fixant droit dans les yeux, pendant qu'il remontait son pantalon :

« Et alors ?

— C'était bien, murmurai-je, terrorisée, en feignant un regard aimant.

— Tu n'as rien d'autre à me dire ?

— Non.

— Ne crois-tu pas que j'ai droit à une explication ?

— J'aimerais savoir, d'abord, de quoi tu m'accuses.

— Tu m'as trahi, Rose.

— Je ne comprends pas de quoi tu parles.

— Je ne vais pas te faire un dessin.

— Tu te racontes des histoires, Gabriel. »

La meilleure façon de se faire pardonner ses fautes, c'est de ne pas les avouer. Je ne sais pas où je l'ai appris, mais ça m'a beaucoup servi, dans la vie.

Il a insisté :

« Peux-tu me dire, en me regardant dans les yeux, que tu ne m'as jamais trompé ?

— Je peux te le dire. »

Il m'a fait répéter. J'ai répondu la même chose. Il semblait consterné.

187

« Tu mens », a-t-il laissé tomber d'une voix blanche.

Je ne mentais pas. C'était lui seul que j'aimais, y compris quand je faisais avec Gilbert Jeanson-Brossard des bêtises qui, à mes yeux, ne tiraient pas à conséquence : l'amour avec lui, ça n'était pas de l'amour.

Les pas de côté ne détruisent pas l'amour. Au contraire, ils le réveillent, ils le nourrissent, ils l'entretiennent. Les cocus le sauraient, ils seraient moins malheureux.

C'est une chose que les hommes devraient comprendre au lieu de monter sur leurs grands chevaux, comme Gabriel, pour des vétilles adultérines et des aventures sans conséquence. Au lieu de quoi, ils se pourrissent la vie et, accessoirement, compliquent la nôtre aussi.

« J'ai toujours été fidèle, lui dis-je avec le regard pur de la bonne foi.

— Oui, fidèle à ton mari et à tes amants. »

Je ne sais qui le lui avait dit, sans doute un commis que je venais de licencier, mais Gabriel savait ce qui se passait, le jeudi soir, entre Gilbert Jeanson-Brossard et moi. Il le savait jusque dans les détails les plus crus, comme il venait de me le démontrer, mais il ne me l'a jamais dit, même après m'avoir annoncé sur l'air de la dignité bafouée qu'il allait me quitter et demander le divorce.

« Après ce que tu m'as fait, dit-il, tu dois au moins me laisser les enfants.

— Tu n'as pas le droit », hurlai-je.

J'ai commencé à trembler.

« Tu as fauté, tu dois expier », insista-t-il.

Je tremblai de plus en plus.

« Tu n'as pas le droit », répétai-je.

Il est resté longtemps à me regarder sans rien dire, puis :

« Tu as passé ta vie à faire des concessions. Ne peux-tu pas m'en faire au moins une, alors que tu es en tort ? »

Je n'arrivais plus à contrôler mon tremblement.

« C'est une question de morale, reprit-il. Peux-tu comprendre ça ?

— Je ferai ce que tu voudras.

— Je te laisse le restaurant et l'appartement, mais je garde les enfants. »

J'étais dévastée. Je ne me souviens plus de la date exacte de notre rupture mais c'était dans les premiers jours de septembre 1939 et autant vous dire que je me fichais pas mal que, le 2 du même mois, la France et la Grande-Bretagne aient déclaré la guerre à l'Allemagne nazie qui venait d'envahir la Pologne.

Gabriel avait tout prévu. Il a quitté le domicile conjugal, le soir même, et a commencé à travailler, dès le lendemain, dans un des grands restaurants de Montparnasse, « Le Dôme ». Moi, j'ai pleuré sans arrêt pendant vingt-quatre heures, puis, par intermittence, les jours suivants.

Après ça, j'ai tout fait pour m'occuper la tête. Je me suis lancée dans la phytothérapie, la science des plantes médicinales, en m'inspirant notamment des enseignements d'Emma Lempereur, de ma grand-mère, d'Hippocrate et de Galien, le médecin de l'empereur Marc Aurèle. J'ai créé, sous la marque Rose, ma propre gamme de pilules pour la forme ou le sommeil avec un logo à fleur dessiné par moi-même. J'ai commencé à suivre des cours particuliers d'allemand et d'anglais, qui m'étaient donnés par un jeune agrégé superbe mais qui n'éveillait rien en moi. Je me suis mise aussi à l'italien avec un vieux professeur. J'ai fait des heures à n'en plus finir dans mon restaurant, restant à dormir vite fait bien fait dans la salle, sur un lit pliable.

Rien n'y a fait. Un chagrin d'amour, c'est comme la mort d'une mère ou d'un père : on ne s'en guérit jamais. Tant de décennies après, la blessure n'est toujours pas refermée.

27

Pour l'exemple

PARIS, 1939. Après que Gabriel eut quitté la maison avec nos enfants, une grosse boule a commencé à pourrir dans mon ventre. J'ai donné un nom à cette douleur qui vous mange les chairs et que chacun d'entre nous subit deux ou trois fois dans sa vie : le cancer du chagrin.

Il avait semé des métastases partout et d'abord dans mon cerveau qui, refusant de s'arrêter ou de se concentrer, tournait à vide et en rond. Sans oublier les poumons qui respiraient mal ni le gosier où plus rien ne passait, ni les tripes que tordaient souvent des crampes atroces.

Quand les crises de larmes ont cessé, la boule est restée et le chagrin a continué. Des décennies plus tard, j'en ressens encore les déchiquetures dans la poitrine, à un endroit très précis, au-dessous des poumons. Je suis sûre qu'il s'y trouve une tumeur. Dieu merci, elle ne s'est pas développée. Grâce à ma joie de vivre. Grâce à Théo qui m'a aidée à tenir le choc. Quand je lui ai annoncé la nouvelle, ma salamandre m'a dit :

« Je t'avais prévenue, pauvre idiote.

— Je ne m'en remettrai jamais.

— J'espère que tu m'écouteras maintenant. Alors, souris, souris tout le temps et tu verras, ça ira mieux. »

C'est ce que j'ai fait et ça a marché un peu, encore que longtemps après et jusqu'à aujourd'hui j'éprouve toujours un prurit de l'intérieur, une dévastation intime, une démangeaison sentimentale.

Pour que Gabriel revienne, je suis allée avec mon sourire mettre un cierge à Notre-Dame deux fois par semaine. Sans succès. Chaque fois que j'entendais du bruit sur le palier, je me disais que la Vierge m'avait entendue et je guettais, le cœur battant, le crissement de la clé qui entre dans la serrure, mais non, c'était toujours le voisin ou une fausse alerte.

Quand je voyais Gabriel pour lui rendre ou récupérer les enfants, son corps était toujours tendu comme un arc. Il n'avait jamais un mot plus haut que l'autre mais il gardait le visage fermé et parlait d'une voix gutturale que je ne lui connaissais pas, les dents serrées, à la manière d'un ventriloque. C'est pourquoi j'avais du mal à le comprendre et lui faisais souvent répéter ses phrases.

Dix-huit jours après notre rupture, j'ai repris espoir. Alors que je lui jetais un regard suppliant, il l'imita avec une moue méprisante :

« Je ne crois pas à la résurrection. Ni des morts ni de l'amour.

— Il y a des renaissances.

— Non. L'arbre qui est mort reprend par la racine, mais il ne repousse jamais bien. »

Une fois encore, Gabriel n'avait pas articulé ses mots et je lui demandai de me les redire en employant cette expression déjà désuète à l'époque et qui, hélas, a disparu depuis long-temps : « Plaît-il ? » Elle l'a fait sourire, un sourire indéfinissable où j'ai cru déceler de la tendresse, et qui m'a laissée penser que tout n'était pas perdu entre nous.

Moi, maintenant qu'il était inaccessible, je l'aimais plus que je ne l'avais jamais aimé. La preuve, j'avais la bouche à sec toute la journée, comme quand la passion est à son apogée. Gabriel ne quittait plus ma tête et j'étais redevenue fidèle, interrompant du jour au lendemain toute relation avec Gilbert Jeanson-Brossard dont la seule vue me faisait horreur et qui, à ma demande, cessa de fréquenter mon restaurant.

Tant que Gabriel ne reviendrait pas, je serais finie pour l'amour. Dès qu'un homme commençait des travaux d'approche, je n'éprouvais que du dégoût et lui soufflais, sur un ton mysté-rieux, pour le décourager :

« Pardonnez-moi, j'ai quelqu'un. »

Pendant des mois, j'écrivis à Gabriel une lettre d'excuses par jour ou presque en repre-nant des passages des Évangiles pour appuyer mon propos. Il ne m'a jamais vraiment répondu. Jusqu'à ce dimanche soir de 1940 où, alors que je lui ramenais les enfants, il m'a prise à part :

« Pourquoi voudrais-tu que je t'accorde le pardon que tu me demandes ?

— À cause de la rédemption, Gabriel. Nous avons tous un devoir de rédemption.

— À condition qu'il y ait réciprocité. Les belles paroles de l'Évangile, elles ne sont pas du tout crédibles quand elles sortent de ta bouche, Rose. Tu es une teigneuse, une vengeresse, tu as toujours vomi l'idée de pardon. Comment pourrais-je pardonner à quelqu'un qui a toujours été incapable de pardonner ?

— Je ne comprends pas ce que tu veux dire. »

En guise de réponse, Gabriel poussa un gros soupir avant de citer le Deutéronome : « Vous n'aurez point compassion du coupable ; mais vous ferez rendre vie pour vie, œil pour œil, dent pour dent, main pour main, pied pour pied. »

« C'est ta philosophie, non ? » demanda-t-il.

Il me connaissait trop bien, Gabriel. À cet instant, j'ai eu une illumination. Je compris ce qu'il fallait faire pour me sentir mieux. Ce serait l'affaire de deux ou trois jours, pas plus. Mon salut portait un nom, celui du commandant Morlinier qui, pour avoir gâché les dernières années des Lempereur après avoir condamné leur fils à mort, méritait de figurer en haut de la liste de mes haines.

Je savais où le trouver et alléger ainsi pour un temps ma boule de chagrin. Depuis des années, je prenais des renseignements sur Charles Morlinier. Les pleins pouvoirs au maréchal Pétain, autre têtard de charnier de 14-18, dont il était un compagnon de guerre et de partouze, avaient relancé sa carrière. Après que le nouveau chef de l'État l'eut nommé au conseil d'État et fait commandeur de l'ordre de la Légion d'honneur, il était en piste pour la présidence du conseil d'administration des Postes.

Tout en végétant dans un poste subalterne à l'Office des Eaux et Forêts, Charles Morlinier, devenu général en 1925, avait présidé pendant trois ans l'Association des amis d'Édouard Drumont, et je l'avais rencontré plusieurs fois quand, avec Gabriel, nous préparions l'« événement Drumont ». Un personnage au maintien rigide et au teint jaunasse avec un nez comme un couteau de cuisine et des oreilles décollées. Quand il se déplaçait, on aurait dit qu'il passait ses troupes en revue. On l'entendait toujours venir de loin : les fers de ses semelles claquaient comme des sabots de cheval.

À défaut d'être aristocrate, le général Morlinier avait le mot noblesse plein la bouche, une bouche de peigne-cul dégénéré. Noblesse du combat, noblesse de ses sentiments, noblesse de la race française. Il parlait du ventre, avec un air crispé, comme s'il avait un nœud de vipères qui se tortillait à l'intérieur. Avec ça, toujours la même expression des fausses statues antiques du XIXe siècle.

C'est une affaire que j'ai menée rondement. J'avais prévu de laisser à mon numéro deux en cuisine, Paul Chassagnon, un gros rougeaud, les clés du restaurant. Avec lui, ça tournerait bien, j'en étais sûre. Mais les événements se sont précipités, ça bouillonnait trop en moi, je n'ai pas pu me contrôler. Une heure m'a suffi.

Charles Morlinier habitait rue Raynouard, dans le XVIe arrondissement de Paris. Déguisée en grosse mémé et affublée d'une perruque blonde, avec des coussins cousus dans mon manteau, je me postai, alors que le jour n'était pas encore levé, au pied de son immeuble haussmannien, avec l'idée que j'allais suivre, avant d'opérer, ses faits et gestes pendant vingt-quatre heures. Il faisait frisquet mais je me sentais toute chaude, les joues en feu, comme si j'avais une montée de fruition.

Il est sorti de chez lui à 7 h 30, comme un voleur, et il a fallu que j'accélère pour qu'il ne m'échappe pas. Il marchait en direction de la rue de Passy et quand nous arrivâmes au croisement, je me précipitai à sa hauteur et le hélai en le prenant par la manche : « Jules Lempereur, le petit gars de Sainte-Tulle fusillé pour l'exemple, vous vous souvenez, général ? »

Le général Morlinier n'a pas eu le temps de répondre. Je n'ai pas pu me retenir. Avec l'air de ne pas comprendre ce qui lui arrivait, il a poussé un cri étrange, une sorte de bêlement, ses yeux sont sortis de leurs orbites et sa bouche est restée ouverte, sous l'effet de la surprise ou de la douleur, puis il est tombé d'un coup comme un paquet sur le trottoir. Il m'a semblé qu'il était mort avant même d'avoir perdu son sang. Mort de peur.

J'ai hésité à reprendre le couteau que j'avais enfoncé puis tourné comme une vrille dans sa poitrine, mais je l'ai finalement laissé au milieu des glougloutements sanguinolents : je n'avais pas envie de me salir.

J'ai ensuite descendu les jardins du Trocadéro et jeté dans la Seine mes gants souillés qui ont pris dans les flots la direction de Rouen, avant d'y balancer ensuite ma perruque, mon manteau et les coussins.

Après ça, j'ai repris le chemin du restaurant. Je me sentais si bien, comme délivrée du mal, qu'en arrivant peu après au travail Paul Chassagnon laissa tomber : « Madame, je ne sais pas ce qui vous est arrivé mais c'est un plaisir de vous voir à nouveau si heureuse. »

28

Rouge comme une crevette

PARIS, 1940. Le 17 juin, les troupes allemandes ont défilé sur les Champs-Élysées comme elles le faisaient quotidiennement depuis qu'elles étaient entrées dans Paris, trois jours plus tôt. L'air tremblait, les rues étaient désertes et on n'en menait pas large.

C'est ce jour-là qu'Heinrich Himmler a choisi pour venir dîner à « La Petite Provence ». Je n'ai pas compris comment il a atterri là. L'officier allemand, dépêché pour faire la réservation et visiter les lieux, avait dit que le *Reichsführer-SS* voulait un restaurant avec vue sur la tour Eiffel, ce qui n'était pas vraiment le cas de mon établissement où on ne pouvait la voir que d'une seule table en terrasse, et encore, en tendant le cou.

Arrivé vers 22 heures, donc à la nuit tombée, Himmler n'a pas cherché à voir la tour Eiffel qui, depuis l'esplanade du Trocadéro, semblait, telle une nef, émerger de ténèbres marines. De toute évidence, le *Reichsführer-SS* n'était pas venu faire du tourisme. Protégé par une quinzaine de soldats et accompagné par autant de collaborateurs, sans parler des quatre camions militaires stationnés sur la place, devant mon restaurant, il a travaillé jusque tard dans la nuit en dépliant des cartes et en faisant beaucoup de bruit.

La circulation étant interdite dans Paris pour nous autres Français entre 21 heures et 5 heures du matin, la plupart de mes fournisseurs avaient fait faux bond. J'ai préparé le repas avec ce que j'avais. De la morue dessalée et des pommes de terre, notamment.

Après mon foie gras d'oie au porto, à la compotée d'oignon et de figue en entrée, Himmler et ses camarades ont eu droit à ma célèbre brandade de morue, puis à une charlotte aux fraises, avant ma farandole des tisanes. Je m'étais surpassée.

J'avais pourtant le moral à zéro : à 12 h 30, le même jour, j'avais entendu le discours radiodiffusé du maréchal Pétain qui prétendit avoir « fait à la France le don » de sa personne « pour atténuer son malheur » avant de lâcher de sa voix de vieux constipé en plein effort, juste avant le clapotis que l'on sait : « C'est le cœur serré que je vous dis aujourd'hui qu'il faut cesser le combat. » De nombreuses unités de l'armée française s'étant rendues aux Allemands dans la foulée, le ministre des Affaires étrangères, Paul Baudouin, avait cru nécessaire de rectifier, dans la soirée, les propos du nouveau président du Conseil en rappelant que le gouvernement n'avait « ni abandonné la lutte ni déposé les armes ». En tout cas, pas encore.

À la fin du repas, Heinrich Himmler a demandé à me voir. Après m'être recoiffée et maquillée en toute hâte, je me suis rendue à sa table, le cœur battant, la bouche sans salive, en tremblant comme une feuille.

« Bravo », a fait Himmler, donnant le signal des applaudissements de ses collaborateurs qui ne le quittaient jamais des yeux.

« *Danke schön* », ai-je dit d'une voix timide.

C'était la première fois que je voyais un dignitaire nazi. Avant le dîner, Paul Chassagnon m'avait mise en garde : Himmler était l'homme des basses œuvres d'Hitler, un affreux personnage qui semait la mort partout où il passait. Au premier abord, le *Reichsführer-SS* inspirait pourtant confiance. N'était son gros cul, il semblait tout à fait normal, j'allais dire humain, mais je ne peux le dire aujourd'hui, maintenant que l'on sait tout ce que l'on sait. Je crus même déceler dans son expression un mélange de respect et de compassion envers nous autres Français.

Par interprète interposé, Himmler m'interrogea sur mes tisanes, puis sur les plantes médicinales. Mon allemand était trop rudimentaire pour que j'ose lui répondre dans sa langue, il me fallait encore quelques mois pour être au point. En attendant, j'impressionnai le *Reichsführer-SS* par le niveau de mes connaissances en matière de phytothérapie.

« Vous avez tout compris, dit-il. Les plantes, c'est l'avenir. Elles soignent, elles calment, elles guérissent. Dans le nouveau Reich que nous mettons en place, je peux déjà vous l'annoncer, il y aura des hôpitaux phytothérapiques. Est-ce que c'est pas une bonne idée, ça, madame ? »

J'opinai du chef. Les yeux enluminés par une ferveur intérieure, il croyait tellement à ce qu'il disait qu'on n'avait pas envie de le contredire.

Pour continuer à séduire le *Reichsführer-SS*, je lui ai dit que je devais beaucoup à une grande Allemande du XIIe siècle, sainte Hildegarde de Bingen, qui a beaucoup écrit sur les plantes, et dont je possédais les œuvres complètes. Afin de lui montrer que je savais de quoi je parlais, j'ajoutai que *Le Livre des subtilités des créatures divines* était un de mes livres de chevet.

Il a fait une grimace étrange, comme s'il avait mâché une crevette pourrie ou marché en escarpins sur une bouse. Je ne savais pas encore qu'Himmler avait quatre ennemis, dans la vie : par ordre décroissant, les Juifs, le communisme, l'Église et la Wehrmacht.

« Le christianisme, a-t-il dit, l'œil sévère, est l'un des pires fléaux de l'humanité. Surtout quand il est asiatisé. Une religion qui a décrété que la femme est un péché nous entraîne dans la tombe. Nous allons nous en débarrasser. Il n'y a rien à en garder, pas même Hildegarde de Bingen qui n'était qu'une bénédictine hystérique et frigide... »

Je me suis rattrapée aux branches en citant le

Pen-ts'aoking chinois qui, trois mille ans avant Jésus-Christ, répertoriait les plantes médicinales et célébrait le ginseng qui, en stimulant la sexualité des mâles, a tant fait pour la reproduction du genre humain.

Il a ri, un bon rire de père de famille après que sa fille lui a raconté une histoire drôle. Tous ses collaborateurs l'ont imité, mais de ce rire nerveux et artificiel que j'appelle le rire de cour.

« Moi, en tout cas, a-t-il claironné en prenant tout le monde à témoin, je n'ai pas besoin de ginseng !

— Vous savez, ça ne fait jamais de mal. »

J'ai demandé au maître d'hôtel d'aller lui chercher un assortiment d'une dizaine de mes boîtes de pilules. Le matin, quand il s'agissait de tonifier l'organisme, elles étaient à base d'ail, de ginseng, de gingembre, de basilic et de romarin. Le soir, lorsqu'il fallait calmer la bête, c'était un mélange de millepertuis, de mélisse, de cerise, de verveine officinale et de pavot de Californie.

Himmler me félicita pour la beauté de mes boîtes avec leurs étiquettes à l'ancienne.

« *Es ist gemütlich* », a-t-il dit, le dernier mot étant repris par la plupart des officiers qui, autour de lui, semblaient boire ses paroles.

Après m'avoir annoncé qu'il voulait continuer à « échanger » avec moi, le *Reichsführer-SS* a demandé à l'un de ses collaborateurs, un grand échalas blême, de prendre toutes mes coordonnées.

« Je reviendrai, a-t-il dit en partant. Je n'aime pas les dîners militaires dans des palais officiels. J'aime bien me frotter aux peuples comme le vôtre avec lesquels nous allons travailler pour construire un monde meilleur, plus propre, plus pur, avec que des personnes belles comme vous. »

J'ai rougi comme une crevette plongée dans l'eau bouillante.

29

L'homme qui ne disait jamais non

PARIS, 1942. Heinrich Himmler ne m'a plus donné signe de vie pendant près de deux ans. Jusqu'à ce qu'un matin, deux SS se présentent au restaurant et dévalisent mon stock de pilules « Rose » pour la forme et le sommeil. Ils ont tenu à les payer sans oublier d'ajouter une grosse prime.

Ils sont revenus deux mois plus tard. Les mêmes : un trapu à bajoues et un grand maigre anguleux que je surnommai Don Quichotte et Sancho Pança. J'en conclus qu'Himmler quintuplait les doses, ce qui n'était pourtant pas son genre, pour ce que je savais de son caractère, organisé et méthodique, prenant tout au sérieux, y compris, j'en étais sûre, la posologie que j'avais fait imprimer sur les boîtes.

À partir de là, il fallut que je me rende à l'évidence : avec mes pilules qui favorisaient l'énergie et le repos d'un des plus grands chefs nazis, je travaillais à mon corps défendant pour la victoire finale de l'Allemagne.

Je ne voyais pas bien ce que je pouvais faire.

Je vous épargne les admonestations dont m'accablait ma salamandre : Théo était déchaînée contre moi et, pour une fois, je ne lui donnais pas tort. J'envisageai un moment d'ajouter de l'arsenic ou du cyanure dans mes pilules mais c'eût été stupide : comme tous les industriels de la mort, le *Reichsführer-SS* était un grand paranoïaque ; il bénéficiait, selon toute vraisemblance, des services d'un goûteur, ce qui pouvait expliquer en partie sa surconsommation. Pour le supprimer, je ne voyais, en vérité, qu'un seul moyen : le traquenard amoureux.

Himmler en avait pincé pour moi, ça crevait les yeux, en tout cas les miens : les femmes ne se trompent pas sur ces choses-là. L'amour faisant perdre la raison, je me disais qu'il me suffirait de laisser le *Reichsführer-SS* venir à moi, de le ferrer au bon moment et de l'emmener dans un coin tranquille pour le liquider, ce qui me permettrait de reprendre Gabriel qui tomberait dans mes bras quand je lui dirais, essoufflée, après avoir monté six étages avec 70 000 SS à mes trousses :

« Chéri, je viens de tuer Himmler. »

Je suis sûre qu'il n'aurait pu résister. Les retrouvailles auraient commencé par un baiser cueilli vivant sur l'arbre, avant de continuer, une fois les enfants renvoyés dans leur chambre et la porte de la sienne fermée à clé, dans une folle étreinte qui se serait terminée sur le parquet ou sur le lit, les circonstances m'amenant à préférer la première solution, après qu'il m'aurait soufflé à l'oreille, gêné par mes petits cris délicieusement affolés :

« Ne fais pas de bruit. N'oublie pas que les enfants sont à côté. »

J'avais tout essayé pour renouer avec Gabriel. Les crises de larmes. Les supplications agenouillées. Les menaces d'attenter à mes jours. Les propositions de table rase, pour qu'il acceptât de repartir de zéro. Rien n'y faisait. J'en étais venue à penser qu'il n'y avait que l'assassinat d'Himmler qui aurait pu rallumer sa flamme morte.

C'était idiot, mais il fallait que je trouve quelque chose. Je n'arrivais pas à me faire à l'idée que ma cause était perdue et j'avais plusieurs raisons de ne pas le croire. Par exemple, je persistais à l'appeler chéri, parfois mon amour, et il n'en prenait pas ombrage. Un rougeoiement des joues trahissait même ses sentiments quand je m'humiliais sciemment, en lui disant mon amour, sur un ton geignard, à chacune de nos rencontres :

« Tu me manques tous les matins que Dieu fait. Dès que je me réveille, j'ai gardé le réflexe : ma main part sous les draps chercher ton dos, ton cou, ton bras. Elle revient bredouille et ça me serre le cœur. »

Un dimanche, je décidai de jouer le tout pour le tout. J'avais proposé à Gabriel de passer la journée au jardin des Plantes avec les enfants, et nous avions commencé par visiter le zoo. C'était une belle journée d'automne où le soleil, fatigué de son été, se dorait dans son ciel mou.

Nous étions dans le pavillon des singes avec lesquels les enfants étaient entrés en conversation quand je pris Gabriel à part et lui proposai de reprendre le cours de notre histoire là où nous l'avions laissée. Il eut une façon de protester qui, de son point de vue, n'était pas convaincante :

« Je ne suis pas sûr que ce soit bien pour nous, Rose. Ne précipitons rien, laissons venir.

— Ce n'est pas nous qui décidons du temps qui nous reste. C'est le destin. Tu sais bien qu'on ne peut pas lui faire confiance. »

Il ne m'a pas dit non. Il est vrai que Gabriel ne disait jamais non, de peur de blesser. Je crois bien n'avoir jamais entendu ce mot dans sa bouche.

« Réfléchissons, murmura-t-il.

— L'amour ne se réfléchit pas, m'indignai-je. Il se vit.

— Tu as raison. Mais il ne repart pas non plus au premier claquement de doigts. Quand il a été blessé, il faut lui laisser le temps de reprendre des forces.

— On devrait arrêter de se faire du mal, toi et moi. On est faits l'un pour l'autre. Tirons-en les conséquences. »

J'ai saisi sa main.

« Tu as quelqu'un ? demandai-je.

— Non, personne.

— Alors, je voudrais que tu me donnes une deuxième chance.

— Dans la vie, il n'y a jamais de deuxième chance, Rose.

— La vie ne vaudrait pas la peine d'être vécue s'il n'y avait pas de deuxième chance.

— Eh bien, justement, moi, je me demande de plus en plus souvent si elle vaut la peine d'être vécue.

— Tu n'as pas le droit de parler comme ça, chéri. »

J'ai pris son visage à deux mains et j'ai embrassé Gabriel avec une fougue que sa retenue rendait ridicule. Il avait la bouche sèche. Elle me laissa un arrière-goût d'humus, des relents de vieilles feuilles en décomposition.

« Merci, dis-je quand il retira ses lèvres. Tu m'as pardonnée ? »

Il a hoché la tête et je me suis mise à pleurer. Il a sorti de sa poche un mouchoir à carreaux et a essuyé mon visage avec un sourire souffrant.

Je n'étais pas belle à voir. Dieu merci, les enfants étaient trop occupés à jeter des cacahuètes aux singes.

« Si je continue à te repousser comme ça, murmura-t-il en finissant d'essuyer mes larmes, c'est moi qui vais finir par m'en vouloir.

— Ne retourne pas les choses, Gabriel. Quand je pense à ce que j'ai fait, je me dégoûte. J'ai tellement honte. La seule coupable, c'est moi.

— Non, ce sera moi si je refuse de tourner la

page. Mais je vais le faire, il faut que tu me laisses encore deux ou trois mois, et, je le sens, nous pourrons alors nous aimer de nouveau, comme aux premiers jours. »

Nous sommes restés un moment dans les bras l'un de l'autre. Mais ça n'a pas plu aux enfants qui ont entrepris de nous séparer en nous tirant chacun d'un côté par le bras. Ils voulaient aller au pavillon des crocodiles.

Ce soir-là, quand je rentrai seule chez moi, il me semblait que l'air chantait.

*

Les semaines suivantes, Gabriel continua à user avec moi de sa stratégie de l'évitement qui, il n'y a pas si longtemps, m'horripilait et qui, désormais, m'attendrissait. Son regard devenait de plus en plus fuyant. Parfois, voulant me parler, il s'approchait de moi puis restait interdit, la bouche ouverte, comme si les mots demeuraient bloqués. Il prétendait n'être jamais libre pour passer un dimanche avec les enfants et moi au bois de Boulogne ou ailleurs. Mais il mentait si mal que c'en était pathétique.

Autant de signes qui montraient que Gabriel était travaillé par un grand remuement intérieur, et ça n'était pas pour me déplaire : il était sur le bon chemin. Même chose quand il se plaignait de migraines ou que j'observais qu'il avait perdu une dizaine de kilos. Le jour où il m'annonça qu'il souffrait de maux d'estomac, j'ai pensé que je l'avais ferré. Plusieurs fois, alors que j'étais en cuisine, je me suis laissé brûler exprès la main ou le poignet, la meilleure façon d'accélérer son retour, d'après mes superstitions selon lesquelles il faut souffrir pour obtenir ce que l'on veut.

J'ai gardé un caillou dans ma chaussure une journée entière et quand, mettant fin à mon calvaire, je l'ai retiré, avant de me coucher, ma semelle intérieure était pleine de sang.

Un soir, je me suis planté une fourchette dans le dos de la main, endommageant l'un des cinq os du métacarpe : j'ai honte de le dire, mais j'avais cru entendre une voix me souffler que Gabriel reviendrait si je le faisais.

La voix m'avait trompée. Un dimanche, alors que je venais chercher les enfants pour passer la journée avec eux, Gabriel leur demanda d'aller jouer dans leur chambre et m'annonça à voix basse qu'il avait décidé d'aller vivre avec eux à Cavaillon.

« Tu ne peux pas me faire ça, protestai-je. Qu'est-ce que je vais devenir sans eux ?

— Je n'ai pas le choix, Rose.

— S'ils vont en Provence, je ne pourrai plus les voir, tu imagines ce que ça va être pour moi.

— Je te le répète, je suis obligé de partir. Il y a une campagne de presse contre moi.

— Où ?

— Dans les journaux où sévissent nos anciens soi-disant amis. Tu n'es pas au courant ?

— Je ne savais pas.

— Ils me traitent de youtre, de youpin, de cochon et de traître à longueur de colonnes. »

Il partit chercher un journal dans sa chambre et revint en déclamant :

« Édouard Drumont évoquait jadis "l'oblique et cauteleux ennemi" qui a envahi, corrompu et abêti la France au point de "briser de ses propres mains tout ce qui l'avait faite jadis puissante, respectée et heureuse". Parce qu'il correspond le mieux à cette définition, l'un des premiers visages qui vient à l'esprit, c'est celui de Gabriel Beaucaire, faux ami, faux écrivain, faux patriote et faux maître d'hôtel, mais vrai traître devant l'Éternel. Il a toutes les caractéristiques du Sémite : cupide, intrigant, subtil et rusé. C'est sa fourberie sans limites qui a permis à ce vil personnage de s'immiscer parmi les nôtres pour les espionner et revendre ensuite ses prétendues informations, toute honte bue, à nos pires ennemis. Il est temps d'en finir avec les individus de ce genre en général et celui-là en particulier qui, pour le malheur de ses voisins, a élu domicile 23, rue Rambuteau. »

Il agitait le journal comme si c'était un torchon plein d'acide qui lui brûlait les mains :

« Toute la presse antisémite s'y est mise, *Je suis partout* et tous les autres. C'est comme ça depuis trois jours. Un vrai pilonnage, je suis étonné que personne ne t'en ait parlé.

— Je ne lis pas ces saloperies...

— Tu comprends mieux mon inquiétude, maintenant ?

— Bien sûr que je la comprends et tu peux compter sur moi, chéri. »

Je tremblais et transpirais comme une amoureuse avant le premier baiser, mais Gabriel se tenait à distance avec une expression de dégoût sur le visage, et il recula d'un pas dès que j'en fis un dans sa direction. Il est vrai qu'une odeur de pissat et de vinaigre flottait autour de moi. Je m'immobilisai, pour ne pas la répandre.

J'ai tout de suite reconnu cette odeur : c'était celle de ma peur, celle que j'éprouvais pour lui et les enfants. Mon cancer du chagrin reprenait son essor. Il allait ainsi faire ventre jusqu'à la fin de la guerre.

« Au travail, cette campagne de presse a mis mes patrons mal à l'aise, dit-il. Ils sont plus gentils que d'habitude, je sens qu'ils me soutiennent. Mais ils ne pourront pas tenir indéfiniment. Je préfère prendre les devants et partir le plus vite possible. Désolé.

— Je peux garder les enfants, dis-je d'une voix suppliante.

— Ce ne serait pas une bonne idée, Rose. Le jugement de divorce en a décidé autrement et tu sais bien que tu n'aurais pas le temps de t'en occuper. Une enfance en Provence, au milieu de la nature, c'est quand même ce qu'on peut leur offrir de mieux. »

Je fis celle qui vient d'avoir une illumination :

« J'ai trouvé la solution, chéri. Je peux vous loger et vous cacher chez moi, enfin chez nous, rue du Faubourg-Poissonnière, ni vu ni connu, en attendant des jours meilleurs.

— Tu me proposes de revenir à la maison ?

— N'aie pas peur. Si tu n'as pas envie de moi, je saurai me tenir : je ne te violerai et ne te toucherai pas.

— J'y compte bien. Mais j'aurais trop peur de céder à la tentation. »

Il avait souri et j'adorai ce sourire.

« De toute façon, il faudra bien que tu reviennes un jour.

— Il faudra bien... »

Il y eut un silence. Mon cœur semblait pris dans un tourbillon et j'entendais mon sang battre dans ma tête. Il finit par soupirer :

« C'est absurde de rester : Paris est une souricière.

— Tous les truands te diront qu'on se cache mieux à Paris qu'en province.

— Pas en temps de guerre, Rose. Je suis fiché comme Juif. Si je reste à Paris, je devrai être obligé de porter l'étoile jaune à partir du 7 juin.

— La semaine prochaine ?

— Oui, l'ordonnance vient d'être promulguée. Avec les enfants, nous serons comme des agneaux dans la gueule du loup, même si je n'ai pas l'intention de la porter.

— Pourquoi ne vas-tu pas expliquer à la mairie que tu n'es pas juif ?

— Tu sais bien que ça n'est pas aussi simple que ça : si les autorités ont décidé que j'étais juif, à cause de mon nom ou de lettres de dénonciation, je ne peux pas leur apporter la preuve du contraire. Ma gueule et mon sourire ne suffiront pas à les convaincre. Quand t'es juif par les temps qui courent, c'est pour la vie.

— Je te demande juste une faveur, dis-je, les yeux mouillés. Reste jusqu'à mon anniversaire. »

Il hocha la tête avec ce petit sourire craquant qui m'avait toujours rendue folle :

« Tes trente-cinq ans, je ne peux pas laisser passer ça.

— Tu as raison, ça n'arrive qu'une fois.

— Il faut simplement que je déménage sans attendre pour me fondre dans la masse. Il y a quelques jours, j'ai vu un deux-pièces à louer tout près de chez toi, rue La Fayette. S'il est toujours libre, je vais le prendre et emménager sous un faux nom. »

Je me suis approchée pour l'embrasser mais Gabriel a filé dans sa chambre pour déposer le journal sur sa table de chevet.

30

Un déjeuner champêtre

MARSEILLE, 2012. Quand Samir la Souris a sonné à ma porte, il était 1 heure et quelque du matin. Mamadou venait de me déposer chez moi et j'avais mis un bain à couler. Avant d'entrer dans l'eau, je me déshabillais en écoutant une chanson de Patti Smith, *People have the power*.

Si je pouvais refaire ma vie, la sienne m'aurait plu : chanteuse, musicienne, peintre, poète, photographe, activiste, écrivain, mère de famille, Patti Smith a tout fait. Je suis sûre qu'elle laissera son nom dans l'Histoire des femmes, celle que les hommes regrettent de nous voir écrire.

Un soir que Patti Smith était en concert à Marseille, elle est venue dans mon restaurant après le spectacle, et je me suis fait prendre en photo avec elle et son sourire aux dents gâtées. Elle figure en bonne place au Panthéon de mes Grandes Femmes.

J'ai fait attendre Samir, le temps d'enfiler mon peignoir puis de fermer le robinet de la baignoire et, lorsque je lui ai ouvert, il boudait

ostensiblement. Il fait partie, jusqu'à la caricature, de ce que j'appelle la génération du « tout-
tout-de-suite ». Celle qui semble toujours avoir
des trains ou des avions à prendre alors qu'elle a
toute la journée devant elle. Celle qui ne sait
pas, contrairement à la mienne, savourer
chaque goutte de vie que Dieu lui donne.

Samir avait sa tablette numérique dans une
main et m'a tendu l'autre avec un air qui se voulait menaçant :

« Mon enquête avance. J'ai un truc incroyable
à te montrer.

— Montre.

— Avant, je voudrais te raconter la dernière
histoire qui circule sur la Toile. »

Il entra et s'assit dans le fauteuil du salon sans
que je l'y invite.

« Qu'est-ce qui se passe, reprit-il, quand une
mouche tombe dans une tasse de café pendant
une réunion internationale ? »

Il laissa passer un silence, puis :

« L'Américain n'y touche pas. L'Italien jette
la tasse avec le café. Le Chinois mange la
mouche et jette le café. Le Russe boit le café
avec la mouche. Le Français jette la mouche et
boit le café. L'Israélien vend le café au Français,
la mouche au Chinois, puis s'achète une nouvelle tasse de café avec cet argent. Le Palestinien
accuse Israël d'avoir mis une mouche dans son
café, demande un prêt à la Banque mondiale et,
avec cette somme, achète des explosifs pour
faire sauter la cafétéria au moment même où

tous les autres sont en train de demander à l'Israélien d'acheter une nouvelle tasse de café
pour le Palestinien. »

J'ai souri :

« C'est une histoire juive.

— Merci, ça ne m'avait pas échappé. Elle est
drôle, non ?

— Je n'ai pas dit le contraire. »

Patti Smith chantait maintenant : *Because the
night*, son plus gros tube, écrit par Bruce
Springsteen. Elle y mettait une telle flamme
qu'on ne pouvait plus douter, en l'entendant,
que les femmes sont désormais des hommes
comme les autres.

Samir la Souris se leva, puis s'approcha de
moi en disant avec ironie :

« Regarde bien, j'ai de la dynamite pour toi.
C'est une photo que j'ai retrouvée sur un site
d'archives de la dernière guerre. »

Il me donna la tablette et je me reconnus sur
la photo. Je me tenais debout, derrière Himmler assis à table, avec un grand plat entre les
mains. Je crois que, dedans, c'était du poulet
fermier avec de la purée au basilic, une de mes
spécialités : le *Reichsführer-SS* adorait ça. La tête
légèrement tournée vers moi, il me regardait
avec un sourire à peine perceptible et un regard
non dénué de tendresse. En arrière-plan, un
massif de fleurs et, plus loin, un fouillis d'arbres
dont beaucoup de conifères. C'était un repas
champêtre à Gmund, en Bavière.

Samir la Souris portait sur moi le même

regard que celui du policier qui, dans les films noirs, montre les photos de la scène de crime à l'assassin pour le faire craquer, mais je ne craquai pas :

« C'est quoi ?

— C'est toi.

— Moi ? Excuse-moi, j'étais bien plus belle que ça.

— Arrête ton cirque, Rose. »

Entre nous, il y eut un silence que meublait, par bonheur, la chanson de Patti Smith sur laquelle se concentra mon attention.

« Ce type, ai-je fini par dire, c'est bien Himmler ?

— Apparemment.

— Qu'est-ce que j'aurais à voir avec Himmler ?

— C'est ce que je me demande.

— C'est grotesque, protestai-je.

— C'est troublant.

— Je crois que tu devrais arrêter d'enquêter sur Renate Fröll.

— Ce n'est pas mon intention.

— Cette histoire, conclus-je, ne te réussit pas. »

Je n'étais pas convaincue qu'il fût assez vénal pour cesser de fouiner dans mon passé moyennant dédommagement. Au contraire, ça risquait de l'exciter davantage. Je préférais le congédier et me levai pour donner le signal du départ :

« Il est tard, Samir. À mon âge, je devrais être

couchée depuis longtemps et j'ai encore un bain à prendre. »

Il resta assis et laissa tomber :

« Il faudra quand même que tu m'expliques ce que tu faisais entre 1942 et 1943. Entre ces deux dates, il n'y a aucune trace de toi nulle part, tu as disparu de tous les écrans radar, avant de disparaître encore après. C'est quand même bizarre, non, toutes ces disparitions ?

— C'est normal : je m'étais cachée en Provence.

— Pourtant, la police ne te recherchait pas. »

Je me rassis :

« La police me recherchait parce qu'elle recherchait mon ancien mari, l'homme de ma vie, le père de mes enfants, qui était juif. Est-ce que ça te va comme ça ?

— Tu me caches des choses, Rose, et quand on cache des choses, c'est qu'elles sont intéressantes.

— Je suis une très vieille dame qui aimerait qu'on la laisse tranquille et que tu devrais, si ce n'est pas trop te demander, respecter davantage. »

Après le départ de Samir, j'ai pris mon bain. Il était bouillant et, selon mon habitude, je le réchauffai à intervalles réguliers. J'ai cuit longtemps dedans, les yeux fermés, les oreilles dans l'eau, laissant remonter les souvenirs qui, mélangés à la vapeur, flottaient au-dessus de moi.

Quand je suis sortie du bain, j'étais blanche comme de la chair de poisson bouilli.

31

De si belles dents blanches

PARIS, 1942. L'été est toujours en avance. Chacun sait qu'il ne commence jamais le 21 juin, mais plusieurs jours avant. Cette année-là, il arriva plus tôt encore que d'habitude, alors que les chênes, ces grands traînards de la Création, venaient à peine de virer au vert.

À l'approche de mes trente-cinq ans, je restais cadenassée dans l'abstinence que m'avait conseillée Théo, bien qu'enflât en moi ce qu'on appelait jadis la fruition, attisée par la montée de la chaleur, annonciatrice de cette course à la fornication qui s'emparerait bientôt de la nature.

Un matin de juin, probablement à la fin de la première semaine du mois, les deux officiers SS habituels, Don Quichotte et Sancho Pança, sont entrés dans mon restaurant. Le personnel finissait la mise en place et je surveillais la fin de la cuisson de quatre grandes tartes aux abricots que je venais de parsemer d'éclats d'amandes et dont le dessus menaçait de brûler, de même que, dessous, mon feuilletage caramélisé. J'étais à cran.

Sancho Pança m'a demandé de les suivre d'une façon qui ne souffrait pas discussion. J'ai prié les SS d'attendre deux ou trois minutes que les tartes soient cuites à point et, après les avoir sorties du four, je les ai suivis. Je ne savais pas où et j'hésitais à le leur demander, n'ignorant pas que ce genre de convocation ne présage généralement rien de bon.

Quand, dans la voiture, je les eus interrogés en allemand sur notre destination, ils n'ont pas répondu. J'imaginai les pires hypothèses, notamment en rapport avec Gabriel, jusqu'à ce que Sancho Pança laissât tomber :

« Ze n'est pas grafe mais z'est importante.

— Vous ne pouvez pas me le dire ?

— Zegret bilitaire. »

Je parlais en allemand et il répondait en français. J'en conclus qu'il se sentait coupable d'occuper la France. D'autant qu'il me regardait toujours avec un air de chien battu, ce qui n'était pas le cas de son collègue.

Ils me conduisirent 49, rue de la Faisanderie, dans le XVIe arrondissement, où je retrouvai Heinrich Himmler, trônant derrière un bureau Louis XIV, dans une grande pièce lambrissée, en réunion avec trois vieux officiers SS assis devant lui, des documents sur les genoux. À quarante et un ans, il les dominait pleinement. Ils auraient été des chiens de compagnie, c'eût été pareil.

Dès qu'il m'aperçut, Himmler se leva précau-tionneusement, comme s'il souffrait d'une scia-tique, signifiant ainsi à ses officiers que la réunion était terminée. Ils dégagèrent aussitôt le plancher sans se faire prier, laissant derrière eux une forte odeur de sueur et de tabac qui me rappelait celle des clapiers de Sainte-Tulle. Après m'avoir serré la main, le *Reichsführer-SS* m'invita à m'asseoir avec lui dans le coin salon.

Je n'en menais pas large et il le remarqua tout de suite. C'est pourquoi il commença par me rassurer, en allemand :

« Je suis venu incognito à Paris. Quelques affaires urgentes à régler. Je voulais aussi avoir avec vous une conversation strictement privée. »

Il reprit sa respiration, puis :

« Vous me plaisez beaucoup et, depuis notre première rencontre, il y a deux ans, je ne cesse de penser à vous. La nuit, le jour, dès que j'ai les yeux fermés, c'est votre visage qui m'appa-raît. Je voudrais vivre avec vous. »

Je dodelinai de la tête en éprouvant les symp-tômes d'un malaise vagal, autrement dit un ralentissement de mon rythme cardiaque et une chute de ma tension artérielle. Il crut que j'opi-nais.

« J'aimerais vivre avec vous jusqu'à la fin de mes jours, reprit-il. Je ne suis pas pesant, vous savez. Je vais, je viens, je suis tout le temps en voyage. Ce que me demande Hitler, c'est pire qu'un sacerdoce. Je ne m'arrête jamais, c'est du délire, je ne sais pas ce que je ferais sans vos pilules. Mais j'ai besoin de vous savoir à moi, tout entière, pendant les rares moments de détente que me laisse mon travail. »

Ses yeux gris-bleu étaient plantés sur moi, j'allais dire en moi, parce que je ressentais comme des morsures. Il attendait que je dise quelque chose mais j'étais vitrifiée. Il me semblait que je ne pourrais plus jamais détacher ma langue de mon palais.

« L'honnêteté m'oblige à dire que je ne pourrais pas vous épouser, reprit-il. Un, Hitler est contre le divorce, il nous interdit de divorcer, il a fait des histoires à des tas de gens qui, comme Hans Frank, voulaient refaire leur vie. Deux, vous avez des origines aryennes si j'en juge par vos yeux bleus et vos cheveux blonds, mais je suis sûr que vos sangs sont mélangés.

— Je suis arménienne, dis-je dans un allemand qui s'était beaucoup amélioré depuis notre dernière rencontre.

— Je le sais. Vous avez donc une bonne base, celle d'une des branches les plus pures de la race aryenne. Le drame est que, comme tous les peuples issus du Caucase, les Arméniens se sont souvent mélangés aux Mongols ou aux Touraniens qui les ont envahis, violés et asservis. »

Le *Reichsführer-SS* m'observa de haut en bas, me dévisagea longuement, puis laissa tomber :

« Je n'ai pas assez de temps pour lire des livres ou visiter des expositions, mais je suis très sensible à la beauté. Je crois comme le poète John

Keats que "la Beauté est Vérité et la Vérité Beauté".

— Ma mère adoptive adorait Keats.

— Eh bien, moi aussi. Sachez-le, je vous trouve très belle, sublimement belle. Mais comme toujours, la beauté, pour éclater, a besoin de défauts. Les vôtres sont évidents, je vais vous les dire franchement : vous avez quelques traits caractéristiques des Mongols. Les pommettes hautes, les yeux bridés, les sourcils minces, la peau mate. »

Je rougis.

« Je suis sûr que vous avez la tache mongoloïde, ajouta-t-il. Une tache gris-bleu, souvent située au-dessus des fesses, tout près du coccyx. Je me trompe ?

— Non, vous ne vous trompez pas.

— Eh bien, vous voyez, j'avais une bonne intuition. »

Himmler sourit, patelin :

« Vos traits mongols ne me gênent pas personnellement. J'ose même dire qu'ils me plaisent, d'autant que, je le répète, votre base est aryenne, il n'y a aucun doute là-dessus. »

J'étais horrifiée par son regard, celui du boucher qui contemple une entrecôte ou un faux-filet sur son étal sanglant et, en même temps, je ne détestais pas que ses yeux me réduisissent à l'état de matière à sa merci. Ce fut la première fois que j'éprouvai quelque chose pour lui : une envie dépravée de m'avilir et de me punir de tous mes péchés dont les moindres n'avaient

pas été mes infidélités avec Gilbert Jeanson-Brossard.

Le menton fuyant d'Himmler ne gâchait rien.
Dieu sait pourquoi, j'ai toujours été folle des
mentons fuyants. Ils m'excitent, c'est sexuel.

Comme les timides qui cherchent à se donner une contenance, Himmler a toussoté avant
de retirer ses lunettes, ce qui l'a soudain rendu
plus humain. Derrière les verres, ses yeux
étaient humides et j'ai cru y voir une supplica-
tion, une espèce de souffrance indéfinissable.
Une trentaine de secondes ont passé, dans un
silence sépulcral, quand le désir et la peur sont
à leur paroxysme.

Après avoir rechaussé ses lunettes, Himmler a
repris :

« J'ai une troisième raison de ne pas vous
épouser : vous vous êtes mariée avec un Juif en
premières noces.

— Mon ex-mari n'a jamais été juif !

— Ce ne sont pas mes informations. C'est un
Juif, même s'il a essayé de donner le change.

— Vérifiez, ce n'est pas vrai...

— Je vérifierai. Mais ça ne changera rien. Ce
que je vous propose, c'est de devenir ma com-
pagne...

— C'est très difficile de vous répondre
comme ça, dis-je d'une voix hésitante, la gorge
étranglée. On se connaît à peine...

— Venez m'essayer en Allemagne, quand
vous voudrez, plaisanta-t-il. Vous ne serez pas
déçue...

— Il faut que je réfléchisse.

— Réfléchissez vite. Sinon, vous me ferez souffrir. »

Il me tendit une carte de visite sur laquelle figurait le numéro de téléphone de son secrétariat à Berlin. S'il m'avait embrassée, honte à moi, je me serais probablement abandonnée, d'autant que ses belles dents blanches, d'une blancheur étincelante, présageaient une haleine supportable, encore que des dents blanches n'empêchent pas, parfois, les mauvaises surprises.

Mais, notre rencontre terminée, le *Reichsführer-SS* s'est contenté de me serrer la main, une main molle qui a provoqué en moi un malaise que j'ai noyé, de retour au restaurant, en buvant, le cœur battant, les trois quarts d'une bouteille de saint-julien.

Le soir, un couple très sympathique est venu dîner au restaurant : Simone de Beauvoir, une belle femme, metteuse en ondes à Radio Vichy, la station nationale, et Jean-Paul Sartre dont j'avais lu et apprécié le roman *La Nausée* avant la guerre. Ils fumaient et parlaient beaucoup.

Sartre a tellement aimé ma cuisine qu'il s'est proposé d'écrire un article sur le restaurant dans l'hebdomadaire collaborationniste *Comoedia* auquel il donnait de temps en temps des textes. J'attends toujours l'article.

32

Mon poids en larmes

PARIS, 1942. Le lendemain de ma rencontre avec Heinrich Himmler, j'entendis tambouriner à la porte vers 6 heures du matin. Une voix de fausset hurlait sur le palier : « Ouvrez ! Police ! »

La voix appartenait à un personnage de petite taille, pourvu d'un nez et de pieds très grands, ce qui était de bon augure s'il est vrai qu'ils sont proportionnels à la taille de l'organe reproducteur. Malgré l'état de pénitence sexuelle dans lequel je me languissais depuis si longtemps, je ne ressentis pourtant pas le moindre frisson de désir.

L'homme me fusilla du regard, puis hurla :

« Commissaire Mespolet ! »

C'était sa façon de se présenter.

« Nous nous connaissons ? demandai-je.

— Je crois avoir cet honneur. »

Il avait à peine changé depuis notre dernière rencontre, à Manosque. Toujours la même tête de momie, éclairée par un sourire grimaçant, au-dessus du même corps de polichinelle. Sans oublier le nez en manche de marteau :

Quatre policiers sont entrés dans l'appartement pour tout fouiller. J'allais protester, mais le commissaire me montra son mandat de perquisition avant de me demander sur un ton grinçant :

« Vous ne sauriez pas où l'on peut trouver votre ex-mari ?

— Nous n'avons plus de contacts.

— Mais vous avez des enfants.

— Je n'ai plus aucune nouvelle d'eux.

— Permettez-moi de ne pas vous croire. Votre ex-mari fait l'objet d'un mandat d'amener : il est recherché par toutes les polices de France. Si vous refusez de coopérer avec nous, je serai en droit de vous accuser de complicité.

— Je ne vois pas ce qui m'interdirait de coopérer avec vous. Gabriel ne s'est pas bien comporté avec moi, sachez-le. »

J'avais déjà fait mon café et je lui en proposai une tasse. Nous nous sommes installés dans la cuisine pendant que ses hommes de loi vidaient les tiroirs ou déplaçaient les armoires et les commodes afin, j'imagine, de découvrir derrière des passages secrets ou des ouvertures de souterrains menant aux cavernes de Sion.

« Qu'est-ce qu'il a encore fait, cet imbécile ? » demandai-je avec une feinte exaspération.

Il nous mettait dans le même sac, Gabriel et moi, si j'en juge par ses yeux accusateurs lorsqu'il énuméra ses griefs :

« C'est un agent de l'étranger qui a toujours voulu se faire passer pour un bon citoyen français. Un maître chanteur, un usurpateur d'identité et un calomniateur professionnel qui, dans des libelles immondes, a fait beaucoup de mal à des gens importants pour notre pays.

— À qui, particulièrement ?

— La liste est longue... »

Le commissaire Mespolet semblait accablé. Il soupira et but sa tasse d'un trait. Quand je lui resservis du café, je m'arrangeai pour laisser tomber sur ses épaules des mèches de cheveux que je portais longs à l'époque, mon haleine caressant sa nuque, mon bras effleurant le sien. Il fut soudain plus loquace quand je lui redemandai les noms des plaignants :

« D'abord, il y a Jean-André Lavisse, un grand écrivain et un grand journaliste de notre temps, un homme admirable, qui ne ferait pas de mal à une mouche. On dit qu'il va bientôt entrer à l'Académie française. Eh bien, il mériterait d'y être depuis longtemps, croyez-moi. Je l'ai rencontré plusieurs fois, il est très impressionnant. Si tous les Français étaient comme lui, notre pays n'en serait pas là, nous ne nous serions pas écroulés devant l'armée allemande. Il a une culture, une rigueur, une énergie. Sans doute avez-vous lu son livre, *Pensées d'amour*...

J'ai secoué la tête avec une moue de dégoût. C'était cet individu qui, dans *L'Ami du peuple*, avait commencé la campagne de presse contre Gabriel.

« C'est un tort, ce livre fait beaucoup de bien, reprit Claude Mespolet. En tout cas, la grande probité de Jean-André Lavisse n'a pas empêché votre ex-mari de l'accuser d'avoir acquis des biens juifs de manière illicite. Ces prétendus traficotages n'ont existé que dans sa tête de Juif haineux. De la diffamation pure et simple, chère madame. Germaine, sa femme, n'a pu supporter ces déchaînements contre son époux. Elle a fait une tentative de suicide au gaz qui lui a laissé des séquelles. On dit qu'elle n'en a plus pour longtemps.

— C'est affreux ! m'exclamai-je.

— C'est affreux, confirma-t-il. Et le pire est à venir, figurez-vous. Mme Lavisse est la nièce de Louis Darquier de Pellepoix, le descendant de l'astronome, qui vient de remplacer cet incapable de Xavier Vallat, il faut bien le dire, au Commissariat général aux questions juives. Cet homme admirable, issu d'une grande famille française, est une autre victime de votre ex-mari qui a écrit sur lui un petit livre monstrueux. Un tissu de mensonges et d'ordures, où il parle de personnalités considérables de notre pays en des termes que la décence m'interdit de prononcer et qui, quand j'y pense, me font froid dans le dos. Le genre d'ouvrages qui attentent non seulement aux bonnes mœurs mais aussi à la sûreté de l'État. »

De temps en temps, je faisais glisser ma langue sur mes lèvres entrouvertes en coulant sur lui des regards admiratifs. Rares sont les hommes qui savent résister à l'engouement d'une femme.

« Il y a plus grave, continua le commissaire. Nous savons de bonnes sources que votre ex-mari est en train d'écrire un livre de la même eau sur le Maréchal qui a tant donné à la France.

— Quelle horreur ! m'écriai-je. Pourquoi fait-il ça, saperlotte ?

— C'est un pervers, un Juif pervers qui se laisse guider par ses vils instincts. Il faut le mettre hors d'état de nuire, dans son propre intérêt. C'est pourquoi vous devez m'aider à le localiser.

— Je vais faire tout mon possible, je vous promets. »

Il me tendit sa main droite pour que je tape dedans, ce que je fis.

« Aidez-moi. C'est vital. Pour le Maréchal. Pour la France. »

Je sentais que sa main allait bientôt prendre la mienne et la laissai offerte à lui, sur la table, quand l'un des quatre policiers entra dans la cuisine :

« On n'a rien trouvé, monsieur le commissaire. »

Claude Mespolet se leva lentement, puis se rassit :

« Vous avez tout laissé bien rangé comme avant ?

— C'est-à-dire que, non... vous savez, c'est pas trop l'idée quand on fait une perquise.

— Je veux que vous laissiez cet appartement dans l'état où vous l'avez trouvé. Compris ?

— C'est comme si c'était fait. »

Même si le commissaire Mespolet avait tendance à lantiponner, je suis arrivée à mes fins : après avoir enfin posé sa main sur la mienne, il m'a invitée à dîner pour le lendemain.

« À 18 h 30 dans mon restaurant, répondis-je, ce sera plus pratique. Désolée, mais je ne peux jamais ni avant ni après : je suis en cuisine.

— Votre heure sera toujours mon heure. »

Il commençait à m'attirer vraiment. J'aimais la perspective de me détruire en me roulant dans la fange avec lui. Sur le pas de la porte, je lui ai glissé à l'oreille :

« Vous êtes ma plus belle rencontre depuis très longtemps. »

Il n'a pas rougi, mais il a papilloté des yeux.

Quand ils sont partis, je me suis habillée en hâte et, non sans avoir vérifié que je n'étais pas suivie, j'ai été prévenir Gabriel des dangers qu'il courait. Derrière la porte de son nouvel appartement, au 68 de la rue La Fayette, les enfants riaient aux éclats : il leur présentait un spectacle de marionnettes.

Ma conversation avec le commissaire Mespolet résumée, Gabriel m'a dit qu'il ne fallait pas s'affoler. Tout étant organisé pour que les enfants et lui rejoignent la zone libre, il ne changerait rien à ses plans et resterait à Paris jusqu'à mon anniversaire pour en partir le lendemain.

Quand je leur dis au revoir, les enfants s'accrochèrent à mes pieds. J'eus grand-peine à garder ma contenance après qu'Édouard se fut écrié :

« Maman, reste un peu avec nous, on ne veut pas que tu partes ! »

Mais dès que je refermai la porte, je me mis à sangloter. Il me semble bien que, ce jour-là, j'ai pleuré mon poids en larmes.

33

La stratégie Johnny

PARIS, 1942. Le lendemain soir, le commis-saire Mespolet est arrivé à « La Petite Provence » avec un air fermé, la bouche sèche, le regard perdu. J'ai pensé que c'était l'amour et j'ai tout fait, dès l'apéritif, pour le rassurer.

« À tout ce que nous allons faire ensemble, dis-je en cognant mon verre de champagne contre le sien.

— À nous, murmura-t-il, la tête baissée.

— Attention, il faut bien se regarder dans les yeux. Sinon, c'est sept ans de misère sexuelle.

— Vous y croyez vraiment ?

— Je suis superstitieuse. »

Il fallut recommencer.

« *Prost* », dis-je avec un air provocateur, en levant mon verre.

Il n'a même pas souri. Le commissaire Mes-polet n'était pas le même homme que la veille. Il avait l'expression de celui qui perd son temps. Les fourmis dans les jambes, lesquelles battaient du tambour sous la table. Les tics aussi, comme ces coups d'œil furtifs qu'il jetait sans cesse autour de lui.

Alors que nous terminions la parmesane que j'avais servie en entrée, il y eut un silence si lourd que je finis par lui demander ce qui n'allait pas.

« C'est bien simple, répondit-il sans hésiter. Vous m'avez déçu...

— Pourquoi ?

— Vous avez trahi ma confiance.

— Mais qu'ai-je fait ?

— À peine étions-nous partis que vous filiez chez votre ex-mari... »

Je fis l'ahurie :

« Excusez-moi, mais on est en plein délire ! »

C'est ce que j'appelle la stratégie Johnny, une stratégie que Johnny Hallyday m'a dit avoir utilisée une fois que tout l'accusait. Une feinte tellement grosse qu'elle désarçonne l'autre. Un déni primal, le degré zéro du démenti.

Il y a une dizaine d'années, après un concert, le chanteur était venu dîner jusqu'à plus d'heure dans mon restaurant d'aujourd'hui, à Marseille. Je l'ai tout de suite aimé. Un homme blessé qui s'applique à se tuer à l'alcool depuis des décennies, mais qui n'y arrive pas. Il était ivre mort, ce qui, dans son cas, est un euphémisme. Sauf quand il chante.

D'une voix pâteuse, donc sincère, Johnny Hallyday m'en a raconté une bien bonne qui me rappela mon attitude, il y avait si longtemps, devant le commissaire Mespolet. Une nuit, lors de ses débuts de chanteur, il était rentré tard, totalement bourré, avec une jeune fille qu'il avait ramassée Dieu sait où. Ils avaient déboulé dans sa chambre conjugale et commençaient tous deux à se déshabiller dans le noir quand, soudain, la lumière s'était allumée. C'était la femme de Johnny. Elle s'écria, indignée, à l'adresse de la demoiselle à moitié nue :

« Qu'est-ce que vous faites là ? »

Alors, Johnny, tout aussi indigné, s'était tourné vers elle :

« C'est vrai. Qu'est-ce que vous faites là ? »

Je me souviens que les yeux du commissaire Mespolet m'ont, soudain, donné l'alerte. J'y ai vu des scintillements de couteau, son visage blême exprimait une haine inexorable.

Mon cœur s'est mis à battre plus vite. Je ne pouvais plus le contrôler.

« Si vous connaissez l'adresse de Gabriel et des enfants, demandai-je au commissaire, ça veut dire que vous les avez arrêtés ?

— Secret professionnel.

— Vous ne pouvez pas me répondre et faire preuve d'un peu d'humanité ? » hurlai-je en tremblant.

Il se leva et prit congé d'un petit geste de la tête, que j'eus à peine le temps de voir : je courais déjà et, à peine sortie du restaurant, hélai, place du Trocadéro, un taxi qui m'emmena au 68 de la rue La Fayette.

Sur la route, nous croisâmes beaucoup de Torpedo, de camions bâchés, de fourgons noirs et de bus bondés. Je n'ai pas compris ce qui se passait, je ressentais une grande fatigue et, en même temps, quelque chose hurlait en moi...

Au 68, je montai les escaliers quatre à quatre. Au cinquième étage, j'appuyai en tremblant sur le bouton de la sonnette. Pas de réponse. Je descendis, à bout de souffle, demander de leurs nouvelles à la concierge qui répondit, compatissante :

« Hélas, madame, la police est venue les prendre. Un commissaire m'a dit que c'était le jour de ramassage des Juifs, tous les Juifs.

— Les enfants aussi ?

— Les enfants aussi, qu'est-ce que vous croyez ? La police prend tout, chez les Juifs. Les petits, les vieux et les bijoux, mais pas les chats. Elle laisse toujours les chats. C'est un problème. J'en ai déjà récupéré cinq, avec les miens, ça fait sept, je ne peux pas en adopter plus. Heureusement, votre monsieur n'avait pas de chat. Sinon, j'aurais été bien embêtée. »

Elle poussa un gros soupir et reprit :

« Vous ne voulez pas un chat ?

— J'en ai déjà un.

— Deux, c'est mieux et trois, encore mieux. »

Quand je lui demandai si Gabriel et les enfants étaient partis avec des policiers ou des miliciens, elle fut incapable de me répondre.

« C'est les mêmes, dit-elle, et le résultat est toujours pareil, ma bonne dame : ils laissent les chats. »

Elle avait une tête de chat, sans les moustaches : c'était donc de son peuple qu'elle parlait avec tant de passion, ce qui ne l'empêchait pas de prendre part à mon malheur.

Elle baissa les yeux :

« Il ne faut pas vous faire d'illusions, ils sont partis pour longtemps. Ils avaient des bagages et la police a demandé au monsieur de fermer les compteurs d'eau, de gaz et d'électricité. »

Elle m'invita à entrer dans sa loge pour m'asseoir et prendre un grog. Je lui répondis que j'avais déjà assez chaud comme ça et accourus au commissariat du IXe arrondissement.

Après avoir attendu trois heures sans obtenir la moindre information, je me suis rendue à la préfecture de police où j'ai trouvé porte close, avant de retourner au restaurant pour appeler Heinrich Himmler à son Q.G. de Berlin.

Le service du soir terminé, Paul Chassagnon, mon second, m'attendait tout près de « La Petite Provence », sur un banc qui n'existe plus aujourd'hui, en fumant une cigarette.

« Il est arrivé quelque chose aux enfants ? demanda-t-il.

— Comment le sais-tu ?

— On m'a dit que tu étais partie brusquement en courant. J'ai pensé que c'étaient les enfants.

— Une rafle. Je vais téléphoner à Himmler. »

Quand j'ai prononcé le nom du *Reichsführer-SS* d'une voix furibarde, comme s'il avait des comptes à me rendre, je n'étais pas consciente du ridicule de la situation. Mais je me trouvais

238

dans un état second : revivant le cauchemar de mon enfance, je perdais la raison, je n'étais plus qu'un grand frisson.

Heinrich Himmler n'était pas à son bureau, c'était le dernier endroit du monde où l'on aurait pu le trouver. Sans doute était-il en tournée d'inspection en Russie, en Bohême, en Moravie ou en Poméranie, à superviser des exécutions de masse. C'est un de ses aides de camp qui m'a répondu, un certain Hans. Après que je lui eus exposé la situation, il a laissé tomber sur un ton aussi scandalisé que le mien :

« C'est une grossière erreur. Je vais en parler au *Reichsführer-SS* dès que je l'aurai au bout du fil. Les autorités françaises sont bien intentionnées, mais elles ne font que des bêtises, il faut bien le dire. Elles se trompent dans les fiches, elles confondent les noms, elles devraient nous laisser faire... »

Quand j'ai raccroché, je suis tombée dans les bras de Paul Chassagnon qui m'a dit que le service du soir s'était relativement bien passé, même s'il avait manqué d'à peu près tout. De pain, notamment.

« Mais qu'est-ce que j'en ai à foutre ? » m'écriai-je, avant de m'excuser puis de fondre en larmes.

Je mourais. Longtemps, je mourus. Tous ceux qui ont perdu des enfants savent qu'il y a encore une vie après la mort. Je m'accrochais à cette vie pour essayer de les retrouver.

Redoutant qu'Himmler ne téléphonât pen-

dant que je rentrerais chez moi et ne me rappe-
lât pas ensuite, je préférai attendre son coup de
fil au restaurant. Quand Paul Chassagnon me
proposa de rester avec moi, j'acceptai : j'avais
besoin de sentir ses gros bras velus près de moi.
De surcroît, je n'avais rien à craindre de lui. Il
était homosexuel.

Nous nous sommes couchés au pied de la
caisse, près du téléphone, sur un matelas de
nappes pliées. Il a posé son bras sur mon ventre,
ce qui m'a fait du bien, mais je n'ai pas dormi
de la nuit. J'ai reçu trop de visites : sous mes
paupières gonflées de larmes ont défilé jusqu'au
petit matin Garance, Édouard, Gabriel, ma
mère, mon père, ma grand-mère, mes frères et
mes sœurs, tous emportés par le tourbillon des
abominations du XXe siècle.

Au petit matin, Heinrich Himmler ne m'avait
toujours pas rappelée.

34

Raflés

PARIS, 1942. Le 17 juillet, au lendemain de la rafle dite du Vel'd'Hiv, je retournai chez moi, dans un état second, pour me laver et, dans la salle de bains, je fus effrayée en croisant mon visage dans le miroir du lavabo. Je ressemblais à une vieille chouette en papier mâché avec de grosses poches mauves sous les yeux. Je ne suis pas une adepte du maquillage. Jusqu'alors me suffisait un nuage de poudre de riz sur les pommettes.

Cette fois, après avoir bu mon café, j'ai mis le paquet. Je gardais dans mon placard une boîte ronde de fond de teint Bourjois qui datait d'avant la guerre et que je n'avais jamais ouverte. Je m'en suis tellement enduit la figure que j'éprouvais le sentiment de m'être cachée derrière un masque. Après quoi, je me suis dessiné une bouche vermillon au rouge à lèvres, sans mégoter ensuite sur le Rimmel dont je beurrai mes cils, même si je savais qu'il aurait tôt fait de couler sous l'effet de la chaleur estivale.

Vous savez comme je suis superstitieuse. Pas question de prendre le moindre risque : avant de téléphoner à Heinrich Himmler, il fallait que je sois en beauté, que je récite un *pater noster*, que je porte à mon oreille la coquille qu'on appelle, en Provence, l'« oreille de Madone » et que je me badigeonne la poitrine d'une eau lustrale dans laquelle trempait un plant de verveine.

Quand j'appelai au Q.G. d'Himmler, l'aide de camp me dit que le *Reichsführer-SS* s'excusait de n'avoir pas encore retourné mon appel mais il avait eu « une soirée très chargée » : il était actuellement en réunion, « une réunion très importante » et me joindrait en fin de matinée, vers midi. De crainte qu'il ne l'eût perdu, je donnai à Hans le numéro de « La Petite Provence ».

« Rassurez-vous, dit Hans sur le mode ironique. Vos numéros de téléphone sont sur une feuille de papier bien en évidence sur le bureau du *Reichsführer-SS*. Et j'en ai un double sur le mien. »

Quand j'allai au travail, à bicyclette, selon mon habitude, il m'a semblé que Paris était en deuil. Il flottait dans les rues un climat de grande tristesse. Plus je respirais, plus je me sentais oppressée. Plus tard, après l'arrestation de 12 884 Juifs dont un tiers d'enfants, un rapport de la préfecture de police de Paris allait définir l'espèce de consternation qui se lisait sur tous les visages, ce jour-là :

« Bien que la population française soit dans son ensemble et d'une manière générale assez antisémite, elle n'en juge pas moins sévèrement ces mesures qu'elle qualifie d'inhumaines. »

Elle ne souffrait pas, ajoutait le rapport, que les mères fussent séparées de leurs petits. Ceux qui ont entendu les cris des enfants, ce jour-là, ne purent jamais les oublier.

Dès que je suis arrivée au restaurant, Paul Chassagnon s'est précipité sur moi pour m'annoncer que Gabriel et les enfants étaient, selon toute vraisemblance, au Vel' d'Hiv où beaucoup de Juifs avaient été conduits. Je décidai de m'y rendre avec lui dès que j'aurais pu parler au *Reichsführer-SS*.

Avec sa ponctualité qui allait de pair avec sa politesse, Himmler me téléphona à midi pile.

« Vous pouvez compter sur moi, dit-il après que je lui eus résumé la situation.

— S'il vous plaît, suppliai-je.

— Quand vous me connaîtrez mieux, Rose, vous saurez que je suis quelqu'un qui dit ce qu'il fait et qui fait ce qu'il dit. Je vous rappelle très vite. »

Je fermai le restaurant et chargeai Paul d'aller au Vel' d'Hiv, tandis que je restais près du téléphone.

Heinrich Himmler m'appela vers 6 heures du soir. Il n'avait rien trouvé :

« Il y a quelque chose qui m'échappe, commença-t-il, et je n'aime pas quand je ne comprends pas : les noms de votre ancien mari et de vos enfants ne figurent pas sur le tableau récapitulatif des fiches d'arrestation des Juifs étrangers, dressé par les autorités françaises.

— Quelle conclusion en tirez-vous?

— Aucune. De toute évidence, ils ont été arrêtés dans le cadre de l'opération "Vent printanier" menée pour nous par les Français. En tant que Juifs, ils nous reviennent.

— Mais ils ne sont pas juifs!

— Ils sont considérés comme tels. Quand on a au moins deux grands-parents juifs comme c'est leur cas, on est des *Mischlingue*. Des demi-Juifs, donc des Juifs. Normalement, ils devraient être sous notre contrôle.

— Pourquoi ne les retrouvez-vous pas, alors?

— J'aurais tendance à mettre ça sur le compte de la désorganisation des services français. Ce n'est pas qu'ils mettent de la mauvaise volonté, mais ils sont trop fébriles, trop excités, comprenez-vous. Trop sûrs d'eux aussi. Ce sont des amateurs, pas des professionnels. Il y a tout le temps des problèmes avec eux.

— Vous pensez qu'ils les ont gardés?

— Avec les Français, on peut tout imaginer, notamment le pire. Ils ont un tel complexe de supériorité, ils se croient géniaux. Pour parler, ils sont toujours les premiers. Mais dès qu'il faut passer à l'action, il n'y a plus personne. Ils ne prennent pas la peine de se concentrer, ils bâclent tout : on ne les refera pas. Est-ce que votre ancien mari et vos enfants portaient l'étoile jaune?

— Non.

— Est-ce que le tampon "Juif" barrait leurs papiers d'identité ?

— Non plus.

— Si ce sont des Juifs qui ne sont pas enregistrés comme Juifs, c'est peut-être pour ça qu'on a perdu leur trace... »

Je rapportai à Himmler ma conversation avec le commissaire Mespolet. Il fallait l'interroger : si quelqu'un pouvait savoir où trouver Gabriel et les enfants, c'était bien lui.

« On va lui tirer les vers du nez, dit-il, mais je ne crois pas que ça servira à quelque chose : la clé de cette affaire, c'est sans doute la confusion des noms et des dossiers. En ce cas, on peut mettre du temps à les retrouver. Je vais m'en occuper personnellement. »

De peur de rater son appel, j'ai encore dormi au restaurant avec Paul Chassagnon qui avait tourné, une partie de la journée, autour du Vel'd'Hiv en quête d'informations sur Gabriel et les enfants. Il m'a raconté les plaintes, les pleurs et les rires, avant de fondre en larmes. Pour le consoler, je l'ai serré dans mes bras, puis embrassé. Quand nos bouches se sont mélangées, j'ai adoré le goût de muscade dans la sienne. Comme il se disait homosexuel, j'étais sûre que ça ne prêtait pas à conséquence mais tout s'est enchaîné malgré nous.

J'ai adoré sa façon de me prendre, avec délicatesse et circonspection. Artiste du préambule, il caressait bien et ne tentait rien sans demander. Il y avait chez lui le tact de Gabriel, que je n'ai jamais retrouvé chez personne, par la suite. C'est à cause de Paul Chassagnon que j'ai été si souvent attirée, ensuite, par les homosexuels, espérant retrouver avec eux tout le plaisir qu'il m'avait donné. Mais je n'ai jamais pu arriver à mes fins avec aucun. Pour ça, il faut une guerre ou un grand malheur.

Himmler m'a rappelée le lendemain, en milieu d'après-midi. Selon ses informations qui, précisa-t-il, demandaient encore à être vérifiées, Gabriel et les enfants étaient tous partis en déportation depuis la gare de Drancy. Il se faisait fort de les récupérer en route et mettait un avion à ma disposition pour le rejoindre à Berlin d'où je pourrais superviser les recherches avec lui.

Pour me rassurer, j'ai emporté avec moi ma salamandre dans une grande boîte à biscuits où elle pouvait déployer sa queue. Âgée d'au moins un quart de siècle, Théo commençait à devenir imposante. Dieu merci, elle pouvait espérer vivre encore plusieurs années. J'avais besoin d'elle comme jamais : désormais, c'était ma seule famille.

35

Un pou dans une botte de foin

BERLIN, 1942. Hans m'attendait à la descente d'avion. Il se tenait raide comme la mort, dans son uniforme de SS. J'appris plus tard qu'il avait combattu sur le front russe dans la *Panzerdivision Wiking* où, après avoir fait des étincelles, il fut l'un des cinquante-cinq militaires élevés à l'ordre de chevalier de la Croix de fer.

Sans l'affreuse cicatrice qui barrait sa joue droite, Hans eût été un bel homme. Il l'était au demeurant, mais seulement du côté gauche. De l'autre, il avait quelque chose de monstrueux : un lance-flamme lui avait tout massacré, la joue comme l'oreille.

Quand il m'a demandé quels étaient mes centres d'intérêt, j'ai répondu :

« Dieu, l'amour, la cuisine et la littérature.

— Et le sport ?

— J'aimerais m'y mettre. »

Il m'a conseillé d'entretenir ma forme en pratiquant les arts martiaux auxquels il était prêt à m'initier. J'ai accepté et, sans doute parce qu'il était tourmenté par une douleur, il n'a plus desserré les dents jusqu'à ce que la voiture s'arrête devant une belle maison de pierres grises dans le centre de Berlin. C'était le domicile de fonction du *Reichsführer-SS*.

Je ne savais pas encore qu'Himmler avait d'autres domiciles. Un appartement à Berlin-Grunewald pour loger sa maîtresse, Hedwig Potthast, qu'il installa plus tard, avec leurs deux enfants, grâce aux fonds du parti, près de Schönau, au bord du lac Königssee, tandis que sa légitime faisait la navette entre une habitation à Berlin et leur propriété de Gmund, en Bavière, où vivait leur fille, Püppi.

Après m'avoir fait visiter les lieux et montré ma chambre, Hans me proposa une collation. Du champagne et des tranches de saumon fumé ou mariné façon gravlaks avec des blinis et de la crème fraîche.

« Je préférerais attendre le *Reichsführer-SS* pour manger, objectai-je.

— Le *Reichsführer-SS* n'a pas d'heure. C'est un bourreau de travail, il n'arrête jamais : il risque de venir très tard.

— C'est plus poli de l'attendre, insistai-je.

— Il m'a demandé de vous donner à manger dès votre arrivée. C'est quelqu'un de très simple, vous verrez. Les chichis, ça n'est pas son genre mais il aime bien qu'on lui obéisse. »

Après avoir obtempéré pour la forme, je me suis occupée de Théo en allant lui chercher quelques charançons dans le jardin avec l'aide d'Hans. Ma salamandre n'en a mangé qu'un seul.

« Que se passe-t-il ? demandai-je à Théo. Tu fais la gueule ?

— Je n'aime pas cet endroit.

— Ce n'est pas une raison pour se laisser dépérir.

— Franchement, les nazis me coupent l'appétit.

— Moi, j'adore cette planète, Théo, et rien ne m'empêchera jamais de l'adorer, ni les hommes, ni même les nazis ! »

J'ai fermé sa boîte et je me suis endormie sur le lit.

« Le voyage s'est bien passé ? »

C'est la belle voix virile d'Himmler qui me réveilla trois heures plus tard. Il était penché sur moi et son haleine acide chatouillait mes narines.

« Je suis heureux de vous voir, susurra-t-il.

— Moi aussi. Vous avez des nouvelles ?

— Oui, dit-il en se redressant. On croit savoir où sont vos enfants : dans un train que nous avons détourné pas loin de Stuttgart. À l'heure qu'il est, nous sommes en train de le fouiller. »

Il me regarda droit dans les yeux :

« Attention, Rose. Pas de fausse joie. Ce n'est qu'une piste.

— Et Gabriel ?

— Nous le recherchons. »

Il me dit qu'il avait faim et alla dans la cuisine pour voir ce qui, dans le réfrigérateur, pourrait l'apaiser. Je l'accompagnai et lui proposai de lui faire un plat de pâtes au saumon fumé.

Je lui demandai si je pourrais me rendre à Stuttgart. Himmler me répondit, avec une pointe d'irritation :

« Dès que nous aurons retrouvé vos enfants. »

Je savais qu'il valait mieux changer de sujet, mais je ne pus m'empêcher de lui demander encore :

« Vous êtes optimiste ?

— Le pessimisme ne mène nulle part, c'est la maladie des inutiles et des parasites. Nous avons la volonté, c'est l'essentiel. Nous allons donc y arriver.

— Et Gabriel ?

— Je ne peux pas faire plus que ce que je fais. »

Je commençais à l'agacer. Après m'avoir proposé une bière, Himmler but deux bouteilles coup sur coup, avant d'émettre un drôle de bruit : on aurait dit un chat importuné par un chien ou un de ses semblables. Sauf que son visage exsudait le bonheur.

« Avez-vous pensé à apporter avec vous quelques-unes de vos pilules magiques ? demanda-t-il.

— J'ai des réserves pour plusieurs mois.

— Merci, Rose. Vous êtes parfaite. »

Le *Reichsführer-SS* s'approcha de moi. Croyant qu'il allait m'embrasser, je vacillai, comme la brebis devant le couteau, mais il m'a donné une petite tape amicale sur la joue. Je frissonnais de peur et j'étais en même temps ivre de gratitude.

Je savais ce qu'il voulait mais c'était le genre d'homme à prendre son temps. Il ne résistait à rien, sauf à la tentation. Quand elle montait, il se crispait : les mots et les gestes tardaient à venir. Tant mieux.

C'était à moi de prendre l'initiative et je n'en avais, bien sûr, pas l'intention. Hans m'avait dit que nous dormirions dans deux chambres mitoyennes au premier étage. Je savais maintenant que je pourrais dormir tranquille : je n'avais rien à craindre d'Himmler.

Il a toussoté avant de me demander, tandis que je m'activais à mes fourneaux, si j'avais eu des aventures depuis mon divorce. Oubliant Paul Chassagnon, je mentis d'une voix tranchante :

« Non, je me dégoûterais moi-même...

— Vous êtes bien une femme. Goethe a tout dit là-dessus quand il expliquait que l'homme est polygame par nature, la femme, mono-game. »

Il m'a chipé trois dés de saumon qu'il savoura en même temps que sa citation.

« Nous les hommes, reprit-il, nous sommes dans la conquête. Vous les femmes, dans la pro-tection. Du foyer, des enfants, des économies. »

Lorsque je lui ai dit que j'étais venue avec un invité surprise, mon batracien Théo, Himmler a souri :

« J'adore les bêtes. Montrez-le-moi. »

Quand je le lui apportai, il me dit :

« Cet animal a besoin d'eau.

— J'y veille. Théo a droit à plusieurs bains par jour.

— Demain, je lui offrirai un aquarium. C'est un bel animal. François Ier en avait fait son emblème. Dommage qu'il soit si souvent associé au peuple juif à cause de son côté gluant. »

Il garda Théo dans sa main pendant que je retournais à mes fourneaux. Une fois mes pâtes cuites, je les ai égouttées, puis remises à chauffer dans la casserole avec le saumon fumé découpé en dés, un citron pressé, de l'huile d'olive, une cuillerée de moutarde, une autre de crème fraîche, du gruyère râpé et une gousse d'ail écrasée que j'avais fait revenir à la poêle. J'ai salé et poivré le tout avant de le servir avec quelques feuilles fraîches d'aneth, dénichées dans le bac à légumes du réfrigérateur.

Dès la première bouchée, Himmler a laissé échapper un soupir de contentement, une sorte de râle comme ceux qu'on pousse pendant l'amour. À la deuxième puis à la troisième bouchée, il a recommencé.

À la quatrième, Himmler a dit en me fixant droit dans les yeux :

« J'ai une idée. Si vous restiez ici comme cuisinière ? Ce serait une bonne couverture : après tout, c'est votre métier et ça évitera que les gens jasent, pendant que nous menons nos recherches qui risquent d'être longues à cause des gigantesques mouvements de populations engagés à travers toute l'Europe.

— Mais vous m'avez dit tout à l'heure que vous pensiez avoir localisé les enfants.

— Je vous répète que ça n'est rien qu'une piste, et concernant vos enfants seulement. Notre traque peut durer longtemps. C'est comme rechercher un pou dans une botte de foin. »

Pourquoi avait-il dit un pou et non pas une aiguille?

36

L'homme qui dînait sans cuillère
avec le Diable

BERLIN, 1942. Très tôt, le matin suivant, je descendis à mes fourneaux pour préparer le petit déjeuner. La veille, Himmler m'avait dit qu'il aimait les crêpes flambées au rhum. Tout était prêt, la pâte et la bouteille, quand il débarqua dans la cuisine vers 6 heures moins le quart, habillé et rasé, la tête enfarinée, le regard ahuri de la vache qui vêle.

Je connaissais la réponse, je lui posai néanmoins la question :

« Vous avez bien dormi ?

— Pas du tout, mais ça n'a pas d'importance. J'ai lu et travaillé. J'aurai tout le temps de dormir lorsque nous aurons gagné la guerre. Le téléphone a sonné plusieurs fois pendant la nuit, ça ne vous a pas dérangé au moins ?

— J'ai dormi comme une bûche », mentis-je.

Lisant dans mes pensées, il déclara :

« Toujours pas de nouvelles de votre famille. »

Après quoi, le *Reichsführer-SS* s'est plaint de son estomac qui, pendant la nuit, l'avait fait atrocement souffrir. Des crampes à répétition

que soignait régulièrement son masseur esto-
nien d'« origine allemande », qu'avait formé un
grand maître tibétain, le docteur Kô. Il s'appelait Felix Kersten et avait soigné plusieurs
membres de la famille royale de Hollande :
« Une crème d'homme. »

« Il vient dîner ce soir, dit Himmler. Je suis
sûr que vous vous entendrez bien, Felix et vous.
Vous êtes d'une espèce de plus en plus rare,
celle des êtres vrais. »

Quand je lui demandai s'il était bien raisonnable qu'avec ses maux de ventre il mange les
crêpes que j'étais en train de faire cuire, le
Reichsführer-SS protesta, sur le mode ironique :

« Ce serait inhumain de m'en priver. »

Il trempa son doigt dans la pâte à crêpes, le
lécha, puis déclara :

« Si je n'arrive pas à digérer ces crêpes, je
demanderai à Felix de réparer les dégâts. Avec
ses seules mains, il vient à bout de douleurs abo-
minables, contre lesquelles la morphine ne peut
rien. Parfois, elles sont si violentes que je m'éva-
nouis : on dirait un cancer à son paroxysme,
comme celui qui a frappé mon père, aux
glandes salivaires. Vous croyez pouvoir m'aider
aussi avec votre médecine des plantes ? »

Je hochai la tête : il y avait pléthore de plantes
pour le soulager. Par exemple, l'anis, l'aneth, la
coriandre et le fenouil, très performants contre
l'accumulation des gaz.

« Je n'ai pas de gaz, fit-il.

— Tout le monde en a. Mais si les douleurs viennent de l'estomac et des intestins...

— ... C'est ça, mon problème.

— Eh bien, dans ce cas, la mélisse et la menthe poivrée peuvent être très efficaces. Je vais vous préparer des pilules. »

Dans la foulée, je lui recommandai de revoir toute son alimentation en bannissant les graisses, les légumes crus, les fruits, les fromages.

« Mais qu'est-ce que je vais manger, alors ? demanda-t-il, désespéré.

— Du riz, des pâtes, de la purée.

— Je dis que je suis végétarien pour faire comme le *Führer*, mais vous avez vu le résultat sur lui : il y a quelque chose dans son régime qui le fatigue beaucoup, il n'en peut plus, il fait de la peine. Pour se sentir bien, il faut du fer et le fer est dans la viande. J'en mange parfois, mais discrètement.

— La viande n'est pas bonne pour la santé. Au moins dans un premier temps, je vous conseille de vous limiter aux poissons maigres et aux légumes cuits.

— Et la soupe de pois ? J'adore la soupe de pois !

— Il faudra éviter les pois secs. »

Après qu'Himmler fut parti, j'ai passé le reste de la journée à préparer le repas du soir. Je n'avais au demeurant rien d'autre à faire, sinon me manger les sangs en pensant à Gabriel et aux enfants.

Une fois mon menu composé, j'ai été acheter les provisions avec trois des soldats SS qui gardaient la maison. Les rues et les commerces de Berlin étaient envahis par des nuages de mouches excitées et zézayantes qui semblaient n'avoir pas mangé depuis longtemps et se régalaient de tout, y compris de la sueur qui trempait mon visage.

« On n'a jamais vu ça, soupira l'un des soldats.

— C'est peut-être un signe, dis-je. Ou bien une punition. »

Il n'a pas relevé. À midi, je suis entrée en cuisine pour n'en sortir qu'en fin d'après-midi quand mon menu, hormis le plat principal, fut prêt.

Pour commencer, plusieurs entrées :

Gâteau d'aubergines, artichauts barigoule, grosses crevettes au basilic.

Ensuite, le plat :

Cabillaud à l'ail, au lait et à l'aneth.

Enfin, la farandole des desserts :

Tarte aux pommes sans pâte, soufflé glacé au Grand Marnier et pêches flambées au kirsch.

J'ose dire qu'en regardant mes plats sur la table de la cuisine, je ressentais des bouffées de bonheur que rien ne justifiait, alors que, vingt-quatre heures après mon arrivée à Berlin, j'étais toujours sans nouvelles de Gabriel et des enfants. Quand tout va mal autour de vous, rien ne vaut la cuisine, toutes les femmes savent cela.

*

Felix Kersten est arrivé à 20 heures. Il a commencé par s'excuser d'être à l'heure. C'était quelqu'un qui avait besoin de se faire pardonner les fautes qu'il n'avait pas commises.

Comme la veille, Himmler était très en retard et nous avons eu le temps de parler en l'attendant. Le docteur Kersten était un gros bonhomme transpirant, qui semblait pourtant flotter dans ses habits. Soufflant comme un bœuf et saisi d'une sorte de prurit permanent, il se grattait le visage, le ventre, les bras, les cuisses, quand il ne fourrait pas ses mains dans les poches de sa veste pour y remuer ou tripoter les papiers qui s'y trouvaient. Si j'ajoute les mouches qu'il chassait avec fureur, le masseur du *Reichsführer-SS* était toujours en mouvement.

« Vous êtes nazie ? me demanda-t-il tout de suite après s'être présenté.

— Non, je suis venue à la recherche de mes enfants et de mon ancien mari, qui ont été déportés.

— Enchanté, dit-il en me serrant la main. Moi non plus, je ne suis pas nazi. Mais sachez que si Himmler l'est, frénétiquement de surcroît, vous pouvez lui faire confiance quand vous lui soumettez des cas personnels. J'en ai fait l'expérience. »

Il baissa la voix, puis :

« Je crois qu'il est toujours un peu de l'avis du dernier qui a parlé. S'il sort du bureau d'Hitler,

258

c'est ennuyeux. Mais si c'est moi qu'il vient de voir, alors là, c'est différent... »

L'oncle Alfred Bournissard disait souvent que « les héros sont des zéros ». Felix Kersten était l'incarnation vivante de cette formule. La première fois que je l'ai vu, agité et brouillon, je n'aurais jamais pu croire qu'il serait considéré plus tard comme l'un des personnages les plus extraordinaires de la Deuxième Guerre mondiale, jusqu'à être canonisé, pour ainsi dire, par l'un des grands historiens de cette période, H.R. Trevor-Roper.

Le docteur Kersten était en effet une sorte de saint laïque, capable de dîner sans cuillère avec le Diable pour lui soutirer des vies. Grâce à ses mains de masseur, il prit le contrôle du cerveau d'Himmler et obtint beaucoup de choses de son patient, surtout quand celui-ci allait mal. Après la guerre, au terme de violentes polémiques, il fut établi qu'en 1941 il avait épargné à trois millions de Hollandais, dits « irréconciliables », une déportation en Galicie ou en Ukraine. De plus, le Congrès juif mondial l'a officiellement crédité d'avoir sauvé 60 000 Juifs. Sans parler de tous les prisonniers ou condamnés à mort qu'il a su retirer des griffes du IIIe Reich.

Il m'a conseillé de me méfier de tout le monde, sauf de lui et de Rudolf Brandt, le secrétaire d'Himmler, « un homme sans personnalité, mais un brave type ».

« Finalement, dit-il, il n'y a qu'une seule

chose qui permette de supporter tout ça. C'est de boire. »

Sur quoi, il m'a demandé de l'akvavit que je lui servis dans un grand verre avant de partir, avec une tapette, à la chasse aux mouches.

Affalé dans son fauteuil, il me contait fleurette, la voix doucereuse et le regard énamouré. Il était lourd, mais ça me faisait du bien.

Il prit encore trois ou quatre verres et quand le *Reichsführer-SS* arriva, vers 11 heures du soir, le docteur était gris. Ce n'était pas grave. Avec Himmler, il n'y avait pas à faire la conversation : c'était toujours lui qui parlait. Pendant le dîner, il nous donna ainsi une conférence sur le sacrifice et l'honneur à partir de l'exemple édifiant de Frédéric-Guillaume Ier, roi de Prusse de 1713 à 1740, qui vivait chichement dans deux résidences de campagne, après avoir coupé drastiquement dans les dépenses de la cour.

Un « monarque-soldat » qui a repensé la Prusse, réorganisé l'État et développé l'armée, jusqu'à doubler ses effectifs. Après que son fils, le futur Frédéric II qu'on appellera le Grand, un lettré révulsé par l'inculture encyclopédique de son père, eut tenté de s'enfuir en Angleterre, il n'hésita pas à l'emprisonner en forteresse et à faire décapiter sous ses yeux son ami Hans Hermann von Katte. « Quand il s'agit des siens, conclut Himmler, la bouche pleine de soufflé au Grand Marnier, les punitions doivent être rares, mais justes et sévères. »

*

Les jours ont passé, puis les semaines. Je n'avais toujours pas d'informations sur Gabriel ni sur les enfants. Heinrich Himmler semblait désolé, je crois qu'il se sentait surtout humilié, lui le prince des polices, de ne pouvoir régler mon problème.

De temps en temps, Hans, l'aide de camp, passait à la maison et, conformément à sa promesse, m'enseignait les techniques de combat rapproché qu'on appelle aujourd'hui le krav-maga et que lui avait apprises, dans sa jeunesse, un ami juif, copain d'université, originaire de Bratislava, dont il était sans nouvelles depuis longtemps.

Des méthodes d'autodéfense, mises au point par les Juifs de Slovaquie qui les utilisaient dans les années 30 pour se protéger contre les ligues fascistes et antisémites. Elles consistaient à agir très vite, sans prendre de risques pour soi-même, en s'attaquant, à la main ou à l'aide de tous les objets à sa portée, aux parties les plus sensibles de l'ennemi : les yeux, la nuque, la gorge, les genoux et les parties génitales.

« C'est comme dans la vie, répétait Hans. Tous les coups sont permis. » Je m'étais habituée à son visage double, Adonis d'un côté, Frankenstein de l'autre. J'étais fascinée par la blessure qui avait arraché un gros morceau de son bras, près du coude. Quelque chose m'attirait vers lui.

Un jour, sans doute parce qu'Himmler le lui avait interdit, Hans a cessé de venir à la maison. J'en fus marrie et quand je lui ai demandé ce que devenait mon soupirant à la tête cassée, le *Reichsführer-SS* sembla gêné.

« Il est en mission », répondit-il.

Je voyais bien que le *Reichsführer-SS* en pinçait pour moi mais il tardait à se déclarer. Un soir, son frère Gebhard vint dîner à la maison. Himmler semblait très heureux de le voir et je m'étais surpassée en cuisine : mon gâteau aux aubergines, notamment, avait fait l'objet d'éloges répétés.

Avant de monter se coucher, le *Reichsführer-SS* me proposa de me promener avec lui dans le jardin : j'ai compris qu'il avait quelque chose d'important à me dire.

Il avait plu récemment et Berlin était tout vert. L'air sentait l'herbe tiède. J'aimais cette odeur ; elle me remplissait de bonheur mais aussi de nostalgie : c'était la même qu'à Sainte-Tulle quand les averses avaient rafraîchi la terre qui se remettait à vivre.

Himmler m'a invitée à m'asseoir sur un banc de pierre, puis il a dit sur un ton pénétré, les yeux perdus dans les étoiles :

« Je suis désespéré que nos recherches prennent autant de temps. S'il fallait faire notre autocritique, je dirais qu'en voulant redessiner la carte démographique de l'Europe, Adolf Hitler et moi, nous avons agi trop vite et vu trop grand. Ce que nous avons accompli est totale-

ment surhumain, mais nous n'avons pas suffi-
samment préparé ces déplacements de
population.

— Il y a quand même une chance de retrouver ma famille, n'est-ce pas ?

— Je l'espère. »

Assis à ma gauche, Himmler a pris ma main
droite et en a caressé la paume avec son index.
C'était sa première tentative sérieuse depuis le
soir de mon arrivée : mes chairs tremblotaient à
la manière d'une carcasse de bête à peine tuée.

« Comment faites-vous pour être aussi ravis-
sante ? murmura-t-il en approchant légèrement
son visage. Avec vous, je ne sais pas ce qui m'arrive mais... »

Il n'a pas fini sa phrase. J'ai préféré changer
de conversation :

« Vous n'avez pas de nouvelles pistes ? »

Je sentis que je l'agaçais mais il continua à me
caresser la paume en chantonnant un air que je
ne connaissais pas. Frémissante et résignée, je
me dis que le moment tant redouté était arrivé
mais il a porté ma main à ses lèvres et a posé
dessus un baiser délicat avant de la libérer.

« Vous répétez tout le temps la même question, je vous répondrai quand j'en saurai plus.
Votre ancien mari et vos enfants sont forcément
quelque part sur notre continent qui, par la
force des choses, est devenu un grand foutoir.
Songez qu'en quelques mois nous avons
transplanté des masses de personnes de souche
allemande en Roumanie, Bessarabie, Russie,

Lituanie et dans beaucoup d'autres pays. Même chose pour les Juifs. Ceux-là sont vraiment notre croix. Ah, les Juifs...

— Rien ne permet d'approuver ce que vous faites avec eux », osai-je murmurer en songeant à Théo qui, si elle m'avait entendue, aurait été fière de moi.

Himmler a repris ma main, l'a serrée très fort, puis :

« Vous parlez comme Felix, vous vous laissez intoxiquer par leur propagande. Il faut nous comprendre. Au lieu de laisser les Juifs pourrir l'âme européenne, nous avons décidé de traiter le problème. Rien ne sert d'essayer de germaniser les Juifs, vous savez. Ce sont eux qui nous enjuivent. On ne les changera pas, ils seront toujours à la solde de l'Empire juif, leur seule et vraie patrie, qui a entrepris de liquider notre civilisation. Je sais que notre politique est cruelle mais il y va de la préservation de la race germanique. J'aurais préféré que nous les laissions construire leur propre État, loin de nous, mais sous la pression de Goebbels, le *Führer* en a décidé autrement et, je le dis sans ironie, le *Führer* a toujours raison... »

Himmler paraissait de plus en plus fébrile. C'était peut-être l'amour mais aussi le bonheur de parler, son activité préférée. Même mort, au fond de son cercueil, cet homme aurait continué à discourir. Fils du proviseur du célèbre lycée de Wittelsbach de Munich, il avait commencé dans la vie comme éleveur de poulets mais il était un professeur dans l'âme et je me comportais, pour son plaisir, en élève ardente. C'était un assassin mais aussi un pédagogue. Ce soir-là, il me donna un cours d'Histoire sur Charlemagne :

« Du point de vue patriotique, j'ai toutes les raisons de lui en vouloir. Il a massacré les Saxons qui étaient quand même ce qu'il y a de plus pur dans la race germanique. Mais c'est grâce à ça qu'il a pu construire un empire qui a résisté aux hordes d'Asie. N'oubliez jamais ça, Rose : souvent, dans l'Histoire, c'est le Mal qui génère le Bien. »

37

Le baiser d'Himmler

BAVIÈRE, 1942. C'est à Gmund qu'Himmler m'a embrassée pour la première fois, un baiser léger comme un papillon, à peine ébauché, déjà terminé.

De toutes les villes que j'ai visitées, Gmund est sans doute l'une des plus propres, j'allais dire astiquées. Sous les nazis comme sous tous les régimes, elle a toujours ressemblé, de loin, à un ramas de maisons de poupées savonnées et soigneusement disposées au bord du lac Tegernsee, surplombé par des montagnes coiffées de sapins.

Nous avons passé six jours dans le chalet d'Himmler avec une partie de sa famille, notamment sa femme légitime, Marga, une vieille carne baptisée au vinaigre, qui en voulait à la terre entière d'être trompée par son époux, et leur fille Gudrun, surnommée Püppi, une peste nazie à nattes blondes, âgée de treize ans et qui souffrait, comme son père, de maux d'estomac.

C'est seulement quand je me promenais en compagnie d'Himmler que je n'étais pas suivie par une garde noire de SS casqués. Il tenait à notre intimité, comme il disait avec un sourire entendu. Il avait toujours la même chose en tête, mais la remettait sans cesse au lendemain.

Ce soir-là, après avoir couché Püppi, Himmler m'emmena dans les bois et, tout au long de notre marche sous la lune, il me parla de Frédéric II de Prusse dit Frédéric le Grand, le « roi-philosophe », fils de Frédéric-Guillaume Ier, le « monarque-soldat » dont il m'avait déjà parlé.

Pendant son très long règne (1740-1786), Frédéric le Grand avait fait d'un petit royaume éclaté une grande puissance en annexant notamment la Silésie et un morceau de la Pologne. Tout cultivé qu'il fût, il savait parler à ses soldats, comme, par exemple, quand il leur a dit, un jour qu'ils s'enfuyaient lamentablement : « Chiens, voulez-vous vivre éternellement ? »

« Il y avait chez Frédéric le Grand, me dit Himmler en prenant mon bras, cette rigueur et cette constance qui nous ont tant manqué par la suite. Comme moi, il ne laissait rien au hasard et s'occupait de tout, même des questions subalternes. C'est ça, la Prusse.

— C'est ainsi que la Prusse est devenue la Prusse, approuvai-je servilement.

— Mais la Prusse traîne un boulet : la Bavière. Les Prussiens et les Saxons seront toujours supérieurs aux Bavarois, vous savez, c'est un Bavarois qui vous le dit.

— Pourquoi ?

— Parce qu'ils ont les yeux et les cheveux blonds alors que les nôtres, hélas, sont noirs comme la mort. C'est une sorte de damnation, et je pèse mes mots. Elle nous donne, à nous autres Bavarois, l'impérieuse obligation d'en faire plus et de ne pas rechigner devant les sacrifices que requiert l'idéal germanique. J'aurais tant aimé avoir le type nordique comme vous. On vous a déjà dit que vous êtes irrésistible ? »

Soudain, le *Reichsführer-SS* coinça ma tête entre ses deux mains pour un baiser comme un effleurement avant de prendre sa respiration et de boire ma bouche en un deuxième baiser qui me sembla très long. J'acceptais mon sort et me voyais déjà chevauchée dans le sous-bois, sur un lit feuillu et moussu, par l'un des personnages les plus importants de notre époque qui allait peut-être sauver mes enfants, mais Himmler retira subitement ses lèvres des miennes :

« Pardonnez-moi mais je crois que nous ne sommes pas raisonnables.

— C'est vrai. »

J'avais pris le parti d'être toujours d'accord avec lui mais là, je l'étais vraiment...

« J'ai trop de pression en ce moment », s'excusa-t-il.

Sur le chemin du retour, il s'empara de ma main et je serrai la sienne. Soixante ans après, alors que les faits sont prescrits, je peux dire que j'eus envie de lui hurler à la figure : « Prenez, profitez-en bien, c'est gratuit, stupide, absurde : c'est que de l'amour. »

Obsédée par le sort de Gabriel et des enfants, j'étais prête à aller jusqu'au bout de l'abjection,

pourvu qu'il me les retrouve. Si immonde fût-il,
je ne pouvais pas gâcher cette chance.

*

Sans doute Himmler savait-il ce qui était
arrivé à Gabriel et aux enfants, mais il feignait
d'attendre encore les résultats des recherches
quand les premières tombées de feuilles annoncèrent l'automne.

La dernière fois que j'avais abordé le sujet
avec lui, il avait piqué une petite colère. Désormais, j'évitais d'en parler. J'ai fini par comprendre pourquoi : s'il m'avait dit la vérité, je
serais retournée à Paris. Or, pour lui, il n'était
pas question que je parte. Il ne pouvait plus se
passer de moi : avec mon régime et mes pilules,
il allait bien mieux, même s'il avait toujours
recours aux mains du docteur Kersten.

Un soir, Himmler m'a dit qu'il croyait, avant
mon entrée dans sa vie, que ses crampes d'estomac étaient d'origine psychosomatique, mais
que je lui avais apporté la preuve du contraire.
C'était, en partie, une question d'alimentation.
Encore qu'il ne niât pas que ses soucis se réper-
cutaient toujours, d'une manière ou d'une
autre, dans le ventre, son point faible.

« Avec le docteur Kersten, dit-il, vous êtes ma
seconde béquille. Je ne sais pas ce que je ferais
sans vous. »

Ses compliments ne pouvaient suffire. Himmler savait que je ne me contenterais plus long-

temps de préparer ses dîners dans une maison où il ne venait dormir que deux ou trois fois par semaine. Il y allait de ma santé mentale.

C'est pourquoi il me nomma conseillère auprès de son état-major, chargée de coordonner les travaux effectués notamment au centre de recherches sur la nutrition, près de Salzbourg, ou au laboratoire de cosmétiques et de soins du corps, à côté de Dachau. J'étais ainsi habilitée à voyager — sous escorte, cela va de soi.

Dans la foulée, Himmler me mit aussi sous la coupe du *Standartenführer* Ernst-Günther Schenck, inspecteur de la nutrition de la Waffen-SS, et me demanda de veiller à l'application de la note qu'il lui avait adressée, ainsi qu'au grand patron de son administration, l'*Obergruppenführer* Oswald Pohl, concernant l'alimentation de ses soldats.

Je connaissais bien cette note, et pour cause. Je l'avais rédigée avec Himmler, dans la nuit du 11 au 12 août 1942. Parmi ses directives :

— griller le pain des soldats pour qu'il soit plus digeste ;

— augmenter les rations de noix, de fruits à pépins et de flocons d'avoine ;

— réduire la consommation de viande « lentement et discrètement, de façon raisonnable » pour en déshabituer les générations futures.

Il l'avait pratiquement écrite sous ma dictée alors qu'il contestait la nécessité de manger des fruits à pépins, lesquels, pour ce qui le concernait, ne lui réussissaient pas. Mais Himmler, le maître d'œuvre de la Solution finale, n'avait aucun caractère. Il se décomposait à la moindre remarque désobligeante d'Hitler et contredisait rarement le docteur Kersten ou moi-même.

C'est pourquoi je suis au regret de ne pas approuver ma philosophe de chevet, Hannah Arendt, quand, après l'avoir qualifié à tort de philistin inculte, elle prétend qu'Himmler était « le plus normal » de tous les chefs nazis. Sans doute le *Reichsführer-SS* tranchait-il au milieu des paranoïaques, zigomars, hystériques et sadiques qui peuplaient les hautes sphères de l'État nazi, mais c'était un pauvre hère souffreteux, une mauviette, faible de corps et d'esprit, comme j'en ai peu rencontré en plus de cent ans. Était-ce ça, un homme normal ?

38

Le dossier Gabriel

BERLIN, 1942. Un soir, Heinrich Himmler est rentré avec un gros dossier qu'il m'a remis solennellement, sans un mot, alors que j'étais en cuisine, en train de lui préparer un fondant au chocolat. Je me suis lavé les mains et j'ai lu, le cœur battant, les notes qu'il contenait en commençant par la plus longue, signée Claude Mespolet.

Rapport au préfet de police

« Gabriel Beaucaire est un individu trouble qui a fait illusion pendant plus de quinze ans en se faisant passer pour un patriote, attaché aux valeurs de notre civilisation, alors qu'il travaillait en sous-main pour les pontifes des Douze Tribus et la diabolique Ligue contre l'antisémitisme. Neveu par alliance du regretté Alfred Bournissard, il a su profiter des relations de son oncle pour s'infiltrer dans les milieux nationaux.

Le 11 mai 1941, il a ainsi participé à l'inauguration de l'Institut d'étude des questions juives, 21, rue de La Boétie, où il n'avait rien à faire, tout comme l'éditeur Gilbert Baudinière auquel le capitaine Paul Sézille, futur président de l'Institut, s'en est pris violemment, son nez crochu étant en effet plus que suspect.

Le 5 septembre suivant, Gabriel Beaucaire s'est glissé parmi les personnalités à l'inauguration de l'exposition « Le Juif et la France » au Palais Berlitz, organisée par l'Institut d'étude des questions juives. Une exposition qui, on ne le rappellera jamais assez, a enregistré 250 000 entrées à Paris et près de 100 000 à Bordeaux et à Nancy. Sous le pseudonyme de Francis Aicard, il en a fait l'éloge dans *La Gerbe* à laquelle il collabore régulièrement en prétendant s'appeler de son vrai nom Frémicourt, ce qui lui permet de se faire passer pour un parent du premier garde des Sceaux du Maréchal.

Même s'il conserve des appuis incompréhensibles dans certains milieux de la Révolution nationale, c'est un agent israélite avéré, comme l'attestent ses relations avec les adorateurs d'Adonaï qu'il fréquente ou a fréquenté assidûment dans le monde de la presse, enfin en cours d'aryanisation : notamment les Juifs Offenstadt, Boris, Berl, Cotnaréanu et Schreiber.

Les origines juives de Gabriel Beaucaire sont avérées, ses deux grands-parents maternels appartenant, comme le montre le document ci-joint, à la communauté israélite de Cavaillon. Cet imposteur professionnel conteste pourtant effrontément tous les éléments qui confirment sa juiverie. Le grand journaliste Jean-André Lavisse a été le premier à le démasquer dans un article du journal *L'Ami du peuple*, article contre lequel ce personnage sans vergogne a osé porter plainte.

À l'occasion de la procédure qui traîne en longueur, j'ai demandé une expertise approfondie au professeur d'anthropologie George Montandon qui, je tiens à le signaler, avec son abnégation habituelle, n'a pas souhaité qu'elle soit rémunérée. Je vous la communique avec le dossier et vous verrez qu'elle est sans appel.

Après une longue enquête, nous avons enfin réussi à localiser ce dangereux individu. J'attends vos instructions. Sans réponse de votre part, je le ferai arrêter dès demain, à la première heure. »

Expertise du docteur George Montandon, professeur à l'École d'anthropologie

« Après avoir examiné Gabriel Beaucaire, je confirme qu'il est de type juifu et qu'il en a les caractères les plus courants :

— Un nez fortement convexe avec une proéminence inférieure de la cloison nasale.

— Des lèvres dont l'inférieure proémine.

— Des yeux humides, peu enfoncés dans les orbites.

— Une bouffissure assez nette des parties molles du visage, notamment des joues.

J'ajoute d'autres traits que j'ai énumérés dans mon ouvrage *Comment reconnaître le Juif* :

— Les épaules légèrement voûtées.

— Les hanches larges et graisseuses.

— Le geste griffu.

— La démarche dégingandée.

Du point de vue anthropologique, cet individu est donc juif à 100 %. »

Qu'entendait le professeur Montandon par le mot « juifu » ? Était-ce une faute de frappe ? Une nouvelle dénomination ? Je me posai la question tandis que, debout derrière moi, le *Reichsführer-SS* lisait les feuillets par-dessus mon épaule, et que je sentais son souffle dans mon cou. De temps en temps, il poussait un soupir pour me signifier sa compassion.

Les autres documents n'avaient pas grand intérêt. Des notes de filatures. Des fiches d'écoutes téléphoniques. Des rapports de police. Je survolai le tout fébrilement, puis, les larmes brouillant ma vue, posai le dossier sur la table de la cuisine et tombai sur une chaise où j'éclatai en sanglots avant de demander :

« Qu'est-ce que ça veut dire ? Vous pensez que vous ne retrouverez jamais Gabriel ?

— Je n'en sais pas plus que vous. Je n'ai rien pu tirer de plus de la stupide police française.

— Et les enfants ? hoquetai-je.

— C'est pareil. J'ai fait tout mon possible, Rose. On a perdu leur trace. »

Il s'assit à son tour et mit sa main sur la mienne :

« Sachez que je suis avec vous. De tout mon cœur. »

Je sanglotai de plus belle, toussai, puis éternuai :

« Excusez-moi, Heinrich. C'est trop dur. »

Je l'appelais à présent par son prénom. Nous n'avions encore échangé que deux baisers, le premier étant furtif, et le second plus long en bouche. Mais je sentais que nous ferions bientôt l'amour : une force m'attirait vers lui, une force pleine d'énergie négative, comme un trou noir.

Certes, à cette époque, j'ignorais l'affreux personnage qu'il était, alors que la Solution finale, décrétée à la conférence de Wannsee, le 20 janvier de la même année, prenait son rythme de croisière sous son autorité. Mais il me faut dire, même si la honte m'envahit en écrivant ces lignes, que sa timidité m'émouvait, comme sa fatigue de l'esprit qui l'amenait à tomber si souvent, comme tous les faibles, dans la jérémiade : quand il ne se plaignait pas d'être accablé de travail, il se lamentait des humiliations qu'Hitler lui faisait subir, qui n'avait d'yeux que pour Goebbels.

C'est ce soir-là que j'ai eu droit à mon troisième baiser, un baiser ostentatoire, mélangé à la morve et aux larmes qui inondaient mon visage tuméfié, parsemé de taches rouges ou violacées. Une façon de me prouver qu'il m'aimait envers et contre tout. Même moche. Même ravagée par la peine.

Après quoi, Heinrich alla chercher à la cave une bouteille de château-latour 1934 qu'il me présenta fièrement avant de l'ouvrir :

« C'est la meilleure année que je connaisse, avec les millésimes 1928 et 1929. Un vin assez corsé, avec un goût de noix fraîche, très équilibré. »

Après que nous eûmes trinqué, en nous regardant bien les yeux dans les yeux pour nous épargner les sept ans d'abstinence sexuelle infligés aux contrevenants, Heinrich soupira :

« Le seul point sur lequel je suis d'accord avec la Bible, c'est quand elle conseille de boire du vin. »

Quand nous eûmes ingurgité les trois quarts de la bouteille, il redescendit à la cave d'où il remonta avec du blanc, cette fois, une bouteille de chassagne-montrachet, afin d'accompagner mon plat principal : une recette de mon invention, un hachis Parmentier de crabe à la truffe et aux gousses d'ail.

« Heinrich, insistai-je, je vous assure qu'on peut boire du rouge avec du crabe comme avec du poisson.

— Pas avec moi. Il y a des règles dans la vie et il faut s'y conformer. Sinon, nous ne vaudrions pas mieux que des animaux. »

Il déglutit la première bouchée de mon hachis avec un râle de satisfaction.

« La semaine prochaine, dit-il, je vais partir

pour une tournée d'une douzaine de jours sur le front de l'Est.

— Heinrich, vous n'êtes jamais là! protestai-je.

— J'ai des choses à superviser là-bas. Des choses très importantes. Mais je pense qu'il ne faut pas que vous restiez ici à m'attendre. Ce n'est pas bon pour vous. Je vous propose donc de partir en mission en Bavière. Vous y ferez le point sur tous les travaux que j'ai lancés en matière de pharmacologie pour donner plus d'énergie à mes SS et calmer les angoisses de nos déportés.

— D'accord, murmurai-je après un moment d'hésitation.

— Et puis j'ai une grande nouvelle pour vous : le *Führer* nous invite à passer deux jours avec lui à Berchtesgaden, en fin de semaine. Il a entendu parler de vos exploits de cuisinière. »

Après le dîner, Heinrich m'a embrassée de nouveau avant de retirer brusquement ses lèvres et ses mains, puis de gagner sa chambre en prétextant un irrépressible besoin de dormir. En montant l'escalier, il s'est arrêté au bout de quatre ou cinq marches et a répété, sur un ton inspiré, une phrase qu'il disait avoir entendue, quelques jours plus tôt, dans la bouche du *Führer* et qui me permettait de mieux comprendre son comportement : « Je crains de porter malheur aux femmes — j'ai peur de m'attacher. »

39

L'haleine du Diable

Berchtesgaden, 1942. C'était un paysage à couper le souffle, et pas seulement au figuré : j'avais du mal à respirer. Sur la route de Bavière entre l'aérodrome d'Ainring où notre trimoteur, un Ju 52, avait atterri, et Berchtesgaden, la retraite d'Hitler, j'avais le sentiment de me trouver dans un tableau pompier peint par Gustave Doré sur une idée de Richard Wagner dont il me semblait entendre, dans le vent qui battait les vitres de la voiture, des bribes de l'ouverture de *Tannhäuser*.

Il fallait que les hiérarques nazis fussent bien aveugles pour rester athées devant tant de beauté naturelle, sur le « nid d'aigle » d'Hitler, face au lac Königssee dont les reflets vert émeraude se faufilaient entre des montagnes surplombées par le Watzmann, au milieu des falaises, des forêts, des pâturages, des cascades et des glaciers.

Le genre d'endroit où l'on se dit qu'il est inutile de chercher pour découvrir Dieu dans le ciel. Il y est partout. La lumière qui perce un nuage, l'orage qui éventre tout ou le voile d'or dans la nuit étoilée nous en disent plus que les textes sacrés ; il suffit de les regarder. Il était piquant que je me trouve dans ce lieu divin aux côtés d'Heinrich, grand bouffeur et assassin de curés, qu'il n'aurait pas fallu pousser loin pour qu'il prétende que c'était Hitler, et non le Seigneur, qui avait créé l'univers.

On a pris nos bagages et tandis qu'Himmler se rendait dans la grande salle du Berghof, la résidence d'Hitler, avec sa fenêtre de huit mètres sur quatre, je fus amenée dans les cuisines où une brigade en uniforme, composée surtout de jeunes femmes, préparait le déjeuner. Elles me saluèrent respectueusement, en esquissant une sorte de révérence, avant de retourner à leurs fourneaux, la tête baissée. Contrairement à ce que j'aurais pu penser, je fus très bien accueillie par le chef, une demoiselle potelée dont j'ai oublié le nom, mais qui n'était ni Marlène von Exner ni Constanze Manziarly, les deux diététiciennes qui travaillèrent ensuite pour le *Führer*. Je ne le jurerais pas, mais il me semble qu'elle s'appelait Traudl.

On aurait dit une carmélite. Il n'y avait dans son regard et dans son expression aucune trace de vice. Le genre de femmes qui font perdre la tête aux hommes : derrière cette innocence affichée, ils imaginent, souvent à tort, une perversité prometteuse. Bien que je ne fusse pas du sexe opposé, je dois reconnaître, non sans embarras, que Traudl m'excitait comme elle excitait aussi, je l'appris plus tard, Martin Bormann : son art de la courtisanerie l'ayant hissé beaucoup plus haut que ses compétences n'auraient pu le faire dans la hiérarchie du Reich, Bormann exerçait sans retenue son droit de cuissage dans les chambres du Berghof, à la barbe de sa femme.

Quand je m'enquis des goûts culinaires d'Hitler, Traudl me prit à part :

« Il adore les sucreries. Sinon, c'est très compliqué, le nourrir est un vrai casse-tête... »

Je lui demandai si Hitler suivait un régime et elle murmura :

« Il souffre tout le temps de flatulences et de crampes d'estomac. Souvent, juste après les repas, il se tend brusquement, sous l'effet de la douleur. C'est affreux de voir quelqu'un souffrir comme ça.

— C'est affreux, approuvai-je.

— On dirait qu'il a reçu une flèche dans le ventre, et il se met à transpirer énormément. Le pauvre, il vit un cauchemar, vous savez. »

Je me suis bien gardée de dire : comme Heinrich, bien que ce ne fût pas l'envie qui m'en manquait. J'ai simplement déclaré :

« J'ai déjà fait la cuisine pour des personnes qui avaient des problèmes digestifs. Dans ces cas-là, je sais ce qu'il faut faire.

— Nous sommes là pour vous servir. Mais vous devrez en référer pour tout à Herr Kannenberg. »

Elle prononça ce nom d'une voix si solen-

nelle que je compris l'importance du personnage. Cet ancien restaurateur, à la quarantaine
mafflue et fessue, était le majordome d'Hitler.
Au Berghof, on le surnommait Gras-Double.

Quand Gras-Double s'amena ensuite, pré-
cédé par le rire qui faisait se tressauter sa moustache, le doute n'était plus permis : important,
Arthur « Willi » Kannenberg l'était en effet, au
propre et au figuré. Il y avait chez lui cette
euphorie doublée d'une autorité naturelle que
l'on retrouve chez les grands gastrolâtres qui,
des décennies après leur venue au monde, ne
peuvent toujours pas cacher leur joie d'être sur
terre. Ils ne s'y habituent pas : on dirait que le
malheur n'a jamais de prise sur eux.

« Bienvenue au paradis, dit-il en me serrant
énergiquement la main. Enfin, ce n'est quand
même pas le paradis pour tout le monde. Je
compte sur vous pour mettre du bonheur dans
le ventre du *Führer*. Son estomac lui fait des
misères en ce moment.

— Qu'est-ce qu'il ne supporte pas, Herr Hitler ?

— Eh bien, beaucoup de choses, en dehors
des carottes, des œufs mollets ou des pommes
de terre.

— C'est triste.

— C'est comme ça. Comme il suit le régime
Bircher-Benner, ses seules fantaisies sont les
noix, les pommes et le porridge, c'est vous dire.
Le reste du temps, il est condamné aux fruits et
aux légumes crus.

— Les légumes crus, c'est très mauvais pour ce qu'il a.

— Vous le lui expliquerez. De toute façon, au point où il se trouve, il est prêt à tout essayer. »

Afin que je puisse préparer mon menu du dîner en connaissance de cause, Kannenberg m'a fait visiter les gigantesques serres qui assuraient la production de légumes pour Hitler et ses invités. Il y avait de tout. Même des tomates tardives, constellées en leur sommet de petites taches brunes. C'était comme une allégorie du nazisme qui rêvait d'autarcie et d'autosuffisance.

J'ai fondu devant les poireaux. Au Berghof, m'apprit Kannenberg, ils finissaient leur vie dans la soupe avec les pommes de terre. Moi, je les servirais en entrée, avec une vinaigrette aux truffes.

Pour le plat, je n'ai pas hésité : devant cette profusion légumière, la lasagne végétarienne s'imposait. Je la présenterais comme un mille-feuille entrelardé de compositions différentes, toujours dominées par la carotte, le plus digeste de tous les légumes, râpée et légèrement bouillie.

Dans la réserve de fruits, il y avait des pommes en pagaille. J'optai donc pour une tarte aux pommes avec un doigt de rhum, quelques pincées de vanille écrasée et deux petites cuillerées de jus de citron. Une recette de mon invention, qui a été beaucoup copiée depuis.

Il fallait que le repas soit prêt une heure avant

d'être servi afin que les goûteuses d'Hitler mangent une partie des plats qui lui étaient destinés et que l'on ait le temps de vérifier qu'aucun poison n'agissait sur leur organisme.

J'ai fait un tabac. Le nazi étant très moutonnier, il avait suffi qu'Hitler appréciât le dîner sans être pris de crampes au dessert pour que je fusse sacrée reine d'un soir. Heinrich est venu me chercher et toute la tablée m'a applaudi, le *Führer* en tête.

Une vingtaine de minutes plus tard, alors que je regardais, par la fenêtre de ma chambre, un orage zébrer le ciel, Heinrich a déboulé, le visage défait :

« Le *Führer* veut vous voir.

— Oui, et alors ?

— Il faut que vous me juriez de ne pas lui parler de vos enfants et de votre ancien mari. S'il savait que vous avez été mariée avec un Juif, il ne me pardonnerait pas de vous avoir amenée ici.

— Peut-être le sait-il déjà.

— Non. Ce genre d'informations ne peut passer que par moi. »

Heinrich m'amena dans le bureau d'Hitler. Il semblait si tendu que, dans le couloir, pour le détendre, j'ai caressé son bras, puis sa nuque. Il m'a souri.

La porte était ouverte et nous restâmes un moment dans l'embrasure. Hitler nous avait forcément entendus arriver mais il ne pouvait pas nous voir. Il était assis dos à nous, dans un grand fauteuil, face à la fenêtre, et caressait d'une main son chien, un berger allemand, tandis que de l'autre il tenait le document qu'il était en train de lire.

« Entrez », finit-il par dire sans se retourner.

Vous n'êtes pas obligé de me croire, mais je vous certifie qu'à l'instant précis où j'ai croisé son regard, un éclair illumina la fenêtre avant que la foudre tombe sur le flanc de la montagne, avec un fracas auquel succédèrent des échos et des bruits d'éboulis. Hitler a plaisanté :

« J'avais préparé ça pour vous impressionner. »

Après avoir fait signe à Heinrich qu'il pouvait se retirer, il m'a invitée à regarder avec lui l'orage par la fenêtre. Le spectacle était grandiose.

« Je me demande, dit-il en se levant, ce que Pannini aurait fait de ça. Encore un chef-d'œuvre, certainement. »

Le *Führer* m'expliqua que Giovanni Paolo Pannini, peintre italien de la Renaissance, amateur de scénographies et d'effets monumentaux, était un de ses artistes préférés.

« J'adore ce peintre, dit-il, parce qu'il n'a pas peur. Les vrais artistes n'ont jamais peur. Les grands hommes non plus. Les autres sont des tocards. »

Hitler prit mon bras et m'emmena dans le coin salon. Nous nous assîmes sur le même canapé en cuir noir.

« J'ai des toiles de Pannini ici, reprit-il. Des

ruines romaines. Il faudra que je vous les montre. »

Son haleine fit frémir mes narines. Je crois n'avoir jamais senti une odeur aussi ignoble, même pendant le génocide arménien quand je longeais le fleuve de Trébizonde, où clapotaient des flottilles de cadavres.

J'étais mal à l'aise. Pour me détendre ou me faire parler, Hitler m'a proposé un verre d'alcool de prune. J'en ai bu trois d'affilée, ce qui explique que je ne me rappelle plus ce qui s'est dit après.

Joseph Goebbels s'est joint à nous. Un petit homme aux cheveux noirs et gominés, affligé d'un pied bot, qui ne tenait pas en place. Je ne savais pas encore qu'il était l'un des piliers du IIIe Reich et le metteur en scène du culte d'Hitler pour lequel, antichrétien fanatique, il disait éprouver « un sentiment sacré ». Mais son hystérie, ce soir-là, reste encore gravée dans ma mémoire.

Goebbels m'a encore fait boire. Du kirsch, cette fois. Je ne le jurerais pas, tant mes souvenirs sont embrouillés, mais il me semble que c'est avec lui que je suis sorti du bureau d'Hitler.

Qu'avons-nous fait ensuite ? Rien, autant que je me souviens. J'ai erré un temps en tanguant dans les couloirs jusqu'à ce que passe un groupe d'hommes parmi lesquels je crus reconnaître Martin Bormann, le chef de la Chancellerie. Il y eut une bousculade et des rires, puis l'un d'eux m'entraîna dans une chambre où, après m'avoir collée contre la fenêtre, il me prit.

Quand l'homme se retira de moi, j'étais comme foudroyée et je restai longtemps dans cette position, pantelante et hébétée, en regardant derrière la fenêtre.

Quand j'ai remis ma robe, quelques minutes plus tard, il n'y avait plus personne dans la chambre. Je me suis allongée sur le lit et j'ai dormi un peu.

40

Trois doigts dans la bouche

BERCHTESGADEN, 1942. Je n'ai plus revu Hitler. Trois soirs de suite, je fus chargée du dîner du Berghof et, si j'en crois les compliments des convives, je fis des étincelles. Encore que le *Führer* ne fût pas emballé par mes desserts. Il n'aimait que les gros gâteaux au beurre et à la crème fouettée, qui n'ont jamais fait partie de mon répertoire. Il paraît qu'il s'en faisait servir trois parts de suite. Or, il n'a repris ni de ma tarte du premier soir, ni de ma charlotte aux poires du lendemain, ni de mon baba au rhum du dernier jour.

Hitler se disait végétarien au nom de la souffrance animale et il évoquait souvent, notamment devant sa maîtresse Eva Braun, grande carnivore, une visite dans des abattoirs ukrainiens qui l'avait traumatisé. Mais Willi, son cuisinier, m'a confié, sous le sceau du secret, que le *Führer* ne crachait pas toujours sur la viande, les saucisses bavaroises et les pigeonneaux farcis dont il avait longtemps raffolé. En tant que végétarienne, j'étais heureuse de l'apprendre.

Le dîner terminé, les invités du Berghof regardaient souvent un film dans la grande salle après avoir pris leur thé ou leur café, avachis dans leur fauteuil, en écoutant le *Führer* évoquer la météo ou les dernières aventures de Blondi, son berger allemand. À moins qu'il ne se lançât dans une causerie barbante sur Wagner, le commerce des œufs ou les avancées de la science. Tout le monde l'écoutait avec une attention qui relevait de l'abnégation. Je me disais qu'un peuple capable de s'ennuyer à ce point, sans broncher, en gardant le sourire, était forcément invincible : il avait le sens de l'éternité dont il prenait la mesure à chaque instant.

Le premier soir, j'avais eu l'idée de servir après le repas, en guise de mignardises, des scones au sésame, aux raisins secs ou à la confiture de fraises. Comme ils se consomment tartinés ou fourrés de crème épaisse, le *Führer* les adorait. Jusqu'à ce qu'il demande ce que c'était. Quand il apprit l'origine anglaise de mes petits gâteaux, il émit un grognement qui fut interprété comme une condamnation.

Heinrich ne supportait pas le climat de désœuvrement qui régnait à Berchtesgaden. Malgré l'air des Alpes, tout, ici, était émollient. Les journées étaient une succession de repas interminables, de promenades digestives et de collations de sucreries. Rien ne fatigue plus que les loisirs : ils transforment les plus endurcis en chiffes molles.

Le premier soir, quand il me rendit visite

dans ma chambre, vers minuit, pour me tirer les vers du nez après mon entrevue avec Hitler, je n'avais pas encore dessoûlé, malgré le litre et demi d'eau bue. Heinrich a déclaré en s'affalant sur mon lit :

« Vous avez le regard de quelqu'un qui a bu.

— Je crois que c'est bien vu.

— Il n'y a pas grand-chose d'autre à faire ici. Qu'est-ce qu'on s'emmerde ! Le peuple allemand est le seul peuple qui trouve normal de s'emmerder, Rose ! »

Il s'approcha de moi :

« Les Allemands feraient mieux de se dépêcher de gagner la guerre, ne croyez-vous pas ? »

Son inquiétude me fit rougir de joie. Rien n'était donc perdu pour nous alors que je croyais, jusque-là, que les nazis avaient gagné la guerre : j'ignorais que les choses se passaient moins bien que prévu sur le front russe.

« Nous sommes en train de devenir une nation qui ne fait plus peur, gémit-il. Hitler vient de recevoir Laval, votre président du Conseil, une espèce de fiente charbonneuse, qui s'est moqué de lui en refusant de déclarer la guerre à l'Angleterre et aux États-Unis sous prétexte que Pétain s'y opposerait. Je ne comprends pas qu'on l'ait laissé repartir vivant. Un pouvoir faible est un pouvoir mort. »

Soudain, il me dévisagea :

« Vous puez l'eau-de-vie. C'est avec Hitler que vous avez bu comme ça ? »

J'ai préféré ne pas mentir.

« Il vous a fait boire pour que vous lui parliez de moi, c'est cela ? »

Je lui ai répondu que nous avions parlé de cuisine et du peintre Pannini.

Rassuré, il se redressa, me prit les avant-bras, m'attira vers le lit, et quand je fus tombée au-dessus de lui, m'embrassa. Un baiser fort en bouche, puissant, gras, riche en alcool, avec un goût de champagne pour commencer, puis de tomme de brebis, de bois pourri, de noisette fraîche, de vieux rhum et de poivre gris en finale.

Il me mit trois doigts dans la bouche. Des doigts fins de pianiste que j'embrassai avec une fougue qui, assez vite, le troubla. Il luttait contre lui-même, ça se voyait dans ses yeux qui se voilaient : il détestait perdre le contrôle de ses sentiments.

Soudain, Heinrich se leva, s'éclaircit la gorge, ajusta son col de chemise, défroissa ses manches en les frottant, me salua et sortit.

*

Quatre jours plus tard, deux trimoteurs Ju 52 nous attendaient à l'aéroport d'Ainring, à une vingtaine de kilomètres de Berchtesgaden. L'un pour emmener Heinrich à Berlin d'où il repartirait ensuite vers le front russe. L'autre à destination de Munich : je devais y retrouver Felix Kersten, le masseur du *Reichsführer-SS*, pour aller visiter avec lui le centre d'études cosmétiques et homéopathiques.

L'air débordé et le visage à peu près aussi chiffonné que son manteau bleu marine, Felix Kersten m'accueillit avec un mélange d'emphase et de gravité qui n'augurait rien de bon. Il m'avait dit qu'il harcèlerait l'état-major SS jusqu'à ce qu'il en obtienne des nouvelles de Gabriel et des enfants. Dès que j'ai croisé son regard, j'ai su qu'il en avait.

Il a marmonné, les yeux baissés, une phrase que je n'ai pas comprise. J'ai simplement entendu : « Dachau. » Ce nom m'a fait frissonner. Créé par Himmler en 1933, l'année de la prise de pouvoir des nazis, Dachau était le seul camp de concentration dont je connaissais alors l'existence. Tout s'est mis d'un coup à tambouriner en moi. Le cœur, les tempes, les tympans. Je n'étais plus qu'un battement dans le vide.

« Votre mari est mort à Dachau. Les enfants sont décédés dans un train. »

Quelque chose explosa en moi. Quand je repris conscience, Felix me tapotait les joues. Après m'avoir aidée à me redresser sur la banquette, il a haussé les épaules avec un air fataliste, avant de me caresser l'avant-bras d'une main consolatrice. J'ai sangloté de plus belle.

Je ne me souviens plus de ce qui se passa ensuite au centre d'études. Je n'émergeai qu'en fin de journée quand je retrouvai à l'hôtel, près de Max-Joseph-Platz, Felix Kersten qui avait passé une partie de la journée à Dachau. Il m'a confirmé que Gabriel était mort, il avait pu le

292

vérifier dans un registre, à la date du 23 août 1942.

« Je n'ai pas de détails, murmura-t-il. Pardonnez-moi. »

Je n'ai rien pu en tirer d'autre. Il ne voulait au demeurant parler que des expériences médicales qui l'avaient traumatisé : inoculation de malaria sur des prisonniers sains pour tester de nouveaux produits pharmaceutiques, la quinine étant trop rare et trop chère ; immersion de détenus dans des bacs d'eau glacée, parfois jusqu'à la mort, pour étudier les effets de l'hypothermie avant de les disséquer comme des grenouilles en leur ouvrant le crâne puis la poitrine ; injection de pus dans les cuisses d'une quarantaine d'ecclésiastiques, pour la plupart polonais, provoquant sur eux d'énormes phlegmons purulents, afin d'identifier le remède le plus efficace contre les infections, les cobayes en soutane étant divisés en groupes comme les souris de laboratoire et traités ensuite, selon les cas, avec des sulfamides ou des comprimés biochimiques qui, paraît-il, avaient la préférence d'Heinrich.

Les ecclésiastiques traités aux sulfamides se rétablissant assez rapidement, les plus vigoureux d'entre eux avaient eu droit, du coup, à une injection intraveineuse du pus de leurs propres phlegmons, ce qui allait fausser les résultats de l'expérience, mais il ne fallait pas humilier le *Reichsführer-SS*. Quand ils n'étaient pas inconscients, les survivants se tordaient sur leur lit en geignant, dans d'atroces douleurs.

« Y a pas de mots pour ce que j'ai vu, murmura Felix, la voix blanche et la tête basse. C'est le chaudron de toutes les abominations. Je vais le dire à Himmler, il n'a pas le droit de laisser faire ça.

— Parce que vous croyez qu'il n'est pas au courant ?

— Je m'en fiche, pourvu que je puisse sauver des vies ! Mais je sais, ce qui ne l'excuse pas, qu'Himmler n'est pas toujours à l'aise avec ce qui se passe. »

Felix me raconta qu'assistant à une exécution de masse à Minsk, le 15 août 1941, Himmler avait été sur le point de défaillir. C'était son baptême du sang. Erich von dem Bach-Zelewski, *Gruppenführer* pour la Biélorussie, lui-même responsable de 200 000 assassinats, était à ses côtés. Il a raconté par la suite que son patron, « blanc comme un linge », regardait le sol à chaque salve et qu'il avait hurlé, hors de lui, quand les SS tardèrent à achever deux jeunes filles qui agonisaient dans la fosse : « Arrêtez de torturer ces femmes ! Tuez-les ! »

Toutes proportions gardées, commenta Felix, Himmler était comme ces mangeurs de viande rouge qui ne supportent pas les méthodes d'abattage des bêtes.

Trois mois plus tard, alors que son masseur l'attendait pour une séance, Himmler était rentré dévasté de la Chancellerie. C'était le 11 novembre 1941, Felix se souvenait précisément de la date. Alors que le *Reichsführer-SS* souhaitait seulement procéder à l'« évacuation » des Juifs, Hitler venait de lui demander d'organiser leur « extermination ».

Himmler était déprimé et Felix, horrifié. Quand son médecin avait dénoncé, en le massant, l'inhumanité d'une telle solution, le *Reichsführer-SS* avait objecté : « Les Juifs dominent la presse, les arts, le cinéma et tout le reste. Ce sont eux les responsables de la pourriture et de la prolétarisation sur lesquelles ils prospèrent. Ils ont empêché l'unité de l'Europe et n'ont jamais cessé de renverser les systèmes de gouvernement avec des guerres ou des révolutions. Il faut leur demander des comptes pour les millions de morts dont ils sont responsables à travers les siècles. Quand le dernier Juif aura disparu de la surface de la terre, c'en sera fini de la destruction des nations et aux générations à venir seront épargnés de futurs massacres sur les champs de bataille au nom du nihilisme juif. Pour accéder à la grandeur, il faut savoir marcher sur des cadavres. C'est ce qu'ont fait les Américains avec les Indiens. Si nous voulons créer une nouvelle vie, il faut nettoyer le sol pour qu'il puisse, un jour, porter des fruits. Telle est ma mission. »

À cet instant de son récit, Felix me prit la main et, en la serrant, me transmit une sensation de froid :

« Quelques jours plus tard, Himmler a quand même reconnu, avant d'en défendre le principe, que l'extermination des peuples était anti-germanique. »

Il a ri d'un rire faux.

« Si nous en sommes réduits à compter sur un homme comme Himmler pour sauver des Juifs, a-t-il ajouté, c'est que tout est vraiment pourri, ici-bas. »

Felix et moi éprouvions le même mélange de panique, de fatigue et d'anéantissement. Il ne nous restait plus qu'à boire, et nous nous sommes soûlés méthodiquement, à l'alle-mande : à la bière puis au schnaps.

Le lendemain, nous sommes rentrés à Berlin. Retrouvant ma chambre, j'allai directement devant l'aquarium et racontai les derniers évé-nements à Théo, dont les gardes SS s'étaient bien occupés en mon absence. À la fin de mon récit, ma salamandre fulmina :

« Qu'est-ce que t'as à coucher avec des nazis ?

— Je ne fais pas que ça !

— Mais tu le fais et ça me dégoûte !

— Si je suis venue en Allemagne, c'était pour sauver mes enfants, à n'importe quel prix.

— Et t'as vu le résultat, ma pauvre Rose ? Tu t'es prostituée pour rien ! »

J'ai soupiré en fixant avec tristesse les yeux noirs de Théo :

« Que voulais-tu que je fasse ?

— Que tu te respectes, chiotte !

— Comment veux-tu qu'une femme se res-pecte quand on lui a pris ses enfants ? »

J'ai passé la nuit à pleurer dans mon oreiller.

41

L'embryon qui ne voulait pas mourir

BERLIN, 1942. Pendant la semaine où j'atten-
dis dans la maison de Berlin le retour d'Heinrich, je passais sans cesse de la terreur à
l'abattement. Je l'avais fait glisser dans le peloton de tête de la liste de mes haines.

Qu'il ne m'ait pas dit la vérité sur le sort de
Gabriel et des enfants relevait pour moi de la
duplicité et de la pure trahison. J'étais décidée à
lui demander de me laisser rentrer à Paris. En
attendant, j'essayais de tuer le temps en buvant
des tisanes au millepertuis, en m'occupant de
Théo, en me promenant au Tiergarten, le grand
parc de Berlin, ou en lisant les œuvres complètes de Shakespeare parues en 1921 et tra-
duites en allemand par Georg Müller, que
j'avais trouvées dans la bibliothèque d'Heinrich.
Mais j'étais hantée par Gabriel et les enfants, je
n'arrivais pas à penser à autre chose.

Pendant son voyage, Heinrich m'a téléphoné
plusieurs fois. Sa voix était caverneuse, ce qui
signifiait qu'il avait beaucoup bu ou peu dormi,
et sa conversation manquait d'intérêt, comme

celle de l'employé qui relève les compteurs : si je ne me trompe, je devais être la quatrième femme sur sa liste, après son épouse, sa fille et sa maîtresse.

Quant au docteur Felix Kersten qui était retourné en Hollande après l'épisode bavarois, il me téléphonait tous les soirs en me posant toujours, d'une voix inquiète, les mêmes questions qui n'appelaient pas de réponse : « Comment ça va ? Vous êtes sûre que ça va bien ? Est-ce que je peux faire quelque chose pour vous ? »

C'est le jour où Heinrich allait rentrer de sa tournée que tout a basculé : le matin, en me pesant, j'ai observé que mes seins avaient grossi. Sans me vanter, j'ai toujours eu beaucoup de monde au balcon mais là, franchement, c'était trop.

Je me suis levée puis regardée dans la glace de la salle de bains. En tâtant mes gros seins bien pleins, j'ai constaté que les tubercules de Montgomery avaient également grossi sur l'aréole elle-même assombrie. J'en ai profité pour me caresser la poitrine qui, à plusieurs reprises, a frémi de plaisir.

La veille déjà, après avoir uriné, j'avais remarqué de petits saignements marron dans la cuvette des toilettes. Sur le moment, je n'y avais pas prêté attention mais à présent, il n'y avait plus de doute : j'ai poussé un long cri d'épouvante qui a fait monter précipitamment dans la salle de bains deux des gardes SS chargés de la protection de la maison.

« Laissez-moi, leur dis-je. Ce n'est rien. Je me suis coincé le doigt dans la porte. »

Ne supportant pas l'idée de laisser grandir dans mon ventre une graine de nazi, je me sentais comme la cigale dans laquelle la guêpe a pondu son œuf après l'avoir enfermée au fond d'un trou, bouché par un caillou, et que l'ignoble larve, sortie de sa membrane, mangera toute vivante, jusqu'au dernier filament de sa chair.

Pour me débarrasser de l'intrus, j'étais prête à tout. Les cuillerées d'huile de ricin. Les tisanes de persil, d'absinthe, d'armoise, de laurier et de saule blanc. L'injection d'eau savonneuse et l'introduction de plantes abortives dans le col de l'utérus. La course à pied, le saut à la corde, les coups de poing dans le ventre.

Dans l'hypothèse affreuse où le fœtus resterait accroché envers et contre tout, il faudrait lui trouver un père de substitution et, pour jouer ce rôle, je ne voyais qu'Heinrich. Je devais donc conclure au plus vite avec lui dès lors qu'il apparaîtrait que mes tentatives d'avortement étaient vouées à l'échec.

Le soir, quand Heinrich est rentré à la maison après sa tournée dans l'Est, il s'est assis sur le canapé en soupirant et, après m'avoir demandé de m'approcher, il a sorti une petite boîte de sa poche. C'était une bague de fiançailles : un gros rubis de Birmanie, serti au milieu d'une couronne de diamants.

Une fois ma bague enfilée, je me suis agenouillée devant lui. J'ai ouvert son pantalon, déboutonné sa braguette, extirpé son gourdin du caleçon et, après l'avoir enfourné entre mes lèvres, j'ai donné à Heinrich le meilleur de moi-même, ma vie, ma dignité, ma science, comme seules les femmes savent le faire, jusqu'à ce qu'une décharge de Sainte Crème me rafraîchisse la bouche, puis la gorge.

Quand je me suis relevée, Heinrich était affalé, les bras grands ouverts sur le dossier du canapé, la tête légèrement en arrière, avec un large sourire de plénitude. Il m'a tutoyée pour la première fois :

« Tu es vraiment la femme de ma vie. »

Je n'allais pas lui renvoyer le compliment. Je me comportais de la sorte avec lui parce qu'il me fallait un géniteur pour l'enfant que je portais. Ce ne pouvait être qu'Heinrich, il fallait qu'il me pénètre de toute urgence. Sinon, j'allais au-devant de gros ennuis.

De plus, il me semblait que le passage à l'acte était le meilleur moyen de le détacher de moi : souvent, ce sont les amours impossibles qui restent éternelles. Dès lors que nous vivions le nôtre, je pouvais espérer qu'Heinrich se lasse de moi et me laisse partir dans les prochains jours, ce qui aurait pu me permettre d'avorter à Paris.

Je lui trouvais un certain charme avec son air calme que contredisaient ses sourcils interrogatifs. Sans parler de l'ironie qui, par intermittence, tendait ses lèvres. N'eussent été sa moustache trop soignée et ses lèvres si minces, il aurait eu belle allure. Mais depuis que je savais ce qui était arrivé à Gabriel et aux enfants, j'avais aussi de plus en plus envie de le tuer.

À la fin du dîner, quand je lui annonçai que je voulais retourner en France, il m'a répondu d'une voix blanche, avec une expression sinistre :

« Il n'en est pas question. »

*

Les soirs où Heinrich rentrait dormir à la maison, je lui faisais une gâterie selon le même rituel : après que le *Reichsführer-SS* s'était assis sur le canapé, je lui apportais un verre de porto sur un plateau puis, pendant qu'il en buvait les premières gorgées, je m'agenouillais devant lui.

Je ne détestais pas sentir sa main sur mon crâne pour me guider. Je ne me privais pas non plus de haleter de plaisir quand il me prenait par les mâchoires pour enfoncer son engin dans ma gorge ou quand il introduisait ses doigts dans les trous de mon nez pour m'empêcher de respirer.

Je commençais à paniquer. Les jours se succédaient et je n'arrivais toujours pas à le faire passer à l'acte. Mon dévouement n'y faisait rien, il n'acceptait que d'ensemencer ma bouche et rien d'autre. Or, pour qu'Heinrich ne puisse douter qu'il était le père de mon enfant, il fallait coucher, et il n'y avait plus de temps à perdre.

Je commençais à me faire à l'idée que mon increvable embryon ne se laisserait pas tuer dans l'œuf. Depuis cinq semaines que j'essayais de l'éradiquer de mon ventre, rien n'avait marché. Ni les sauts que j'effectuais par-dessus les trois marches de l'escalier. Ni les meubles que je soulevais et déplaçais sans cesse dans l'espoir de provoquer une fausse couche.

Un soir, Felix Kersten est venu dîner à la maison après avoir négocié le même jour, alors qu'il massait le *Reichsführer-SS*, plusieurs libérations de Juifs en Hollande. Si ma mémoire est bonne, c'était le 19 décembre 1942, le jour anniversaire de la naissance d'Emma Lempereur pour qui j'avais été prier, le matin même, à la cathédrale Sainte-Edwige dont l'abbé était mort sur le chemin de Dachau pour avoir pris le parti des Juifs après la Nuit de Cristal.

Felix arriva, selon son habitude, avec une heure d'avance. Nous avons eu le temps de faire le point autour d'une bouteille de schnaps. Après que je lui eus révélé que j'étais enceinte, il a soupiré :

« Et de qui ?

— Je ne sais pas.

— Comment pouvez-vous ne pas savoir ?

— J'étais tellement soûle, je ne me souviens plus de grand-chose. »

Il s'est levé et approché de moi.

« Je vous déconseille vivement de mentir à Himmler, a-t-il murmuré. C'est en lui disant la vérité que vous gagnerez votre liberté.

— Je vais le dégoûter, c'est ça ?

— Plus encore que vous le croyez. Il est obsédé par les maladies sexuelles, c'est sa grande hantise. Il a raison. »

Felix a hésité un instant avant de reprendre à voix basse :

« Il est établi qu'Hitler a contracté la syphilis il y a une vingtaine d'années. »

Il s'arrêta soudain et pointa son index en direction du plafond, comme s'il avait des oreilles, puis souffla :

« Vous ne le dites à personne, vous me jurez ?

— À personne. Je vous écoute.

— Depuis cinq ans, Hitler a toutes sortes de symptômes qui montrent que sa syphilis, même si elle a été soignée à l'époque, continue à faire des ravages dans son corps. »

Il baissa encore la voix dont un filet énuméra les symptômes du *Führer* :

« Le rapport est sans appel : Hitler souffre d'une paralysie progressive des membres, de tremblements des mains, d'insomnie chronique et de maux de tête. À ça, il faut ajouter des accès de démence et de mégalomanie. Autant de signes que la syphilis continue de le travailler. Les seuls signes qui manquent encore à la liste sont la fixité de la vision et la confusion verbale, bien que ses discours me semblent plus brouillons qu'avant...

— Vous croyez qu'Hitler va mourir ? chuchotai-je.

— Himmler est très inquiet. Il faut le voir

303

parler de la maladie d'Hitler. Il est tellement hygiéniste, il tremble de dégoût.

— Donc, il va me laisser tranquille.

— Vous n'avez plus rien à craindre. Himmler pense déjà que toute la hiérarchie nazie est infectée par la syphilis. Il va vous mettre en quarantaine. »

Pendant le dîner, alors que nous faisions un sort à ma soupe aux artichauts et à la truffe, Felix est parti en vrille contre la politique antijuive du Reich. Il a notamment mis Heinrich en garde contre le jugement que la postérité porterait sur lui.

« Mais ce n'est pas moi qui suis responsable de tout ça, a répondu Heinrich. C'est Goebbels.

— Non, c'est vous, insista Felix.

— Contrairement à Goebbels, je n'ai jamais voulu exterminer les Juifs, je souhaitais seulement les expulser d'Allemagne. Avec tous leurs biens, certes, mais qu'ils foutent le camp et qu'on n'en parle plus ! Par la voie diplomatique, nous avons demandé à Roosevelt de nous aider à les accueillir chez lui, il y a de la place en Amérique, des territoires vierges : il n'a même pas daigné répondre à notre requête. En 1934, afin d'éviter le massacre, j'avais proposé au *Führer* de créer un État indépendant pour y installer tous les Juifs, loin de chez nous.

— En Palestine ? demandai-je.

— Non, c'est trop près. Je pensais à Madagascar où il y a un climat chaud comme les Juifs aiment. Sans parler des ressources naturelles qui sont abondantes : graphite, chromite ou bauxite. Eh bien, tout le monde s'est opposé à mon projet. »

Je détestais son ton geignard et disparus un moment dans la cuisine, laissant Felix continuer son assaut. J'étais si énervée que j'ai cassé un plat en porcelaine de Moustiers.

Felix aussi était très énervé. Il a raconté, en des termes à peu près semblables, cette conversation dans ses Mémoires.

Après le dîner, quand j'ai raconté à Heinrich que j'avais été violée et engrossée à Berchtesgaden, tout se passa comme Felix l'avait prévu. Au comble de l'émotion, il partit chercher dans l'armoire à liqueurs une bouteille de schnaps dont il but un bon quart au goulot, puis :

« Ce ne sont pas des manières. Göring, Bormann, Goebbels, ce sont tous les mêmes. Des cochons syphilitiques. Ils donnent le mauvais exemple...

— Ne vaudrait-il pas mieux que j'avorte ?

— N'y pense pas, Rose ! Nous avons besoin de sang neuf pour le Reich. »

Il but encore une longue gorgée :

« Maintenant, tu vas me laisser m'occuper de tout et tu dois me promettre de ne rien dire à personne. »

Je promis. Au moment de nous dire bonsoir, il ne m'a pas embrassée sur la bouche. Il m'a simplement donné une tape sur l'épaule comme on le ferait avec une bête d'embouche, pour l'encourager à bien profiter.

42

Un piaulement de volaille malade

BERLIN, 1942. Avec Heinrich, tout se passa comme me l'avait annoncé Felix. Il se tint à distance pendant toute notre conversation et pas une fois son dégoût n'a pris le dessus sur son ironie habituelle. À la fin, après sa tape sur mon épaule, il n'est pas monté dans sa chambre. Il est parti dormir ailleurs. Je lui faisais horreur comme si j'étais moi-même syphilitique.

Je n'ai plus jamais revu Heinrich et il ne m'a donné aucun signe de vie. Je ne l'ai pas regretté : je n'avais déjà guère de dignité quand je l'ai rencontré ; il ne m'en restait plus quand notre histoire s'est achevée. Je n'éprouvais désormais plus d'amour ni même d'indulgence pour moi. Grâce lui soit rendue : je crois que notre propension au narcissisme et à l'infatuation est la pire des choses ; elle nous tire toujours vers le bas. C'est à cause de ce vide en moi, par lui creusé, que je suis devenue increvable.

Je fus assignée à résidence et mise au secret dans notre ancien nid d'amour jusqu'à mon accouchement, sept mois et demi plus tard. Ma monstrueuse excroissance semblait considérée par les nazis comme quelque chose de sacré, j'étais suivie par un médecin SS qui venait m'examiner une fois par semaine, et assistée vingt-quatre heures sur vingt-quatre par une aide-soignante taciturne qui dormait dans la chambre d'Heinrich.

Elle s'appelait Gertraud. Un petit bout de femme à l'échine courbée, qui semblait avoir peur de tout. Je compris pourquoi quand elle m'apprit un jour qu'elle était une cousine éloignée du menuisier Johann Georg Elser qui, le 8 novembre 1939, avait tenté de tuer Hitler en déposant une bombe à retardement dans la brasserie de Munich, la Bürgerbraükelle, où le *Führer* commémorait chaque année son putsch manqué de 1923.

Elser avait réglé le minuteur de l'explosif à 21 h 20. Mais Hitler quitta la brasserie plus tôt que prévu, à 21 h 07, avec toute sa smala, échappant ainsi à l'attentat qui tua néanmoins huit personnes.

Il était clair que Gertraud ne pensait rien de bon du IIIe Reich mais elle préférait serrer les dents et son regard bienveillant m'a suffi, qui me soutint tout au long de cette épreuve.

Tous les jours, j'ai prié le Christ, la Vierge et les saints pour que meure cette chose en moi. J'ai fait des vœux et allumé des cierges. Au troisième mois, je me suis même enfoncé une aiguille à tricoter.

À l'évidence, instruction avait été donnée à

Felix Kersten pour qu'il ne m'appelle ni ne vienne me voir. Sans doute avait-on changé le numéro de téléphone de la maison. Je n'avais au demeurant le droit de communiquer avec personne ni de sortir, sauf pour une promenade rituelle, sous bonne garde, souvent dans le quartier de Wannsee, afin que mon fœtus prenne l'air.

J'aimais marcher sur la plage du grand lac que le gel faisait craquer sous mes pieds. Il m'arrivait également de passer devant la belle villa blanche où, je l'appris plus tard, s'était tenue, le 20 janvier 1942, la conférence de Wannsee quand plusieurs dignitaires nazis, sous la houlette de Reinhard Heydrich, le bras droit d'Heinrich, décidèrent des modalités de l'extermination des Juifs.

J'aimais aussi marcher le long du petit lac où le poète Heinrich von Kleist s'est suicidé en 1811, après avoir tué Henriette Vogel, la femme de sa vie, atteinte d'un cancer. Souvent, j'allais me recueillir devant leurs tombes, une grosse pierre pour l'écrivain et une petite plaque pour l'amante. Il me semblait qu'ils auraient été tellement mieux ensemble, sous la même dalle.

Au printemps, nous allions parfois dans l'île aux Paons où, autour du château romantique construit pour sa maîtresse par Frédéric-Guillaume II, les gallinacés se pavanaient en criaillant à plein gosier leur joie fornicatrice.

Autour du lac, je retrouvais les paysages de Trébizonde, notamment le matin, quand la brume dormait sur l'eau et qu'une houle lactée bombait le sol avant d'être éventrée par un vent timide qui ouvrait des fenêtres de plus en plus grandes, au fil des heures, sur le ciel bleuté. C'était pour moi l'image du paradis perdu.

Ce qui m'indisposait le plus, pendant ces balades, c'était la vue des enfants : je pensais aussitôt aux miens et me mettais à pleurer. Aussi, dès qu'ils en voyaient venir vers nous, mes gardes SS m'emmenaient dans une autre direction. Je ne me suis jamais sentie aussi proche d'Édouard et de Garance que pendant cette période. Il suffisait que je ferme les paupières pour qu'ils apparaissent dans ma tête.

Lors d'une de mes dernières promenades au lac de Wannsee, j'ai relâché Théo avec qui j'étais fâchée depuis plusieurs semaines.

Un jour, après que je l'eus nourrie, ma salamandre m'annonça qu'elle voulait reprendre sa liberté :

« Je ne peux plus rien pour toi.

— C'est faux, Théo. Vivre, c'est dur, mais survivre, encore plus.

— Je ne suis que ta mauvaise conscience. Tu te débrouilleras très bien sans moi. Je me rapproche du cap des trente ans, l'âge limite pour les salamandres, et je n'ai pas envie de mourir dans un aquarium au domicile d'un dirigeant nazi. »

Quand je me suis approchée du lac, ma salamandre frétillait de joie. Elle a plongé dans l'eau sans se retourner.

*

Heinrich avait décidé que, dès sa naissance, mon bébé serait confié à un « Lebensborn », une de ces pouponnières où l'État SS élevait des enfants nés de mères « racialement valables » qui avaient passé un test de pureté.

Une dizaine de milliers d'enfants naquirent dans ces « Lebensborn » mais on chiffre parfois à 250 000 le nombre de ceux qui furent kidnappés dans les territoires occupés pour être « germanisés » dans ces maisons d'éducation nazie. Choisis selon des critères raciaux, ils étaient appelés à devenir l'aristocratie du peuple des Germains nordiques qui, selon le *Reichsführer-SS*, atteindrait 120 millions d'individus en 1980.

Blonde aux yeux bleus, le tronc pas trop long, les mollets assez galbés, les jambes non arquées, j'étais la reproductrice idéale.

Soit dit en passant, j'avais du mal à comprendre l'obsession de la blondeur d'une hiérarchie nazie dont aucun des piliers, hormis Göring, n'avait un seul poil clair sur le crâne. Presque toujours bruns, voire noirauds, ils étaient l'antithèse du peuple qu'Hitler avait un jour appelé de ses vœux : « Nous souffrons tous de la dégénérescence du sang mêlé et corrompu. Que pouvons-nous faire pour expier et nous purifier ?... La vie éternelle que confère le Graal n'est accordée qu'à ceux qui sont réellement purs et nobles. »

Avec son teint mat, sa maigre carrure, son

menton relâché, ses yeux en amande et ses paupières tombantes, Heinrich était loin du compte. Ses ennemis disaient parfois qu'il correspondait à la description du Juif dans les brochures nazies. C'était peut-être pour ça que je ne l'avais pas trouvé si répugnant.

Le soir de notre dernière conversation, Heinrich m'avait expliqué la philosophie du « Lebensborn ». D'abord, croyant me consoler, il m'avait dit qu'il ne serait jamais l'homme d'une seule femme. « En sacralisant le mariage, a-t-il poursuivi, l'Église, avec ses principes sataniques, a fait baisser de manière dramatique notre taux de natalité. C'est normal : dès qu'elles sont mariées, les femmes se laissent aller, et l'indifférence s'installe dans les couples. C'est à cause de ça qu'il manque des millions d'enfants dans notre démographie.

— Tu proposes donc que les hommes puissent avoir une autre femme ? demandai-je, horrifiée.

— Exactement. La première épouse, qu'on appellerait la "Domina", garderait un statut particulier, mais il faut en finir avec les bêtises de la chrétienté et laisser l'homme se reproduire à sa guise. Le "Lebensborn" est une première étape de notre politique familiale : l'enfant illégitime n'est plus marqué du sceau de l'infamie, il devient même l'élite du peuple germanique. Ton enfant sera heureux, Rose. »

Je ne lui avais pas dit combien je m'en fichais. Je n'avais qu'une hâte, c'était de me délester pour toujours de l'hydre qui gonflait en moi et qui vint finalement au monde, le 14 août 1943.

« Vous voulez le voir ? me demanda la sage-femme.

— Surtout pas », répondis-je en fermant les yeux.

Je me souviens bien de son cri. Je n'en avais encore jamais entendu de ce genre. Une sorte de piaulement de volaille malade, quelque chose de déchirant. C'est le seul souvenir que j'ai gardé de lui. Il est tout de suite parti pour le « Lebensborn » le plus proche.

Les jours suivants, je suis restée seule à la maison jusqu'à ce que deux gardes SS m'emmènent à l'aéroport pour me mettre dans un avion en partance pour Paris, conformément à la promesse d'Heinrich.

43

Le crime était signé

PARIS, 1943. Un an après, rien n'avait changé hormis la mort de mon chat Sultan, écrasé par un camion militaire, place du Trocadéro. En mon absence, Paul Chassagnon, mon bras droit au restaurant, avait pris les rênes de « La Petite Provence » qui continuait de vivoter. Il avait payé les factures que je recevais à l'appartement où, à ma grande surprise, il n'y avait pas un seul grain de poussière, ni dans l'air ni sur les meubles : à sa demande, ma femme de ménage, une virtuose du balai, avait continué de passer chez moi deux fois par semaine.

À mon retour à Paris, je souffris pendant plusieurs semaines de crampes d'estomac. À en juger par les symptômes, elles étaient du même type que celles qui tourmentaient Hitler et Himmler. Avec des renvois bilieux qui surgissaient, parfois, au milieu d'une phrase que je ravalais, et qui laissaient, au petit matin, des traces brunes aux commissures de mes lèvres. Mes petites pilules aux plantes n'étaient d'aucun effet. C'était une maladie métaphysique.

Je tentai de la soigner en travaillant comme une bête de somme au restaurant ou en allant me recueillir sur les tombes des parents de Gabriel, morts pendant mon séjour en Allemagne, au cimetière de Cavaillon. Je ne m'étais pas remise de l'été 42 : je restais enclouée dans mon passé et, comme les vieilles folles, parlais sans cesse à mes morts, Gabriel, Édouard et Garance.

« Je sais ce que vous voulez, leur disais-je. Ce n'est pas la peine de me le répéter tout le temps, je vais le faire.

— Ne nous oublie pas, suppliait Gabriel.

— Mais enfin, je ne pense qu'à vous ! »

Sur quoi, Paul Chassagnon s'amenait, les sourcils interrogatifs, sa louche à la main :

« Qu'est-ce qu'y a, Rose ? Un problème ?

— Mais non », répondais-je, rouge de confusion.

Un client du restaurant s'inquiéta de mon état : Jean-Paul Sartre, venu dîner avec Simone de Beauvoir. Le philosophe avait levé son visage vers le mien et m'avait soufflé dans la figure, en même temps qu'une forte odeur de tabac, de café et d'alcool :

« Il faut vous reposer, ma petite. Vous êtes à bout, vous avez vraiment une tête de déterrée. Puis-je faire quelque chose pour vous ? »

J'avais secoué la tête, mais j'aurais bien fait l'amour avec lui, par exemple, même si tant de choses me répugnaient chez lui, à commencer par sa voix qui semblait provenir d'une fabrique de couteaux. J'avais fondu devant ses gros yeux humides et globuleux : depuis mon retour à Paris, il avait été la première personne, en dehors de Paul Chassagnon, à lire dans mon cœur.

Sartre avait lui-même du vague à l'âme : jouée quelques semaines plus tôt à l'ancien théâtre Sarah-Bernhardt, aryanisé sous le nom de théâtre de la Cité, sa pièce *Les Mouches*, mise en scène par Charles Dullin, avait été un four.

Après la guerre, la bien-pensance décréta que la pièce de Sartre, pourtant autorisée par la pointilleuse censure allemande, était un acte de résistance, ce qui n'a jamais été prouvé, alors qu'ont été avérées les bonnes relations de Dullin avec l'occupant et le soutien du spectacle par *La Gerbe* ou le *Pariser Zeitung*, deux journaux nazis. Sans parler de la petite fête au cours de laquelle, après la représentation des *Mouches*, l'auteur trinqua, en compagnie de Beauvoir, avec plusieurs officiers allemands comme les *Sonderführer* Baumann, Lucht et Rademacher.

Par chance, il n'y eut pas de photographe pour immortaliser la scène : Jean-Paul Sartre sablant le champagne avec des nazis. Ce qui n'empêcha pas le philosophe de participer, après la Libération, au comité d'épuration, tandis que Sacha Guitry, pétainiste convaincu il est vrai, prenait la direction de la prison pour avoir trinqué avec l'occupant.

Sartre était meilleur que l'on croyait, meilleur et pire. Je lui pardonnerai tout, sa rouerie, ses mensonges, ses anathèmes, pour m'avoir dit ce jour-là, avec tant d'humanité, en posant sa main sur mon bras :

« Vous devriez vous changer les idées. »

Il avait raison. À cause de la perte de mes enfants, j'étais en train de perdre goût à la vie qui, de plus, ne valait pas grand-chose, ces temps-ci. Résumant bien l'état d'esprit général, une chanson de Charles Trenet tournait sans arrêt dans ma tête :

> *Que reste-t-il de nos amours ?*
> *Que reste-t-il de ces beaux jours ?*
> *Une photo, vieille photo de ma jeunesse*
> *Que reste-t-il des billets doux,*
> *Des mois d'avril, des rendez-vous ?*

Je chantonnais particulièrement trois vers qui me semblaient avoir été écrits pour moi :

> *Bonheur fané, cheveux au vent,*
> *Baisers volés, rêves mouvants*
> *Que reste-t-il de tout cela ?*

Je suis sûre que je les fredonnais encore le matin d'automne où je me suis rendue chez Jean-André Lavisse, rue Auguste-Comte, près du jardin du Luxembourg. Le ciel était comme une cascade, il nous écrasait d'eau grise et de feuilles mortes.

J'allais à mon rendez-vous avec une allégresse anticipatrice. Après avoir longtemps hésité, j'avais fini par conclure que seule la vengeance pourrait guérir mes maux de ventre. Elle guérit au demeurant de tout.

La vengeance est certes une violence faite au code civil et aux préceptes religieux, mais c'est aussi un bonheur dont il me semble stupide de se priver. Quand elle a été consommée, elle procure, comme l'amour, un apaisement intérieur. Justice faite, c'est la meilleure façon de se retrouver en paix avec soi-même et avec le monde.

Loin de moi l'idée de contester ceux qui prétendent que le pardon est la plus belle des vengeances, mais c'est une formule qui relève surtout de la morale ou de la philosophie. Il ne peut s'agir, en l'espèce, que d'une vengeance abstraite : elle ne répare rien.

Pour faire du bien, il faut que la vengeance soit physique et concrète. C'est quand elle est cruelle qu'elle nous permet de refermer nos blessures et de nous soulager pour longtemps.

Contrairement à la plupart des sentiments, la vengeance ne s'émousse pas avec le temps. Au contraire, elle devient même de plus en plus excitante. En sonnant à la porte de Jean-André Lavisse, j'étais donc très excitée. Ce n'est pas lui qui m'a ouvert, mais une pauvre jeune fille à l'échine courbée qui, à en juger par son accent et ses manières, avait été arrachée il y avait peu à sa province natale. J'ai décliné une fausse identité, Justine Fourmont, et elle m'a conduite, par un labyrinthe de couloirs, au bureau du maître.

Je ne me l'étais pas imaginé comme ça. Un

éphèbe qui frisait l'hermaphrodisme, avec une tête de vieille bique, une mèche rebelle et l'air de s'être soûlé au vinaigre. Il travaillait à son bureau, en robe de chambre, au milieu de milliers de livres. Il y en avait partout, sur les rayons des bibliothèques, bien sûr, mais aussi par terre où ils formaient des falaises en équilibre instable, dont certaines s'étaient déjà écroulées.

Après m'avoir invitée à m'asseoir, Jean-André Lavisse me demanda pourquoi je voulais écrire sa biographie.

« Parce que je vous admire, répondis-je sans hésiter.

— Une biographie, c'est ce qui peut arriver de pire à quelqu'un. J'appelle ça les vers d'en haut pour les différencier des vers d'en bas qui nous bouffent dans notre cercueil. »

Il sourit bêtement et je fis de même avant de poursuivre :

« J'adore vos romans. Ils sont très au-dessus de ce qu'on peut trouver dans la littérature contemporaine. Je n'ai qu'un regret, c'est que vous en ayez écrit si peu.

— Mes activités journalistiques sont trop prenantes, elles nuisent à mon œuvre. »

Leur fréquentation m'avait appris ce qu'il fallait dire aux écrivains, surtout quand ils sont aussi journalistes. Ils ne redescendent sur terre que si vous leur parlez de leurs livres. Je prétendis que je mettais plus haut que tout *Un amour incertain* et *La Montée du matin*, ses deux dernières bluettes qui avaient connu un certain succès.

« Il n'y a que vous pour parler aussi bien de l'amour, précisai-je. Vous et Stendhal.

— J'accepte cette comparaison. »

La vanité des écrivains donne une idée de l'infini. Figé comme une statue, Jean-André Lavisse savoura mon compliment jusqu'au suivant, qui provoqua chez lui un rengorgement et une sorte de dandinement.

« Toute votre œuvre montre que vous connaissez les femmes et que vous savez les aimer.

— Elles me le rendent bien, permettez-moi de le dire. »

Je l'ai regardé avec des yeux fascinés et les lèvres entrouvertes, avec l'expression de la Vierge priant le Tout-Puissant et mon manège a tout de suite fonctionné. Jean-André Lavisse s'est levé, a pris un de ses livres dans la bibliothèque puis, après avoir cherché une page, s'est approché de moi en me lisant à haute voix quelques maximes de son grand succès, *Pensées d'amour*, paru cinq ans plus tôt :

« L'amour fait mourir les hommes et naître les femmes. »

« La seule résistance possible contre l'amour, c'est la fuite. »

« L'amour est une maladie dont la mort, seule, peut nous guérir. »

« Même quand l'âge vient, il y a une chose

que l'amour n'arrive jamais à comprendre : c'est qu'il n'est pas éternel. »

Il se tenait de manière étrange, les hanches en avant et la tête en arrière, dans la pose du grand écrivain scrutant sa postérité. Quand il fut à ma portée, utilisant mes rudiments de krav-maga, je me suis redressée et lui ai donné un coup sec sur la glotte, comme me l'avait appris Hans, mon ami SS, à Berlin. J'aurais pu lui mettre les doigts dans les yeux ou frapper ses parties génitales, mais, n'étant qu'une faible femme, j'avais préféré la méthode la plus expéditive et donc la moins risquée.

Jean-André Lavisse est tombé de tout son long et s'est mis à gigoter sur le parquet comme une bête frappée à mort. Il avait du mal à respirer et serrait son cou des deux mains. Son visage était rouge brique. Il étouffait.

Je ne voulais pas tuer Jean-André Lavisse, en tout cas pas encore. Je me suis agenouillée et penchée sur lui avec un air compassionnel :

« Est-ce que ça va, monsieur ? »

En guise de réponse, il a lâché un jus de mots et de bulles auquel je n'ai rien compris. Je lui murmurai :

« Vous m'avez pris ce que j'avais de plus cher, mon homme, Gabriel Beaucaire, et mes enfants. Rien ne pourra jamais me les rendre. Je n'irai mieux que si je vous fais souffrir : c'est la seule façon pour moi de me soulager un peu. »

J'ai sorti une bible de mon sac à main et lui ai lu quelques lignes du Deutéronome :

« Le Seigneur vous frappera d'ulcères, comme Il en frappa autrefois l'Égypte ; et Il frappera aussi d'une gale et d'une démangeaison incurable la partie du corps par laquelle la nature rejette ce qu'il lui est resté de nourriture. »

Je me suis relevée et j'ai commenté :

« Il y a plein d'autres malédictions comme ça dans la Bible : elles me fascinent. »

Son visage avait tourné au violet : il respirait à peine et ouvrait grande sa bouche comme un poisson sorti de l'eau.

« Rassurez-vous, dis-je en m'agenouillant. Je serai moins cruelle que le Seigneur. »

J'avais prévu de lui verser le contenu d'un flacon d'acide chlorhydrique sur le fondement, pour respecter la lettre de la Bible, mais non, c'était trop stupide et compliqué. Du tranchant de ma main, je lui ai donné un deuxième, puis un troisième coup sur la gorge et Jean-André Lavisse est mort.

Soudain, j'ai entendu un grand cri ridicule derrière moi. C'était la servante :

« Au secooooours ! À l'assachin ! »

Elle s'est précipitée sur moi en aboyant, en bavant et en me mordant. C'était comme si j'avais eu affaire à un chien enragé. Elle alerta ainsi tout le voisinage et quand j'entendis des bruits de pas dans le couloir qui menait au bureau, je me suis levée et j'ai foncé, renversant en chemin un jeune homme, sans doute le fils Lavisse, qui accourait. J'ai ensuite fait tomber une femme à tête de bouledogue qui, je le sus ensuite, était sa seconde épouse, avec laquelle il s'était marié un mois après la mort de la précédente.

Elle s'accrochait à mes jambes. Je lui ai donné plusieurs coups de pied en pleine figure et elle a enfin lâché prise en poussant un râle.

J'ai filé en hâtant le pas en direction du jardin du Luxembourg. J'étais oppressée. Ce n'était pas normal après mon crime qui aurait dû me soulager. J'ai imputé cette sensation aux arbres nus qui formaient des haies de branches mortes contre lesquelles le vent se déchirait. Un décor d'assassinat.

Rue Vaugirard, j'ai commencé à transpirer. J'ai compris pourquoi quand j'arrivais à la hauteur de l'église Saint-Sulpice : j'avais oublié ma bible chez Jean-André Lavisse et, du coup, signé mon crime.

Sur la page de garde était écrit :

> *À ma Rose chérie,*
> *pour ses quinze ans,*
> *avec tout l'amour du monde*
>
> *Emma Lempereur*

J'ai décidé de partir sur-le-champ pour la zone libre, à Marseille, d'où je m'expatrierais aux États-Unis. J'avais déjà beaucoup vécu mais je n'étais âgée que de trente-six ans. Rien ne m'empêcherait de refaire ma vie.

44

Un voyage à Trèves

MARSEILLE, 2012. Alors que je finissais ce chapitre, Samir la Souris a sonné à ma porte avec insistance.

« Rose, tu es grand-mère ! a-t-il annoncé.

— Qu'est-ce que c'est que cette histoire ?

— Renate Fröll, ta fille, a eu un fils. J'ai retrouvé sa trace à l'école primaire qu'il fréquentait, à Aschaffenburg.

— Tu dérailles complètement !

— Il faut que t'arrêtes de nier, Rose, tu deviens ridicule.

— Ne me parle pas comme ça, je ne le supporte plus. Un peu de respect, ducon ! »

À ce mot, la foudre a éclaté dans ses yeux et il s'est mis à trembler de partout : Samir était très susceptible. Il m'a pris le bras et l'a secoué en s'écriant :

« Tu vas t'excuser, bouffonne !

— Je n'ai plus l'âge.

— Excuse-toi. »

Il me tordait le bras à présent : ça faisait trop mal.

« Excuse-moi », murmurai-je.

Il a aussitôt baissé le ton :

« J'ai réussi à dégotter tous les éléments : tu as eu une fille en Allemagne et elle a eu un fils. Erwin, il s'appelle. »

Samir m'a mis sous le nez une photo d'Erwin Fröll, âgé de dix-huit ans, l'année où il rata son *Abitur*, le baccalauréat allemand, qui couronne ou sanctionne la fin de l'enseignement secondaire supérieur général.

Samir s'est vautré sur mon canapé et je suis restée debout pour regarder la photo de mon petit-fils sous la lumière du lampadaire. C'était un garçon aux cheveux noirs et bouclés dont le visage me rappela tout de suite celui de Gabriel. C'était absurde, mais c'était la vérité. Il avait le même nez conquérant, le même front beethovénien, le même regard volontaire, le même sourire de tête à claques. Je n'ai pu réprimer quelques larmes qui ont fait sourire Samir. Soudain, j'avais envie de serrer Erwin dans mes bras le plus vite possible :

« Où peut-on le voir ?

— Je sais où le trouver. Il est entré en 2004 dans une institution de Trèves qui accueille les gens qui ont des problèmes neuronaux.

— Il a une maladie ?

— Je ne sais pas, je n'ai pas pu avoir accès à son dossier médical, mais il est très fatigué. C'est ce que m'a dit la fille du standard quand j'ai essayé de le joindre. Je n'ai pas compris grand-chose à ce qu'elle me racontait : on a communiqué en anglais et le sien était aussi mauvais que le mien. »

J'ai demandé à Samir le numéro de l'institution de Trèves. Il l'avait mémorisé dans ses contacts et, après l'avoir composé, il me tendit son portable. La standardiste m'indiqua qu'elle ne pouvait pas me passer Erwin parce qu'il n'était plus en état de parler.

« Qu'est-ce qu'il a? »

Il y eut un silence au bout du fil, puis :

« Si vous êtes une amie ou quelqu'un de la famille, je vous conseille de ne pas tarder à lui rendre visite.

— Vous voulez dire qu'il va mourir?

— Je n'ai pas dit ça. Nous ne sommes pas habilités à donner par téléphone des renseignements sur la santé de nos patients. Si vous venez, en revanche, vous verrez où il en est... »

À la fin de la conversation, ma décision était prise : je fermerais le restaurant quatre jours et nous partirions dès le lendemain soir pour Trèves, Samir, Mamadou et moi.

*

La voiture de Mamadou, une vieille Peugeot avec deux cent vingt mille kilomètres au compteur, n'avançait pas. Nous sommes arrivés à Trèves en début de matinée, au terme d'un voyage de près de quinze heures, alors qu'à en croire Internet, sa durée n'aurait pas dû excéder huit heures.

Je savais que Trèves, la plus vieille ville d'Allemagne, surnommée souvent la « seconde Rome », est aussi l'une des plus belles, mais nous n'étions pas venus faire du tourisme. J'avais hâte de voir mon petit-fils.

Sur la route, devant les vignobles protégés du froid par le schiste qui réchauffe la vallée de la Moselle, j'eus envie de riesling, mais ce serait pour plus tard. Je demandai à Mamadou d'aller en acheter pendant que nous rendrions visite à Erwin. Quand nous sommes sortis de la voiture, j'ai eu honte des effluves qui s'en sont dégagés et en même temps de la peine pour les fleurs et les oiseaux qui devraient les supporter, le temps que le vent les avale.

La même odeur de renfermé flottait dans la clinique de la Fondation Peter Lambert, du nom du célèbre rosiériste local, où Erwin était hospitalisé. Tous les téléviseurs étaient à fond, comme souvent dans ce genre d'établissements.

Quand on regarde tout le temps la télévision, c'est qu'on va mourir. Je ne sais s'il y a un lien de cause à effet, mais l'expérience m'a appris qu'elle était l'antichambre de la mort.

Erwin Fröll avait quarante-neuf ans; je lui en aurais donné plus de soixante. N'étaient le nez et le front, il avait perdu toute ressemblance avec Gabriel. Il était devenu chauve et glabre. Le beau garçon de la photo n'était plus qu'une épave posée sur le lit, avec des coussins sous les bras, les hanches et les jambes pour soulager les articulations.

Comme tous les patients, il semblait regarder la télévision mais le film qu'elle diffusait allait trop vite pour lui. J'ai baissé le son. Il n'a pas protesté.

« Ah, vous voilà enfin, dit-il d'une voix hésitante. Vous m'avez... ramené... mon sourire ?

— Quel sourire ? demandai-je.

— Le mien. On m'a dit que je l'avais plus.

— Qui a dit ça ?

— Tout le monde.

— Tout le monde peut se tromper.

— Quelqu'un n'arrête pas de me voler mes affaires. Mon sourire. Ma voiture. Mon chat. Ma brosse à dents. J'ai plein de choses qui disparaissent. »

Il leva un index menaçant :

« Je veux savoir qui me l'a pris, mon sourire. »

Erwin me regarda intensément, puis, comme si un éclair de lucidité l'avait traversé, marmotta :

« J'aime bien quand t'es là, maman. Pourquoi est-ce que je ne te vois plus ?

— Ta mère est morte. Moi, je ne suis pas ta mère, mais ta grand-mère.

— Ah, oui, comme Waltraud. »

Il hocha gravement la tête et laissa tomber, sur le ton de l'oracle qui a une révélation :

« Les grands-mères sont des mères plus gentilles, les seules qui nous comprennent vraiment. Tu as été une vraie grand-mère pour moi, maman. Comme Waltraud. »

Cet échange l'ayant apparemment fatigué

pour le reste de la journée, il s'endormit sur-le-champ. Je me dis que je ne pourrais jamais rien en tirer, ce que me confirma ladite Waltraud, l'infirmière en chef de l'étage. Elle m'indiqua en confidence qu'Erwin avait déjà dépassé de plusieurs mois la durée moyenne du stade terminal de la maladie d'Alzheimer qui, après dix ans de maturation, excède rarement les deux ans.

Erwin était arrivé huit ans auparavant à la clinique de la Fondation Peter Lambert et, depuis, n'avait pas reçu de visite. Sauf celle de sa mère, morte voilà plusieurs semaines, d'un cancer de l'estomac, alors qu'elle venait de retrouver, au terme de longues recherches, le nom de sa propre mère, c'est-à-dire moi-même, que sa timidité maladive l'avait empêchée de contacter.

Waltraud m'apprit encore qu'Erwin avait exercé plusieurs métiers, charcutier, plâtrier, épicier, manutentionnaire, peintre en bâtiment, avant de devenir chômeur professionnel dès la fin de la trentaine. « La société n'a rien perdu, résuma-t-elle. C'était un gros paresseux et un beau parleur doublé d'un asocial. »

Le lendemain, alors que la voiture s'approchait de Marseille, le coffre rempli de bouteilles de riesling mosellan, Samir la Souris, assis à la place du mort, s'est tourné vers moi qui étais allongée sur la banquette arrière, les jambes en l'air et la tête sur un oreiller :

« J'ai récupéré des souvenirs dans la chambre d'Erwin.

— Tu n'as pas fait ça ! »

Il a souri et a sorti de son sac de voyage une statuette en plastique de Karl Marx, né à Trèves, 10, Brückenstrasse, un éventail et une coquille d'œuf à son effigie, son *Manifeste du parti communiste,* ainsi que deux livres de Rosa Luxemburg, *Réforme sociale ou révolution ?* et *La Crise de la social-démocratie.*

Soulagée que Samir n'ait pas volé d'argent, j'ai souri moi aussi, puis j'ai roté, un rot au riesling de la veille au soir. Tout le monde a éclaté de rire, moi la première.

« Il reste encore une chose à savoir, dis-je à Samir. Qui a envoyé le faire-part de décès de Renate Fröll ?

— C'est pas sorcier, répondit-il. Il suffit d'un peu de jugeote. Depuis que la Croix-Rouge a ouvert ses archives, il y a quelques années, tout le monde peut avoir accès aux dossiers des "Lebensborn" pour connaître ses parents. Ta fille Renate a retrouvé ton nom, mais pour une raison que j'ignore, la maladie ou autre chose, elle n'a pas été rechercher ton adresse.

— Comment le sais-tu ?

— Sinon, elle se serait manifestée. Avant de mourir, elle a donné ton nom à quelqu'un, sans doute à l'infirmière en chef qui t'a retrouvée sur la Toile.

— Je retournerais bien à Trèves pour parler avec cette Waltraud.

— Je ne crois pas que ce soit une bonne idée. Contrairement à ce que je pensais, ce voyage t'a pas fait du bien, Rose. Il faut que tu te reposes.

— C'est vrai, confirma Mamadou devant son volant, sans tourner la tête.

— J'ai été heureuse de voir mon petit-fils, dis-je. Mais je regrette d'être arrivée trop tard.

— Arrête avec les regrets, coupa Samir. Quand on n'aime pas son passé, il vaut mieux éviter de se retourner dessus et continuer son chemin.

— Surtout que je ne laisse que des morts sur mon chemin », conclus-je à voix basse.

Pour une fois, le regard que Samir a coulé sur moi était si bon que j'ai failli fondre en larmes. Je me sentais désemparée.

Maintenant que mon petit-fils était sur le point de mourir, Samir et Mamadou étaient ma seule famille. J'avais envie de le leur dire, mais les mots ne venaient pas.

Je ne les avais pas encore trouvés quand nous sommes arrivés à Marseille où la nuit finissait de tomber : l'horizon était couvert d'éclaboussures de sang, comme un poste d'abattage. Je n'aime pas les crépuscules, c'est comme s'ils me retiraient la vie de la bouche. Le monde est mal fait : le soleil se couche toujours quand on a le plus besoin de lui.

45

Simone, Nelson et moi

NEW YORK, 1943. Paul Chassagnon m'ayant
acheté le fonds de commerce de « La Petite
Provence » avec l'argent qu'il avait accumulé en
mon absence, je suis arrivée avec un gros pécule
aux États-Unis. J'avais cousu les billets dans la
doublure de mon manteau.

Grâce à une association d'entraide arménienne, j'ai tout de suite trouvé un emploi de
cuisinière dans un petit restaurant de la 44ᵉ Rue,
près de l'hôtel Algonquin, non loin de Times
Square. Je dormais sur place, au sous-sol. Je
crois bien n'avoir jamais autant travaillé de ma
vie.

Ce n'est pas tant le boulot qui m'incommo-
dait que les relents de sucre, de viande, d'oignon et d'huile bouillante, les quatre odeurs de
New York, dans lesquelles je vivais toute la journée et que j'emportais chaque soir au fond de
mon sac de couchage.

Souvent, j'avais envie de me vomir moi-même.

Le restaurant ne faisant relâche que le
dimanche midi, il ne se passait pas grand-chose

dans ma vie. Ma seule sortie hebdomadaire, c'était la messe du dimanche à Saint-Patrick, tout marbre et or, sur la Ve Avenue.

Au bout de quelques mois, je m'étais rabattue sur l'église Saint-Thomas, un peu plus bas, sur la même avenue. N'était son magnifique retable où figurent les douze apôtres, George Washington ou l'ancien Premier ministre britannique William Gladstone, elle rendrait neurasthénique le plus joyeux des catholiques, tant l'atmosphère y est sombre et vénéneuse, mais je préfère encore la tradition doloriste du christianisme au culte du Veau d'or, symbolisé jusqu'à la caricature par Saint-Patrick.

J'étais revenue plus croyante que jamais de mon séjour en Allemagne. À l'église, j'allais régulièrement demander à Jésus et à la Sainte Vierge des nouvelles de ma famille dans son ciel. Apparemment, elles étaient bonnes. S'ils ne sont pas forcément plus heureux là-haut, les morts sont moins fatigués que les vivants sur la terre. Ils n'ont pas à lutter. Ils ont le temps pour eux.

Quand le temps était beau, j'allais manger un sandwich à Central Park après la messe et avant de retourner au travail. J'aimais regarder les écureuils rouler sur l'herbe avant de la fouiller jusqu'à y trouver un gland qu'ils décortiquaient de leurs mains d'enfant, en agitant de bonheur leur queue en plumeau.

C'est à Central Park que j'ai rencontré l'homme qui allait me donner une nouvelle chance. Un représentant de commerce en dentifrice et mousse à raser. Il avait la cinquantaine, un gros ventre, une moustache minuscule, un air de bovin mélancolique. Il s'appelait Frankie Robarts et voulait monter un restaurant à Chicago.

J'ai décidé de le suivre le jour même quand, après être venu tester ma cuisine dans la gargote de la 44e Rue, il m'a proposé de reprendre une affaire avec lui. L'Amérique est un pays où on n'arrête pas de refaire sa vie jusqu'à la mort. C'est pourquoi elle a fini par se croire éternelle. C'est sa faiblesse. C'est aussi sa force.

*

À Chicago, Frankie et moi avons baptisé notre restaurant « Frenchy's ». Les premiers mois furent difficiles : ma cuisine provençale ne faisant pas un tabac, on tirait le diable par la queue. C'est quand je me suis spécialisée dans le hamburger que notre petit établissement du front de lac a pris son envol.

Au « Frenchy's », dès que ça commença à puer la mort, je veux parler de la chair grillée, les clients sont arrivés. Mon végétarisme s'accommodait mal de cette affreuse odeur. N'arrivant pas à m'y habituer, je comprenais que je ne pourrais jamais devenir américaine.

Les États-Unis sont une société de carnivores qui a besoin de son content de viande saignante ; elle marche au bifteck haché comme d'autres à l'espoir ou à la trique. J'avais le sentiment de vivre tout le temps dans le péché. J'empestais même le péché.

Chez nous, le client pouvait composer son hamburger à la commande. Aux herbes, aux épices, aux pignons, aux flocons d'avoine, à la mozzarella, au gruyère râpé, aux oignons, aux poivrons, à la tomate, aux aubergines, aux épinards, aux dés d'ananas, tout était possible. En accompagnement, j'avais mis au point plusieurs sauces, à la moutarde, au bleu, à l'ail ou à l'aneth, toutes très sucrées.

Je faisais par ailleurs le meilleur « strawberry shortcake » de Chicago. Je l'avais rebaptisé « tarte aux fraises à l'américaine », en français sur la carte, et il marchait même mieux que mon célèbre flan au caramel que je ne me résignais pas à sucrer davantage pour me conformer aux goûts locaux.

En ce temps-là, j'aimais avoir un homme dans mon lit. Frankie Robarts n'était pas très performant et, de plus, il ronflait. Sans parler de l'espèce de gélatine dont étaient constitués son ventre, son derrière ou ses cuisses, qui me donnait l'impression, quand nous faisions l'amour, de nager dans du porridge.

Nous avions un seul vrai point commun, le restaurant, ce qui suffisait à meubler nos conversations. Quand nous changions de sujet, Frankie était vite ennuyeux, se contentant d'enfiler les formules creuses, comme s'il redoutait de prendre des risques en montrant son vrai visage.

C'était un personnage qui se contrôlait toujours. Si je supportais Frankie, malgré tout, c'est parce qu'il était en admiration devant ma science culinaire et en adoration devant mes seins ou mon popotin. Si barbant qu'il fût, il était le meilleur antidote à toutes mes angoisses. Il disait tout le temps que j'étais sa seule famille. L'inverse était vrai aussi. Au bout d'un an de vie commune, j'ai accepté de l'épouser.

Je cherchais quand même ailleurs. Faisant toujours mon petit tour en salle à la fin du service, je repérais de temps en temps des clients qui me plaisaient mais je n'osais jamais franchir le pas en répondant à leurs avances. J'étais comme ces gens qui, cherchant l'occasion de quitter le foyer conjugal, la fuient dès qu'ils la trouvent.

Je me disais que j'étais morte à l'amour. Deux ans ont passé jusqu'à ce qu'un soir de l'hiver 1946, je reste interdite devant un type au regard ténébreux dont on ne pouvait savoir, en le regardant, si c'était un artiste ou un travailleur manuel. Il n'y a qu'en Amérique et en Russie que ce genre de personnages existe : l'écrivain aux épaules de bûcheron, qui semble sortir de la forêt où il vient de couper son bois.

Boxeur, joueur, ivrogne, communiste et, accessoirement, romancier, il s'appelait Nelson Algren et avait déjà écrit un livre très remarqué : *Le matin se fait attendre.* J'ai tout de suite su qu'il était aussi violent que romantique : il y avait chez ce spécialiste des bas-fonds une colère que j'avais envie de boire sans attendre. Il serait la tempête, je serais sa terre nourricière. J'avais hâte qu'il me ravage. J'en ressentis l'urgence comme une morsure qui cessa seulement le jour où nous avons consommé.

La première fois que je l'ai vu, il dînait avec une prétendue actrice coiffée comme Vivien Leigh dans *Autant en emporte le vent*, sorti aux États-Unis quatre ans plus tôt. Elle était incapable d'aligner deux phrases de suite. Par bêtise ou par timidité, je ne sais, mais le résultat était le même. Quand il a su que j'étais française, Nelson Algren m'a demandé comment j'avais pu quitter Paris pour me retrouver dans un trou à rats comme Chicago.

« La guerre, ai-je dit. C'est comme un bombardement, la guerre : ça projette les choses et les corps là où ça n'était pas prévu. »

J'ai vu qu'il avait trouvé ma réponse intéressante et que, l'espace d'un instant, il songea à prolonger sa question, mais il a préféré m'interroger sur ce que je regrettais le plus.

« Rien, dis-je.

— C'est impossible !

— Si je reviens à Paris, je sais que je n'arrêterai pas de pleurer.

— Je ne vous crois pas.

— Je ne veux pas retourner là où habitaient mes morts. Je ne pourrais jamais revivre parmi eux.

— Vous n'avez pas envie d'essayer ?

— J'ai trop le goût de la vie. Pourquoi le gâcher ? »

Il répéta ce que je venais de dire, puis observa :

« C'est beau, tout ce que vous dites. Vous me permettez de l'utiliser un jour dans un roman ?

— Je serais très flattée. »

Je n'étais pas dupe. Je pus vérifier par la suite qu'il faisait souvent ce coup-là. Contrairement à beaucoup d'écrivains, c'était un séducteur professionnel.

Il revint dîner le lendemain avec une autre fille, une pétasse à cheveux décolorés, et me laissa son numéro de téléphone sur un petit papier jaune. Je l'appelai le matin suivant et allai le rejoindre dans son deux-pièces au nord de Chicago. J'avais trente-neuf ans et une envie furieuse de ne pas perdre de temps.

Quand il a ouvert la porte, j'ai jeté ma bouche sur la sienne avec une telle force qu'il a failli tomber à la renverse. Après avoir retrouvé l'équilibre, il m'a entraînée, pendant que nous continuions à nous embrasser, jusqu'à son lit où nous avons fait l'amour.

Après ça, nous sommes restés allongés et avons parlé en regardant le plafond pendant un quart d'heure avant que je me décide à nettoyer l'antre de Nelson, d'une saleté repoussante et où proliféraient des cadavres de bouteilles.

Pendant un mois, je me rendis dans son bouge deux ou trois fois par semaine après l'avoir prévenu de mon arrivée. L'amour aidant, j'embellissais à vue d'œil. Je racontais à mon mari que j'allais voir un fournisseur ou que j'avais rendez-vous chez le dentiste, il n'y voyait que du feu. Sa crédulité aggravait d'autant ma culpabilité qui me pesait, notamment quand nous étions en pleine action et que, quittant les yeux vitreux de Nelson en plein orgasme, j'imaginais dans la pénombre le regard dévasté de Frankie. En me concentrant bien, je suis sûre que j'aurais pu découvrir derrière lui les visages de Gabriel, Édouard, Garance, papa, maman et tous les autres.

Que venaient-ils faire dans cette histoire? Pourquoi fallait-il toujours que je voie les morts et les absents chaque fois que je me donnais du plaisir? En me faisant du bien, je ne faisais pourtant de mal à personne.

Un après-midi, au début de l'année 1947, j'appelai Nelson pour le prévenir de mon arrivée, mais il me demanda de ne pas venir chez lui :

« J'ai quelqu'un. »

C'était Simone de Beauvoir qui faisait une tournée de conférences aux États-Unis. Quand Nelson est venu dîner avec elle au restaurant, le lendemain soir, nous sommes tombées dans les bras l'une de l'autre. Elle sentait l'alcool, la cigarette et des odeurs que je préfère ne pas qualifier mais que j'avais connues chez lui.

Nelson lui avait bien réussi, à elle aussi, beaucoup mieux que Sartre en tout cas. Je ne l'avais jamais vue aussi belle et resplendissante.

Je suis restée à leur table jusqu'à la fermeture. À un moment donné, la conversation a tourné

338

autour des États-Unis où, la paupérisation de la classe ouvrière aidant, la situation devenait, d'après eux, « révolutionnaire ». Le ton est assez vite monté. Ils se chauffaient l'un l'autre et je les trouvais navrants. Il n'y a que les gens cultivés et talentueux qui peuvent proférer de telles sottises avec l'autorité de la conviction.

« Malgré les difficultés, les Américains n'ont pas l'air si malheureux, protestai-je. Je ne vois pas pourquoi ils changeraient de régime.

— Tu ne vas quand même pas nier qu'il se passe des choses importantes en Russie et en Chine, s'indigna Nelson. Tu ne peux pas rester aveugle au futur de l'humanité !

— Ce n'est pas un gouvernement qui peut apporter le bonheur, je ne croirai jamais à ces fadaises.

— Ah bon. Qui peut l'apporter, alors ?

— C'est de moi qu'il viendra. En plus, j'aime bien la vie ici.

— Parce que tu n'as pas le temps de réfléchir, soupira Nelson avec un air méprisant. Tu es aliénée par le système capitaliste, complètement aliénée ! »

Simone buvait les paroles de Nelson : tant d'amour relevait de l'aliénation, aurait dit Sartre. Malgré tout ce qu'on a pu raconter sur son compte, elle ne se prêtait pas, elle se donnait. Je me suis souvent demandé, par la suite, si ça n'était pas ses hommes qui lui avaient toujours fait voir le monde de travers.

Ce soir-là, elle avait les pupilles dilatées. Il suffisait de voir son regard pour comprendre que mon ancien amant avait détrôné Sartre et qu'il serait l'homme de sa vie, du moins pour quelque temps.

Autant vous dire que je n'ai pas été étonnée quand j'ai appris, longtemps après, qu'elle voulait être enterrée certes à côté de son Sartre mais avec la bague que lui avait offerte Nelson. Après leur rupture, ils se haïssaient tellement que je suis sûre qu'ils s'aimaient encore.

Les jours suivants, les deux amoureux ont pris l'habitude de venir au « Frenchy's ». J'aimais leur bonheur. Il ne m'enlevait rien, au contraire. Mon couple avec Frankie, vaguement ébranlé un moment par mon aventure avec Nelson, en était sorti cimenté.

Quand Simone est retournée de l'autre côté de l'Atlantique, Nelson a continué à venir au restaurant, mais moins souvent et presque toujours avec des filles. J'avais peur pour leur amour, il ne semblait pas à taille humaine, encore qu'un jour où il était seul et avait envie de parler, il sortit de son portefeuille une lettre d'elle, en date du 14 janvier 1950, où je pus lire :

« Oh! Nelson, je serai gentille, je serai sage, vous verrez, je laverai le plancher, cuisinerai tous les repas, j'écrirai votre livre en même temps que le mien, je ferai l'amour avec vous dix fois par nuit et autant dans la journée même si ça doit légèrement me fatiguer. »

Je me souviens encore du sourire de Nelson

quand je lui rendis la lettre, le sourire du domp-
teur qui a maté son fauve.

« Pour être féministe, on n'en est pas moins
femme », commenta-t-il en se caressant les bras.

Quelque temps plus tard, après avoir dîné
avec des journalistes aux airs de comploteurs,
Nelson était resté un moment avec moi et
m'avait ouvert son cœur. Il lui semblait qu'il y
avait deux Beauvoir. L'amante et la féministe.
La femme amoureuse et la femme de tête. Il ne
lui demandait pas de couper ses racines et d'accomplir un « suicide spirituel ». Il voulait simplement construire quelque chose avec elle. Un
enfant et une maison ensemble, ça n'était
quand même pas trop demander. Apparemment, elle ne voulait rien entendre.

Je n'ai pas remis ça avec Nelson. Ce n'était
certes pas l'envie qui m'en manquait, mais il ne
la partageait pas. Sans doute avais-je trop forci,
du bassin et des jambes en particulier. Peut-être
redoutait-il aussi que je ne parle un jour à
Simone. Dans les années qui ont suivi, ma
conduite fut exemplaire, comme si je cherchais
à me faire pardonner des fautes que mon mari
avait à peine subodorées. Je n'avais pas à me forcer : je prenais goût à cette succession de gestes
répétés qu'était devenue notre vie de restaura-
teurs débordés par le succès ; elle me rassurait.
Notre avenir était du passé qui recommençait
tout le temps.

Frankie avait beaucoup grossi. Tels étaient, à
cette époque, les effets de la réussite. Il avait lar-

gement dépassé le quintal et la position du missionnaire nous était interdite depuis longtemps : j'y aurais laissé ma peau.

Chicago est la cité des extrêmes. Une fois, c'est le Groenland ; une autre, les tropiques. « Ici, le climat est très exagéré », aimait dire Frankie Robarts. Il y fait toujours trop froid ou trop chaud. Parfois, il semblait que tout bouillait, comme dans une de mes marmites, et les poissons remontaient, cuits, à la surface du lac Michigan avant d'aller pourrir sur les plages de sable fin.

« Bienvenue à la plage des poissons morts », blaguait-on. Mais ce n'était pas drôle : certains jours, l'odeur importunait la clientèle.

Mon mari supportait la canicule à peu près aussi bien que les poissons du Michigan. Quand elle nous tombait dessus, il était trempé comme une éponge et coulait de partout. J'appréhendais ces périodes-là qui pouvaient me condamner à deux mois d'abstinence sexuelle. Chaque nuit, il se produisait quelque chose d'affreux : rien.

Le 2 juillet 1955, alors que le soleil commençait à donner ses premiers coups de pioche sur la terre, Frankie Robarts a fini par exploser. Il est mort en plein service, d'une crise cardiaque déclenchée par un accident vasculaire cérébral, alors qu'il servait un hamburger à une cliente qu'il a renversée sur sa banquette et qui s'est retrouvée le visage badigeonné de sauce tomate.

Quelques jours plus tard, j'ai reçu une lettre

de condoléances de Simone de Beauvoir que Nelson Algren avait prévenue de la mort de mon mari. Elle me proposait, « pour me changer les idées », de me joindre à elle et à Jean-Paul Sartre qui, à l'automne, partaient en voyage en Chine. « Tous frais payés », ajoutait-elle. Ils me feraient passer pour leur secrétaire auprès des autorités chinoises.

J'ai vendu le restaurant et me suis débrouillée pour les retrouver tous deux à Pékin après être passée par Moscou : je ne voulais pas remettre les pieds sur le sol français.

46

Le deuxième homme de ma vie

PÉKIN, 1955. Quand je suis arrivée à Pékin,
j'ai tout de suite aimé les Chinois, peuple
concret, qui ne doute de rien et ne ménage pas
sa peine. Ce sont des Américains, mais sans le
grand sourire dentu ni cette tendance à l'em-
bonpoint provoquée par l'abus de sucre ou de
graisses animales : à mon humble avis, marchant
plus vite, ils iront fatalement plus loin.

J'avais quarante-huit ans, il était temps que je
trouve l'âme sœur, celle qui pourrait rallumer
le soleil qui m'avait toujours éclairée à l'intérieur, même la nuit, et dont la dernière flamme
s'était éteinte avec la mort de Frankie Robarts.

Le couple Sartre-Beauvoir étant ce qu'il était,
j'aurais pu me laisser tenter par lui comme je
l'avais été, une douzaine d'années auparavant, à
« La Petite Provence ». Je subodorais même que
ça n'aurait pas été pour déplaire à Simone. Mais
si fascinant fût-il, l'intellectuel à tête de crapaud
et aux dents gâtées n'était pas mon genre. Je ne
supportais pas son sourire forcé — on aurait dit
qu'il poussait. De plus, sa voix d'acier provo-

quait toujours sur moi l'effet d'un caillou qui crisse sur une vitre. Enfin, il était souvent affligé de cette méchanceté venimeuse qui caractérise certains personnages disgracieux et que trahissait son haleine : elle sentait l'amertume autant que le tabac et l'alcool.

Il y avait belle lurette que Simone ne faisait plus rien avec lui et, soit dit en passant, je la comprenais. Après Nelson Algren, elle fréquentait Claude Lanzmann, un très beau jeune homme, que je n'ai jamais vu et dont elle parlait avec émotion. En ce temps-là, elle avait le visage épanoui des femmes aimées.

Ce qu'il y avait de mieux chez Sartre, c'était Beauvoir. Qu'aurait-il été sans elle ? Une girouette péremptoire. Un mauvais écrivain. Enfin, pas grand-chose. C'est elle qui a écrit sa légende.

Pendant six semaines, nous avons sillonné la Chine, de Pékin à Shanghai et de Canton à Nankin, mais comme l'a dit Sartre bien plus tard, quand il eut retrouvé sa lucidité, « on a vu beaucoup de choses mais en fait, on n'a rien vu ». Tout était officiel, même les apartés, et je n'oublierai jamais la migraine qui me tombait dessus dès que les apparatchiks nous infligeaient leurs discours où ils s'efforçaient, avec un art consommé, de ne rien dire. J'avais de la peine pour eux.

Sartre et Beauvoir ne voyaient goutte. Leurs hôtes multipliant les courbettes, ils étaient aux anges. On aurait dit deux paons aveugles et sourds se pavanant au milieu des volailles.

Je ne me lasserai jamais de répéter ce qui fut une des grandes leçons de ma vie : il n'y a rien de plus stupide que les gens intelligents. Il suffit de flatter leur ego pour les manipuler comme on veut. La crédulité et la vanité marchant de pair, elles se nourrissent l'une de l'autre, même chez les plus grands esprits : j'eus l'occasion de le vérifier tout au long du voyage.

Pendant que Simone prenait des notes pour son plus mauvais livre, *La Longue Marche,* un essai sur la Chine qu'elle publia en 1957, j'écrivais sur un cahier les formules que m'inspiraient nos pérégrinations :

« L'homme travaille, mais le Chinois plus encore. »

« L'intellectuel se laisse flatter de la main mais le pauvre, non. Il est trop cabossé : les caresses lui font mal. »

« Les lendemains qui chantent finissent toujours par nous laisser sans voix. »

« Communisme : système qui n'a pas compris que pour faire le bonheur des autres, il suffit de les laisser tranquilles devant un paysage. »

C'est la veille de notre retour que je suis tombée amoureuse d'un communiste chinois. Il se passa avec lui à peu près la même chose qu'avec Gabriel. Une secousse tellurique qui me traversa le dos, doublée d'une apnée et d'une atroce envie de faire pipi. Au premier regard échangé, j'ai su que je vivrais avec lui le reste de ma vie, du moins tant que l'amour durerait.

Il s'appelait Liu Zhongling. Il était veuf et

avait douze ans de moins que moi. Quand je cherche ce que j'ai le plus aimé chez lui, je ne sais par quoi commencer, tant il était parfait, de la tête aux pieds, avec ses yeux en amande, ses lèvres à croquer, sa langue habile, tout en muscles, jusqu'à ses orteils galbés que je ne me lasserais pas de téter. Cet homme était un bonbon et, lorsque je pense à lui, je n'ai pas honte de le dire, l'eau me vient encore à la bouche.

Il me faut parler aussi de son odeur le soir, quand nous nous retrouvions. À peine musquée, elle sentait la fleur d'automne, le bois mouillé et le marc de raisin.

L'intellect était à la hauteur du reste. Guide, traducteur, commissaire politique, Liu était tout cela. À notre retour d'une mission dans le nord du pays, il nous avait été affecté pour notre dernier jour à Pékin, notamment pour expliquer à Sartre et Beauvoir, qui en étaient fort marris, que le président Mao ne pourrait pas les recevoir.

M'alpaguant après la réception d'adieux, Liu m'a dit dans un français parfait :

« Je ne sais pas comment vous le dire, je ne comprends pas ce qui m'arrive et vous allez me trouver idiot, mais bon, voilà, pardonnez-moi : je ne peux pas imaginer ma vie sans vous.

— Moi non plus », ai-je répondu sans hésiter.

La conversation se termina dans ma chambre où, sans préambule, Liu me chamboula au point qu'au bout d'une heure, j'eus la sensation d'avoir été ravagée par une armée d'amants déchaînés. Au lit, il était épuisant et inépuisable.

Avec lui, il n'y avait rien d'autre à faire que de s'abandonner comme un ballot dans une mer en furie. Toutes les années que j'ai passées avec lui, j'étais couverte de bleus, de suçons, de pinçons et de morsures que j'arborais fièrement comme des médailles. Sans parler des courbatures.

Après l'amour, Liu m'a parlé littérature et plus particulièrement de Stendhal qu'il semblait connaître sur le bout des doigts. Bien qu'il fût tout sauf cuistre, je me rendis compte que mon inculture était encyclopédique.

Je me souviens qu'il me cita une formule, selon lui typiquement stendhalienne, qui figure dans *Vie de Henry Brulard* que je n'ai toujours pas lu :

« L'amour a toujours été pour moi la plus grande des affaires, sinon la seule. »

Après m'avoir prise une seconde fois, il m'annonça qu'il avait trouvé la solution qui nous permettrait de vivre ensemble, malgré la difficulté de la situation. Il demanderait à l'ambassadeur d'Albanie, qui était de ses amis, de m'embaucher comme cuisinière.

Le lendemain, je laissai donc Sartre et Beauvoir repartir à Paris. Simone avait compris pourquoi je restais. À l'aéroport, où je les avais accompagnés, elle s'approcha de moi et murmura à mon oreille :

« Liu ? »

J'ai hoché la tête.

« Je vous comprends, souffla-t-elle. C'est un très beau garçon. Quand l'amour est là, il ne faut pas hésiter et attendre qu'il repasse. Prenez-le dès qu'il se présente et ne le lâchez plus. »

Simone baissa encore la voix :

« Si je peux vous donner un conseil, il ne faut jamais se mettre en situation de regretter jusqu'à la fin de vos jours une décision que vous aurez prise, je crois qu'il n'y a rien de pire. »

Pour les choses de la vie, Simone était de bon conseil comme j'ai pu le constater longtemps après dans ses livres que j'ai dévorés et que j'aimerais relire une dernière fois, avant de mourir, *Le Deuxième Sexe*, *Les Mandarins* ou *Les Mémoires d'une jeune fille rangée*. Pour le reste, notamment la politique, elle s'était trompée plus que de raison. Passée directement du carcan de la bourgeoisie à celui de l'intellocratie, elle était trop rigide pour penser bien. Sa raideur fut son excuse.

Sartre, son mauvais génie, n'avait, lui, aucune excuse, fors son extraordinaire intelligence qui le poussait aux pires imbécillités, tant elle lui donnait de l'assurance, notamment celle de retomber toujours sur ses pattes, ce qui fut le cas, quand on songe qu'il s'est trompé sur tout. Bigleux devant le nazisme dont le caractère satanique lui a échappé lors du séjour qu'il effectua en Allemagne pendant l'année universitaire 1933-1934. Pleutre devant Vichy qu'il combattit sur le tard, ce qui ne l'empêcha pas, à la Libération, de se faire passer pour un résistant de la première heure. Aveugle devant le communisme qu'il a célébré sous Staline, les révolutions du tiers-monde qu'il a servies frénétiquement ou le gauchisme dans lequel il s'est vautré à la fin de sa vie.

Qu'importait qu'il n'eût cessé de se fourvoyer pourvu qu'il figurât sur la photo. De préférence, avec Simone de Beauvoir, la distinction incarnée. Que sa ligne politique l'emmenât régulièrement dans le décor, c'était sans importance. Il en changeait aussitôt et sa basse-cour le suivait en caquetant. Son statut l'autorisait à s'égarer. Pour en avoir le droit, à cette époque, il suffisait d'être du bon côté. Le sien.

47

Le pigeon voyageur

PÉKIN, 1958. Liu Zhongling rencontrait souvent Mao Zedong (1,80 m) et Deng Xiaoping (1,50 m) mais j'ai mis des mois à savoir quelle était sa fonction exacte dans l'appareil du parti communiste chinois. Avec sa taille (1,65 m), il faisait bien la synthèse entre les deux.

Au début de notre relation, chaque fois que je tentais de parler politique avec lui, il changeait de conversation. J'ai rapidement compris qu'une de ses tâches était que le fossé ne se creuse trop entre eux.

Longtemps, le nouvel homme de ma vie a tout cloisonné. Il ne se trahissait jamais. Sans doute évitait-il même de réfléchir à son travail devant moi, de peur que je ne lise dans ses pensées, ce que j'aurais au demeurant été capable de faire, tant notre relation était fusionnelle : j'étais lui, il était moi.

Je pouvais souffrir le martyre quand Liu avait mal aux dents ou hurler de douleur quand il se brûlait la main avec le couvercle d'une casserole. Si nous avions un rhume ou la grippe, c'était toujours de conserve. Du matin au soir, nous étions la même personne avant de nous transformer, la nuit, en bête à deux dos.

Il se déplaçait beaucoup. Quand Liu était à Pékin, il lui arrivait rarement de passer une journée avec moi : il avait trop à faire. Aujourd'hui, il suffit que je ferme les yeux pour me ramentevoir nos quelques promenades dans les parcs de Pékin ou dans les hutongs, les quartiers traditionnels aux rues étroites où il fallait passer entre les haies de linge étendu à sécher.

J'aimais Pékin par tous les temps, y compris quand le ciel semblait tombé par terre et que nous marchions dans la purée de pois, au milieu des nuages. Mais c'est de nos nuits, dans ma soupente de l'ambassade d'Albanie, que je garde surtout la nostalgie. Je ressens comme une saignée dans mon corps pendant que j'écris ces lignes.

Nous n'avons jamais passé une seule nuit ensemble sans faire au moins une fois l'amour. Autant dire que ça me changeait de Frankie Robarts. Je notais tout sur un petit carnet que j'ai emporté avec moi : en treize ans, il m'a donné 4 263 orgasmes. À cette vitalité s'ajoutaient une écoute et une attention qui auraient réconcilié la plus antiphallocrate des féministes avec la gent masculine.

Certes, Liu n'a jamais effacé ni même supplanté Gabriel dans ma mémoire, mais il y a fait sa place et elle est grande. Encore aujourd'hui, alors que mes chers disparus se pressent dans ma tête, trop étroite pour les accueillir tous, je pense à lui plusieurs fois par jour. Quand j'ouvre la fenêtre pour respirer l'air du dehors : c'était son premier geste du matin. Ou quand j'écrase mon œuf dur coupé en deux dans de la sauce de soja, comme il aimait le faire au petit déjeuner.

L'ambassade d'Albanie n'avait pas le sou et mon travail y était aussi ingrat que pénible. Les choses ne s'y sont même pas améliorées quand l'Albanie s'est rangée derrière la Chine, après le rapport de Nikita Khrouchtchev sur les crimes de Staline, au XXe Congrès du parti communiste de l'Union soviétique, en 1956.

Son Excellence Mehmet Artor était un vieux célibataire, ancien professeur de français à Tirana et vague cousin d'Enver Hodja, le Staline de poche du pays. Il ne voulait manger qu'albanais, notamment du goulache, du poulet aux noix, de la tourte aux légumes ou des feuilles de vigne fourrées au riz. Il devenait irritable si je ne lui avais pas préparé son babeurre ou son boza, boisson fermentée et à peine alcoolisée, à base de blé, de maïs et de sucre, qu'on peut agrémenter de poudre de vanille. Malheur à moi s'il n'avait pas à sa disposition, pour terminer le déjeuner ou le dîner, une assiette de baklavas au miel et aux amandes. Il en faisait une consommation immodérée, comme en attestait son ventre.

Mettre la main sur ces produits était un cauchemar. Il n'était pas rare que je fusse en panne de miel, de céréales ou de légumes pendant des semaines et Son Excellence se fâchait alors contre moi avant de s'en prendre aux dysfonctionnements du régime chinois. Sa foi dans le maoïsme semblait varier au gré de ce qu'il trouvait dans son assiette.

Pour l'heure, il n'y avait pas grand-chose. La raison en était la politique du Grand Bond en avant, lancée par Mao Zedong à partir de 1958, pour accélérer la marche vers le communisme, notamment dans les campagnes, soumises à un programme de collectivisation dément, doublé d'une lutte contre le « déviationnisme de droite » qui affama et ensanglanta le pays, jusque dans les villages les plus reculés.

La « révolution permanente » : telle fut la contre-attaque de Mao Zedong à sa fronde interne, après que plusieurs dignitaires du régime comme Zhou Enlai ou Liu Shaoqi l'eurent mis en cause en dénonçant le gauchisme ou l'« aventurisme » de sa politique. Ils prétendaient que le président allait trop vite ? Eh bien, tant pis pour eux, il irait plus vite encore.

À l'ambassade d'Albanie dont je ne sortais que pour faire les courses au marché, je ne pouvais avoir conscience de la catastrophe qu'était en train de perpétrer la politique de Mao Zedong. Pourtant, il m'a vite semblé que quelque chose clochait : j'avais beau me démener et courir les marchés, partout les étals étaient pratiquement vides. Souvent, je rapportais de la patate douce ou du *bok choy*, le chou chinois, parfois des côtelettes de chien, mais je trouvais de moins de moins de choses à mettre dans la soupe de Son Excellence, qui faisait triste figure quand il se mettait à table.

Plus la situation devenait dramatique, plus Mehmet Artor s'accrochait au marxisme-léninisme que les communistes chinois n'avaient pas été capables d'appliquer. L'ambassadeur mettait les difficultés d'approvisionnement sur le compte d'obscurs complots de la bourgeoisie et du capitalisme :

« Ils nous affament pour nous dégoûter du communisme, ronchonnait Mehmet Artor en tapant sur la table avec le manche de son couteau. Il suffirait de les éliminer et tout irait tellement mieux. Mon cousin Enver réglerait ça en trois coups de cuillère à pot. »

C'est pendant cette période que Liu a commencé à me parler de ses activités et à me faire part de ses doutes. Ancien meilleur ami du fils aîné de Mao, Anying, mort dans un bombardement pendant la guerre de Corée, en 1950, il avait ses entrées à la présidence. Mais il était surtout l'un des hommes liges de Deng Xiaoping, le secrétaire général du parti communiste, de plus en plus hostile, même s'il ne le disait pas publiquement, aux folies du Grand Bond en avant. Mon homme passait les messages de sa part et le prévenait des complots qui se tramaient contre lui. Il se définissait comme son « pigeon voyageur ».

La désorganisation du secteur agricole provoqua des famines qui, trois années durant, ravagèrent la plupart des provinces, du Sichuan au Henan ou de l'Anhui au Gansu. Comme au temps de Staline, le communisme de Mao exterminait les paysans en leur coupant les vivres. Une sorte de génocide qui s'élève, selon les experts, de 33 à 70 millions de morts.

Il n'y avait plus à tortiller, si le capitalisme était l'exploitation de l'homme par l'homme, le communisme était l'inverse, mais en pire.

Dans les campagnes chinoises, tout a fait ventre pendant plusieurs saisons. Les feuilles, les mauvaises herbes ou les cadavres des personnes mortes de faim, notamment des enfants qui pouvaient finir dans les intestins de leurs parents. Quant à la faune, elle avait quasiment été effacée de la surface du pays.

J'avais un beau chat chinois qui, avec ses traits fins et ses yeux perçants, me rappelait mon homme, au point que je l'avais appelé Liu II. Il partait souvent à l'aventure dans les jardins du voisinage. Un jour, il a disparu. Il a fini en boulettes ou dans une soupe.

Les moineaux commençaient même à manquer dans le ciel de Pékin où régnait un silence de mort. Les filets charnus des oiseaux se retrouvaient dans tous les plats de viande, y compris dans mon goulache après que j'eus retiré soigneusement les os des petites carcasses afin qu'ils n'obstruent pas le gosier de Son Excellence, mais ça ne le nourrissait pas.

Souvent, je pense à tous ces intellectuels, écrivains ou ministres occidentaux qui, à cette époque, se vautraient dans le maoïsme et que Liu balada, dans tous les sens du mot, pour leur faire admirer les grandes réalisations du régime. Ils n'y ont vu que du feu. Pendant toutes ces années, ils ont rempli les journaux et les livres de leurs bêtises et de leurs abjections. J'en connais qui sévissent encore, pérorant sur d'autres sujets, toute honte bue. Plaignons-les.

J'accuse tous ces lèche-culs péremptoires de corruption morale, de complicité d'assassinat, de non-assistance à personne en danger et, au mieux, d'aveuglement et de stupidité ayant entraîné la mort sans intention de la donner.

« Le président Mao ne dort plus, m'a annoncé Liu, un jour, sur le ton de gravité que l'on réserve d'ordinaire aux nouvelles importantes.

— Écoute, Liu, c'est la moindre des choses, après le mal qu'il a fait : ça prouve qu'il a encore une conscience.

— Mao a toujours eu un sommeil difficile, c'est pourquoi il se lève souvent très tard, mais là, ça devient alarmant, il a de plus en plus souvent de grosses migraines. En plus, il ne veut plus manger de viande, en signe de solidarité avec son peuple, ça va l'affaiblir davantage encore.

— Au contraire, objectai-je. Il sera en meilleure santé, ce qui lui permettra de mieux digérer sa nourriture et le malheur de son peuple. »

Liu n'a pas relevé. Après que je lui eus

demandé si Mao avait une haleine horrifique comme celle d'Hitler, je n'ai pu porter le moindre crédit à sa réponse qui semblait extraite d'un communiqué officiel :

« De l'avis général, le président Mao sent très bon de la bouche.

— Ah, bon, dis-je. Et il sent bon de partout ?

— De partout. »

J'ai ri et Liu aussi. Il ne perdait jamais son humour, même quand le sol se dérobait sous ses pieds.

*

Une nuit, alors que nous nous donnions du plaisir, Liu a manqué de m'étrangler. C'était ma faute : je lui avais demandé de serrer mon cou très fort pendant qu'il me ramonait, et il a si bien suivi mes instructions que j'ai fini par tourner de l'œil.

À peine avais-je recouvré mes esprits qu'il me demandait en mariage. J'avais maintenant cinquante-neuf ans, et lui toujours douze ans de moins. Si je voulais encore changer une fois de nom, c'était l'occasion ou jamais. Je préférais le sien à celui que je portais alors : Robarts.

Liu, qui avait ses entrées partout, a pu obtenir une autorisation spéciale. C'est ainsi que je m'appelle, depuis, Zhongling. Le mariage n'a rien changé entre Liu et moi. Nous avons continué à travailler comme des bêtes et à nous donner du bon temps quand il nous en restait.

L'état de santé de Son Excellence s'aggravant peu à peu, j'étais devenue, en plus de sa cuisinière, sa garde-malade.

Souffrant d'une hernie discale paralysante, Mehmet Artor ne pouvait plus se déplacer qu'en fauteuil roulant et, faute de personnel, ce fut à moi que revint la tâche de le promener. Il m'en sut gré car il m'obtint, grâce à ses relations, un passeport diplomatique que je ne lui avais pas demandé mais qui allait bientôt m'être d'une grande utilité quand, après le Grand Bond en avant, survint la catastrophe suivante.

C'était toujours quand on le croyait mort que Mao Zedong renaissait de ses cendres. Sans cesse en mouvement, cet as de la tactique politicienne n'oubliait jamais de récupérer le mécontentement du pays en imputant ses propres échecs à ses rivaux du parti. Pour faire oublier son fiasco du Grand Bond en avant et mettre au pas son équipe infectée à nouveau par une contestation larvée, le président chinois inventa la Grande Révolution culturelle. Une sorte de coup d'État populaire qui visait, parmi d'autres, Deng Xiaoping, le parrain spirituel de mon mari, pourtant d'une grande prudence. Une nouvelle fois, il doublait sur la gauche les chicaneurs et les réfractaires de sa nomenklatura.

Le 16 mai 1966, dans un texte que Liu m'a traduit et commenté, les mains tremblantes, Mao s'en prit, lors d'une session élargie du bureau politique, aux représentants de la bourgeoisie qui s'étaient infiltrés sournoisement dans le parti, le gouvernement et l'armée. Une fois toutes les conditions réunies, ces « révisionnistes contre-révolutionnaires » avaient prévu, selon le président chinois, de prendre le pouvoir et de « remplacer la dictature du prolétariat par la dictature de la bourgeoisie ». C'est pourquoi il appelait le peuple à les passer en jugement sans attendre en commençant par son dauphin attitré, Liu Shaoqi qui, d'après mon mari, était « un homme juste et bon ». « Un homme humain », avait-il ajouté, fier de sa formule.

« Je ne sais pas ce qui va se passer maintenant, me dit Liu, mais je crois que nous devrons nous voir moins souvent, peut-être même plus du tout. Je ne veux pas t'exposer ni te compromettre.

— Je suis quand même ta femme, répondis-je. Je veux tout partager avec toi.

— À partir de maintenant, je vais me battre à la vie et à la mort pour mes idées. Je suis désolé, Rose, ça n'est pas ton combat et pas ton histoire. S'il m'arrivait malheur, j'aurais trop besoin que tu me survives pour qu'après moi il reste encore sur terre quelque chose de notre amour. Est-ce que tu comprends ça? »

Il savait parler, mon homme. Les yeux humides et en ravalant mes sanglots, je lui ai fait promettre qu'il passerait de temps en temps à l'ambassade pour me donner des nouvelles et puis aussi pour autre chose qu'il est inutile de préciser. Il a dit oui mais n'en a rien fait. Pendant un an et demi, il ne s'est pas manifesté.

Deng Xiaoping fut exilé. Liu Shaoqi, emprisonné : l'ex-futur successeur mourra longtemps après, en 1969, dans sa geôle de Kaifeng, faute de soins. Quant à mon mari, il fut tué à coups de barre de fer par des gardes rouges, à Canton. Il paraît qu'il s'est défendu comme un lion, blessant plusieurs de ses assaillants.

Le 2 février 1968, quand Mehmet Artor m'a annoncé la mort de Liu, nouvelle qu'il tenait d'un haut personnage de l'État, j'étais désespérée. Sur le coup, j'ai pensé sortir sur-le-champ de l'ambassade pour tuer au hasard un ou plusieurs gardes rouges dans la rue. Je n'avais aucun doute sur l'efficacité du krav-maga mais je redoutai d'être arrêtée dès que j'aurais accompli mon forfait. Dieu merci, l'ambassadeur d'Albanie tua dans l'œuf cette idée idiote.

« Ce pays est en train de devenir fou, dit Mehmet Artor. Il faut partir.

— Je veux voir le corps de Liu. Je veux le voir, l'embrasser et l'enterrer.

— N'y pensez pas, votre mari est mort il y a plus de trois semaines, il est déjà sous terre, on ne sait où. Il n'y a pas de temps à perdre, il faut partir le plus vite possible. »

Le lendemain, nous nous sommes envolés pour l'Albanie.

Dans l'avion, j'ai échafaudé un autre projet : effacer la mort de Liu par le sang d'un grand intellectuel français qui aurait eu des complaisances pour Mao Zedong. Jean-Paul Sartre s'imposait, mais je l'ai écarté pour ne pas faire de peine à Simone de Beauvoir. Quelques semaines plus tard, quand j'arrivai en France, je savais que j'avais l'embarras du choix.

48

Un fantôme du passé

MARSEILLE, 1969. Tous les chemins me mènent à Marseille. La ville était, comme en 1917, lors de mon premier séjour, d'une saleté métaphysique. Traversée en tous sens par les rats, les mendiants, les pickpockets et les glaneurs de poubelles, elle restait joyeuse, remettant tout le monde à sa place, et dans cette pagaille, je me suis tout de suite sentie chez moi. J'ai loué un deux-pièces à l'ombre de la basilique Saint-Victor.

Dans la liste de mes haines, j'avais ajouté les noms de plusieurs intellectuels, et mon choix s'est finalement porté sur Louis Althusser, l'un des papes de Saint-Germain-des-Prés, qui a suivi un parcours somme toute logique : stalinien, maoïste, puis dément. N'ayant pas le courage de se tuer lui-même, il a étranglé sa femme long-temps après.

Louis Althusser a eu la chance que je fusse à Marseille où j'ai rapidement abandonné mon plan, emporté par le grand rire de la ville qui a raison de tout. Avec l'argent de la vente du

« Frenchy's » que j'avais conservé en Chine, je m'étais acheté un restaurant quai des Belges, sur le Vieux-Port. Une salle de vingt-deux couverts avec une petite terrasse. Je l'ai baptisé bêtement « La Petite Provence », comme à Paris, sans penser que ça pourrait, un jour, m'attirer des ennuis.

L'établissement a tout de suite été très couru. J'y faisais tout sauf la salle, pour laquelle j'avais embauché Kady, une Malienne de vingt-trois ans sans papiers ni complexes ni sous-vêtements. Dès le premier regard, j'ai rêvé de la déshabiller, ce que je fis au demeurant, le soir même, avant de me faufiler avec elle sous les draps. Après avoir connu beaucoup d'hommes, j'avais décidé, la soixantaine passée, de me reconvertir dans la femme. Celle-là m'allait bien.

Je fus sa première femme, sa dernière aussi. Au petit matin, elle m'a dit avec un grand sourire :

« Mieux vaut panard que jamais. »

C'était son type d'humour. Coiffée à l'afro comme Angela Davis, célèbre activiste dont tous les garçons étaient amoureux, elle se disait d'origine princière. Kady mentait volontiers, mais je m'en fichais, tant que ça ne concernait pas le travail. Pour le reste, elle était si gracieuse que je lui pardonnais tout. J'avais sans cesse envie de l'embrasser et je ne m'en privais pas, avant ou après le service. Pour ce qui était de la faire gigoter de plaisir sous l'effet de mes inventions, j'attendais que nous soyons chez moi,

entre quatre murs, pour étouffer ses gloussements et ses hurlements, la discrétion n'étant
pas son genre. J'étais dépassée par son tempéra-
ment.

Elle m'affolait. J'étais transportée par sa voix
sensuelle, teintée d'ironie, son rire éclatant, ses
yeux sentimentaux, sa pomme d'Adam qui dansait sur mon cou, ses seins qui tressautaient
quand elle parlait et ses lèvres pulpeuses qui
semblaient toujours chercher quelque chose à
mordre ou à manger. J'essayais de lui donner ce
qu'elle voulait. L'amour, bien sûr, mais aussi la
chaleur, la sécurité, la protection, la compré-
hension et l'attention de tous les instants. Tout
ce dont a besoin une femme.

Mais il lui manquait quelque chose. Un jour,
alors que nous achetions des daurades vivantes
à notre pêcheur habituel, un barbu neurasthénique au poil gras qui avait son étal sur le quai,
en face du restaurant, Kady m'a dit d'une voix
forte :

« Je veux un enfant. »

Je ne voyais pas le rapport avec les pauvres
daurades qui se débattaient lamentablement
dans le sac où je venais de les plonger. Après
une seconde de stupéfaction, le pêcheur prit un
air moitié étonné, moitié égrillard, son regard
passant de Kady à moi et inversement.

Je ne savais pas quoi dire. Kady répéta en
haussant encore le ton :

« Je veux un enfant.

— D'accord, d'accord », ai-je répondu, après un rictus d'impatience, pour clore l'incident.

En retournant au restaurant, nous n'avons pas desserré les dents. Il est vrai que je n'en menais pas large avec mon sac grouillant de hoquets et de trémoussements d'agonie. N'osant jamais demander au pêcheur de tuer lui-même les daurades, de peur qu'il ne me taxe de sensiblerie mal placée, je hâtais le pas pour mettre fin moi-même à leurs souffrances sur mon plan de travail, en leur fracassant la tête d'un coup de rouleau à pâtisserie.

C'est autour de minuit, après être rentrées du travail, que nous sommes revenues sur le sujet de l'enfant, Kady et moi. Nous étions assises toutes les deux sur le canapé, l'une contre l'autre, à écouter en nous pelotant et en nous embrassant, son air préféré, chanté par Scott McKenzie, que j'avais mis à jouer sur l'électro-phone :

If you're going to San Francisco
Be sure to wear some flowers in your hair
You're gonna meet some gentle people there

Je n'ai pas encore parlé de la langue de Kady et c'est un grave oubli. Son organe lingual était un instrument charnu qui changeait souvent de couleur, tournant parfois au violacé, et dont elle usait avec virtuosité. Une sorte d'engin mascu-lin, en plus mobile. Après un baiser qui me laissa hébétée, Kady me déclara, tandis que je reprenais mes esprits :

« Je veux un enfant parce que j'ai trouvé le père.

— C'est qui ?

— Tu ne le connais pas.

— Un Noir ?

— Évidemment. Il n'est pas question que ma descendance soit souillée par la race blanche, si c'est encore une race, tellement elle est dégénérée.

— Comme tu voudras. »

Le mâle reproducteur faisait la plonge dans la brasserie d'à côté. C'était un Malien, comme Kady. Grand et beau, le cou long, le regard fier, il avait la même démarche qu'elle, lente et royale. Le jour qui nous sembla le plus propice à une fécondation, nous l'avons emmené à l'appartement où il s'est prêté sans entrain, comme à reculons, à la tâche que nous lui avions dévolue.

Il ne savait pas qu'il était, avec son outil, en train de faire un enfant. Il croyait seulement participer à une séance de voyeurisme où j'étais censée me régaler pendant qu'ils se ventrouillaient sous mes yeux. Je ne fus pourtant pas à la fête, d'autant moins que j'ai cru voir, quand il se répandit en elle, des éclats de jouissance scintiller dans le regard de Kady.

Dieu merci, il ne fut pas nécessaire de remettre ça. Neuf mois plus tard naissait Mamadou, 3,7 kg, de père inconnu, qui allait porter le nom de sa mère : Diakité.

Mamadou cimenta notre couple et notre bonheur. Jusqu'au jour où, faisant le tour des clients après avoir éteint mes fourneaux, je suis tombée sur un fantôme de mon passé. Il n'avait pas changé. Les visages haineux semblent toujours sortir du formol. Ils restent immuables. Ses cheveux avaient à peine blanchi. Quant à ses dents, elles souffraient de n'avoir jamais été détartrées, ce qui pouvait laisser à penser qu'il n'avait personne dans sa vie. Elles étaient fondues dans un magma de dépôts beigeâtres, que je regardai avec dégoût quand, se levant mélodramatiquement de table, il se dirigea vers moi avec un large sourire, son grand nez en avant :

« Madame Beaucaire ? demanda-t-il en me serrant la main.

— Non, corrigeai-je. Zhongling.

— Je n'en crois pas mes yeux. Vous n'êtes pas Mme Beaucaire, née Lempereur ?

— Vous vous trompez », insistai-je.

J'ai secoué la tête et haussé les épaules en respirant très fort, pour alléger la constriction qui pressurait le sang de mon cerveau.

« Eh bien, ça alors, dit l'homme, pardonnez-moi, c'est que je divague. Je me présente : Claude Mespolet, nouveau préfet de police de Marseille. J'ai connu une dame qui tenait à Paris un restaurant qui servait les mêmes plats et portait le même nom que le vôtre, "La Petite Provence". J'ai imaginé sottement que vous étiez la même personne. Désolé pour cette confusion. »

Il me présenta les personnes avec qui il déjeunait. Deux gros députés rougeauds dont l'un était beaucoup plus petit que l'autre. Ils avaient la bouche lustrée de graisse, comme des chiens qui sortent leur museau de l'écuelle.

« Vous ressemblez quand même beaucoup à cette dame dont je vous parlais, insista Claude Mespolet en m'examinant des pieds à la tête. En plus forte, car elle était assez mince, mais on prend toujours du poids avec l'âge. C'était il y a un quart de siècle. Comme le temps passe vite !

— C'est vrai », approuvai-je.

Au moment de l'addition, je lui ai proposé de rester un moment avec moi quand les deux élus seraient repartis.

« Félicitations pour votre parmesane, dit-il alors que je m'asseyais. Vous avez vraiment gardé la main.

— Je ne compte pas parler de gastronomie avec vous, répondis-je, mais d'une chose qui vous concerne directement. »

Je lui ai alors indiqué avec un sourire de maître chanteur que je détenais des documents compromettants sur lui. Notamment une note datée de 1942, signée de sa main et adressée au préfet de police de Paris, où il épiloguait sur les origines juives de mon premier mari. C'était du flan, Himmler ne me l'avait pas donnée après me l'avoir laissé lire, mais le petit sourire supérieur de Mespolet a tout de suite disparu de son visage. Il n'était cependant pas du genre à se laisser démonter.

« Que proposez-vous ? demanda-t-il sur un ton dégagé.

— Que vous me laissiez tranquille. »

Il a réfléchi, puis murmuré entre ses dents :

« Vous avez commis un crime en tuant Jean-André Lavisse, d'une façon tout à fait ignoble.

— C'était un collabo, répondis-je à voix basse.

— Pas vraiment. Il avait rendu des services aux gaullistes de la France libre, au point qu'à la Libération, il a reçu la médaille de la Résistance à titre posthume.

— Ce fumier ?

— Les gens ne sont jamais tout noir ou tout blanc, mais les deux en même temps, quand ils ne sont pas gris. La vie ne vous a pas appris ça ?

— Elle m'a appris le contraire.

— En tout cas, votre crime n'est pas prescrit, j'y ai veillé avec le juge d'instruction chargé de l'affaire, qui est un ami.

— Tout s'est pourtant passé il y a plus de vingt-cinq ans.

— La justice a ses codes que le code pénal ignore. »

Il répéta sa formule en se rengorgeant. Il s'appréciait beaucoup et me faisait penser à une gargouille à qui un plaisantin aurait fiché une plume de paon dans le derrière.

« Si vous bougez en relançant la justice,

conclus-je, je bougerai en rendant public le document que j'ai en ma possession. C'est ce qu'on appelle la dissuasion ou l'équilibre de la terreur. Le mieux serait qu'on en reste là, ne pensez-vous pas?

— En effet. »

Quand Claude Mespolet est sorti du restaurant, j'ai ressenti un pincement de la poitrine à l'estomac qui n'a fait que croître, les années suivantes, malgré les joies que me donnaient Kady et Mamadou.

49

Le dernier mort

Marseille, 1970. La pinçure ne me lâchait pas. Je me réveillais et m'endormais avec elle. Parfois, elle s'enfonçait si profondément dans ma chair, diffusant dans toute ma poitrine une douleur amollissante, que je cessais de respirer.

Même si, faute de temps, je retardais le moment de procéder aux examens que m'avait prescrits mon médecin, je me disais que je couvais un cancer. Mais c'est Kady qui l'a attrapé. La maladie l'a emportée en un an et demi, après qu'on lui eut retiré un sein, puis l'autre, la moitié d'un poumon, une tumeur dans la vessie, avant de lui découvrir un gliome dans le cerveau.

Ne voulant pas mourir à l'hôpital, Kady a préféré finir ses jours dans notre appartement. Pour l'accompagner jusqu'au bout, j'avais fermé le restaurant, sous prétexte de « congés annuels ». Ils ont duré six semaines.

La bravoure ne cède jamais devant rien, fors la mort. C'est son refus de capituler devant son cancer qui amena ma femme à tant souffrir, à la limite du raisonnable, au point que, les derniers jours, l'envie me prenait parfois d'abréger son martyre.

Mais non, Kady ne se ferait grâce de rien, pas même d'une seconde, feignant jusqu'à l'instant fatal de savourer chaque goutte de vie avec un petit sourire cassé que je revois au moment où j'écris ces lignes. Elle m'avait demandé de lui trouver des dernières paroles à prononcer lorsqu'elle se sentirait partir. Je lui avais proposé celles d'Alfred de Musset : « Dormir, enfin je vais dormir ! »

Kady ne la trouvait pas assez « drôle ». Elle apprécia, entre toutes, la célèbre phrase d'Auguste de Villiers de L'Isle-Adam, écrivain méconnu qui aura au moins réussi sa sortie : « Eh bien, je m'en souviendrai de cette planète ! »

Son choix s'arrêta cependant sur une formule dont j'étais l'auteur : « Y a quelqu'un ? » Mais au moment de rendre l'âme, sa main dans la mienne, alors que Mamadou dormait dans son berceau, elle a soufflé autre chose que je n'ai pas compris et que je lui ai fait répéter :

« À bientôt. »

Dans mon cimetière crânien, elle figurait désormais aux côtés des morts auxquels je pense plusieurs fois par jour : mes enfants, mes parents, ma grand-mère, tous les hommes de ma vie, Gabriel, Liu et même Frankie. Avec Kady, ça commençait à faire beaucoup, mon carré personnel était en train de déborder.

Sur le plan intellectuel, j'ai pas mal perdu. C'est le problème avec l'âge : un jour, on finit par avoir un tel capharnaüm de gens et de choses dans son cerveau qu'on ne retrouve plus ses affaires.

Sur le plan sexuel, je me suis contentée désormais de moi-même. Ce que j'aime avec l'onanisme, c'est qu'il n'y a pas de préambule et qu'en plus on n'est pas obligé de parler quand on a fini : le gain de temps n'a d'égal que le repos de l'esprit.

Après la mort de Kady, j'ai eu le sentiment, par moments, d'avoir encore la vie devant moi. Grâce soit rendue à Mamadou de m'avoir aidé, par son seul sourire, à me rapiécer. Mais j'avais perdu la reviviscence qui, auparavant, me remettait debout après chaque coup du sort. J'avais tendance à rester dans mon ciel pour y regarder le monde de haut. À soixante-trois ans, ce n'était pas de mon âge. Enfin, pas encore.

Quelque chose m'empêchait de me laisser, comme avant, porter par mon élan vital. Cette pinçure, accompagnée de nausées, qui me tourmentait au point de me réveiller souvent la nuit. J'ai subi toutes sortes d'examens. Les médecins n'ont rien trouvé. Je savais ce qu'il me restait à faire.

*

En enquêtant sur Claude Mespolet, j'ai appris qu'il possédait une résidence secondaire à Lourmarin, dans le Luberon, où il se rendait régulièrement, notamment l'été. Divorcé et sans

enfants, il y allait presque toujours seul, généralement le samedi soir.

Avec des dents si tartrées, c'eût été un miracle
qu'une femme de bonne condition accepte de
partager sa couche, fût-ce une nuit. À la préfecture de police, ses subordonnés disaient qu'il
passait son dimanche à jardiner, ce qui aurait
dû me convaincre qu'il n'était pas une si mauvaise personne.

J'en étais venue à penser qu'il était impuis-
sant. À moins qu'il ne fût un adepte de l'onanisme. En ce cas, c'était un point commun qui
nous aurait donné matière à converser sur ses
avantages : pratiqué de la sorte, l'amour n'est
plus dangereux, l'autarcie lui permet d'échapper aux affres de la séparation fatale.

Un samedi après-midi, après avoir fermé le
restaurant et laissé le petit Mamadou à une voisine, je suis allée l'attendre chez lui dans sa
pinède. C'était en août et il régnait une grande
excitation dans l'air où les moustiques et les
hirondelles dansaient au-dessus des cymbales
des cigales, tandis que la terre se couvrait de fils
d'or.

Son chauffeur a déposé Claude Mespolet en
fin de journée. Le préfet de police était accompagné d'un chien, un Jack Russell, l'animal le
plus égotiste et le plus infernal de la Création
après l'homme. Je ne m'attendais pas à la présence de ce personnage supplémentaire, mais
j'avais de quoi le neutraliser : un flacon de chloroforme, dans la poche de ma saharienne.

Le préfet a fait le tour du propriétaire avec son chien, s'arrêtant devant certains arbres qu'il caressait. Des oliviers tortus, avec des yeux noirs et des cheveux d'argent. Des arbres pour partir à la guerre, tant ils semblaient avoir résisté à tout, au cagnard, aux gelées, aux déluges. Même si j'étais trop loin pour en être sûre, je crois qu'il a parlé à certains.

Quand Mespolet est entré dans la maison, le chien est resté dehors, à courir dans tous les sens, en aboyant après le monde entier. Les cigales. Les papillons. Les oiseaux. Jusqu'à ce qu'il déboule devant moi en clabaudant avant que je lui tende une main amicale qu'il lécha aussitôt. Quand je l'eus apprivoisé, je l'ai, soudain, immobilisé sur le dos et lui ai appliqué sur le museau une lingette sur laquelle j'avais versé le quart du flacon de chloroforme.

« Castro ! Castro ! »

Claude Mespolet appela son chien une partie de la soirée, depuis le perron mais aussi dans son jardin dont il fit le tour plusieurs fois en hurlant son nom. Il n'y avait aucune chance qu'il le retrouve. Castro gisait loin de là, dans la garrigue, les pattes attachées, une bande de chatterton enroulée autour du museau.

Quand il est monté se coucher, Mespolet a laissé la porte d'entrée ouverte au cas où il viendrait au chien l'idée de rentrer dormir à la maison. J'ai attendu une heure.

Quand je suis arrivée devant lui, il dormait d'un bon sommeil, à en juger par sa respiration douce et régulière. Je l'ai observé un long moment, dans la pénombre, dans un état d'extase atroce qui, des années après, me fait encore honte.

Je n'avais pas envie d'entendre Mespolet. Il me dirait sur le ton de la jérémiade ce que disent toujours ces gens-là, et qui, au demeurant, est assez vrai. Il ne pouvait pas faire autrement, c'était un fonctionnaire, il exécutait les ordres. Qu'ils viennent de la bouche du maréchal Pétain ou du général de Gaulle, c'était pareil, il fallait obéir et il ne savait pas faire autre chose. Encore qu'il ait su changer de maître, au cours de sa carrière, passant du pétainisme pendant l'Occupation au soviétisme de la Libération, quand il fallait échapper à l'épuration, il n'y avait pas mieux, avant de se reconvertir dans le gaullisme à la fin des années 50. Je connaissais déjà son discours : c'est la vie qui veut ça, elle consiste à donner le change. Pour un Camus qui a vraiment résisté, combien de Sartre ou de Gide qui se sont pris pour le vent mais n'étaient que la girouette ?

Je n'avais pas envie non plus de croiser le regard de Mespolet. Jacky, mon ami caïd de Marseille, m'a souvent dit que les truands évitent toujours de fixer les yeux de celui qu'ils vont abattre, de peur de se ramollir avant de tirer. Je n'ai donc pas allumé la lumière avant de loger sept pruneaux dans le corps du préfet de police avec mon Walther PPK que j'avais, pour la circonstance, muni d'un silencieux.

Après quoi, j'ai libéré le chien avant de rentrer à Marseille, le cœur léger, en écoutant la 9ᵉ Symphonie de Beethoven que j'avais mise à fond, pour fêter mon dernier mort.

50

Ite missa est

MARSEILLE, 2012. La chaleur est lourde et tombe sur la terre comme une pluie. La ville pue le poisson et la poubelle. Tout poisse et on n'a qu'une envie, c'est de se jeter à l'eau, mais je ne veux pas m'exhiber : je me sens trop vieille pour ça.

C'est mon anniversaire. J'ai décidé de fêter mes cent cinq ans en petit comité, dans mon restaurant que j'ai « privatisé », avec Mamadou, Leila, Jacky, sa femme, Samir la Souris et Mme Mandonato, mon amie libraire qui ne cache pas sa joie d'avoir vendu, la veille, son fonds de commerce à un caviste bio. Très beau garçon, paraît-il. « Une tuerie », a-t-elle dit. J'irai vérifier quand il ouvrira.

Je ne sais pas qui est l'imbécile qui a inventé les fêtes de Noël, mais s'il était encore vivant, je lui réglerais son compte : à cette période et plus particulièrement le 24 décembre au soir, je suis toujours prise de grands accès de nostalgie en pensant à tous mes morts, à commencer par mes enfants et sans oublier mon petit-fils de Trèves qu'Alzheimer a emporté.

Le débile narcissique qui a eu l'idée du premier anniversaire de l'Histoire est encore plus criminel. À partir de la quarantaine, c'est un supplice qu'il faut s'infliger par convenance sociale, pour faire plaisir. Arrivé à mon âge, c'est pire : chaque fois, on se dit que c'est le dernier anniversaire.

N'était le rite de l'anniversaire auquel je dois me soumettre, tout irait pour le mieux. Depuis la mort du préfet Mespolet, je me sens soulagée et heureuse : la pinçure dans la poitrine est partie la nuit même pour ne plus jamais revenir. Mais j'observe bien que tous semblent incrédules, autour de la table, quand je leur dis, sur un ton joyeux, mon bonheur de vivre.

« Je veux bien te croire, dit Jacky, mais ça ne doit pas être facile tous les jours, après ce que tu as vécu.

— Malgré tout, je suis aux anges.

— Au ciel », corrigea Samir la Souris avec son mauvais esprit habituel.

Je répondis à Jacky que j'avais en effet vécu, jusque dans la moelle de mes os, ce qu'on peut considérer sans crainte de se tromper comme l'une des périodes les plus affreuses de l'histoire de l'humanité : le siècle des assassins.

« Il a fait tellement de morts, dis-je, qu'on n'est même pas foutu de les compter. »

L'institut néerlandais Clingendael, spécialisé dans les relations internationales, a chiffré à

231 millions le nombre de morts provoqués par les conflits, les guerres et les génocides de ce XXe siècle qui n'a cessé de repousser les limites de l'abjection.

Quelle est l'espèce animale qui s'entretue à ce point, avec autant de férocité ? En tout cas, ni les singes ni les cochons dont nous sommes si proches, pas davantage les dauphins ni les éléphants. Même les fourmis sont plus humaines que nous.

Au XXe siècle, il y a eu l'extermination des Juifs, des Arméniens, des Tutsis. Sans parler des tueries de communistes, d'anticommunistes, de fascistes et d'antifascistes. Les famines politiques en Union soviétique, en Chine populaire ou en Corée du Nord, qui ont décimé les paysanneries supposées rétives. Les 60 ou 70 millions de victimes de la Seconde Guerre mondiale provoquée par Adolf Hitler qui a inventé les massacres industriels. À tout cela, il faut encore ajouter toutes les autres infamies, au Congo belge, au Biafra ou au Cambodge.

Au palmarès de l'épouvante, Hitler, Staline et Mao figurent en tête, avec des dizaines de millions de morts à leur actif. Avec la complicité de leurs thuriféraires, intellectuels ou politiciens, ils ont pu épancher leur soif de sang et sacrifier à tour de bras sur l'autel de leur vanité.

« Et dire que c'est moi qu'on emmerde ! a rigolé Jacky, déclenchant les rires. Après ça, tu ne crois pas que la maréchaussée, au lieu de s'acharner sur moi, n'aurait pas mieux fait de demander des comptes à tous ces criminels et à leurs flagorneurs patentés!

— Il aurait fallu mettre la plus grande partie du pays en prison », a objecté Samir la Souris.

Il s'est ensuite tourné vers moi :

« J'ai l'impression que toutes ces horreurs ont glissé sur toi sans t'atteindre vraiment. Comment t'as fait? »

Je lui ai cependant répondu en toute honnêteté que longtemps, j'ai ignoré ce qui m'avait fait supporter tout ça, même si j'ai toujours éprouvé une répugnance naturelle à ajouter ma plainte au grand pleurnichoir de l'humanité. Si l'Enfer, c'est l'Histoire, le Paradis, c'est la vie.

Le bonheur ne nous est pas donné : il se fabrique, il s'invente. J'ai appris ça récemment en lisant, sur les conseils de Mme Mandonato, les philosophes de la joie qui avaient écrit noir sur blanc ce que je pensais sans avoir jamais été capable de le formuler. Épicure, qui a si bien parlé du bonheur de la contemplation, mourut de rétention d'urine après avoir enduré la maladie de la pierre. Spinoza, chantre de la félicité, fut proscrit et frappé de malédiction par sa communauté. Nietzsche, enfin, célébra la vie et prétendait connaître un bonheur sans nom alors que son corps souffrait le martyre, rongé par un herpès génital géant et une syphilis au stade tertiaire, doublés d'une cécité progressive et d'une hyperesthésie auditive. Sans parler des crises de migraines et de vomissements.

« Sa douleur, Nietzsche l'appelait ma chienne, a précisé Jacky qui avait des lettres. Il disait qu'elle était aussi fidèle qu'un clebs et qu'il pouvait passer sa mauvaise humeur sur elle. »

À la fin du dîner, alors que j'étais ivre, je me suis levée et j'ai fait un petit laïus :

« Un discours, c'est comme une robe de femme. Il faut qu'il soit assez long pour couvrir le sujet et assez court pour être intéressant. Le mien tiendra en une phrase : on n'a jamais que la vie qu'on mérite. »

Après quoi, je leur ai distribué une photocopie où j'avais écrit mes sept commandements :

Vivez chaque journée sur cette planète comme si c'était la dernière.

Oubliez tout mais ne pardonnez rien.

Vengez-vous les uns les autres.

Méfiez-vous de l'amour : on sait comment on y entre mais pas comment on en sort.

Ne laissez jamais rien dans votre verre, ni dans votre assiette, ni derrière vous.

N'hésitez pas à aller contre le courant. Il n'y a que les poissons morts qui le suivent.

Mourez vivant.

Je venais de finir ma coupe de champagne quand je me suis souvenue d'un autre précepte que j'ai toujours veillé à suivre : « Chassez l'amour-propre en vous. Sinon, vous ne connaîtrez jamais l'amour. » Je l'ai crié en m'y reprenant deux fois, pour en faire profiter tout le monde, puis Jacky a branché son portable sur les enceintes et nous avons chanté, sous sa conduite, mon air d'opéra préféré : *E Lucevan le Stelle* de *Tosca* avant d'entonner *Il Mondo*, une chanson interprétée par Il Volo, un trio de ténors italiens, d'adorables adolescents qui viennent à peine de muer :

> *Iiiiiil moooooondo*
> *Non si è fermato mai un momento*
> *La notte insegue sempre il giorno*
> *Ed il giorno verrà*

Oui, le jour viendra, chers petits ténors, ne vous inquiétez pas. Il est même au rendez-vous tous les matins. Il suffit d'ouvrir les yeux.

Après le dîner, alors que je disais au revoir à Jacky et à sa femme sur le pas de la porte de « La Petite Provence », j'ai entendu un grand cri. Un bêlement entrecoupé de couinements. Au coin de l'avenue de la Canebière, une femme en robe légère était à terre aux prises avec un voyou qui tentait de lui arracher son collier. Je reconnus tout de suite le « guépard » dont je parlais au début de ce livre.

Le temps que nous arrivions sur le lieu du crime, il avait déjà filé. Jacky a aidé la dame, une jeune octogénaire botoxée, à se relever. Elle pleurait à petites larmes en reniflant :

« C'était le collier que m'avait offert mon mari l'année où il est mort, il y a si longtemps déjà. Il ne vaut rien, mais c'est sentimental, vous comprenez. »

J'ai demandé à Jacky s'il pouvait user de ses relations pour retrouver le nom et l'adresse du voyou. J'avais deux mots à lui dire.

ÉPILOGUE

Le « guépard » se prénommait Ryan et habitait chez sa mère, sur la corniche, dans une petite maison baroque qui donnait sur la mer. Psycho-thérapeute de bonne réputation, Mme Ravare, une veuve de quarante-six ans, recevait ses clients à domicile, sauf le mercredi et le jeudi après-midi qu'elle passait à l'hôpital de la Timone où elle suivait d'autres patients.

Je tenais ces renseignements et beaucoup d'autres de Jacky Valtamore qui avait tenu à m'accompagner. J'ai accepté de mauvaise grâce mais, à cent cinq ans, comme il me le fit remarquer sans élégance, on ne prend jamais trop de précautions. Il est vrai que la canicule des derniers jours ne m'avait pas réussi, même si j'observais à la lettre les instructions du ministère de la Santé qui recommandait aux vieilles personnes, menacées de déshydratation, de boire régulièrement de l'eau. J'avais, de surcroît, le sentiment d'avoir du beurre dans les tennis. À chaque pas, du coup, il me semblait que j'allais glisser et tomber.

Après avoir salué son sbire, un gros type léthargique qui faisait le guet dans l'allée, Jacky m'a demandé de l'attendre devant la porte. Il a sauté par-dessus un muret pour aller derrière la maison de Mme Ravare, du côté de la mer, avant de m'ouvrir quelques minutes plus tard. J'ai souri : à quatre-vingt-deux ans, il n'avait pas perdu la main.

« Il est là ? demandai-je.

— Puisque je te l'ai dit, murmura-t-il avec irritation. Il y a trois jours que je le fais surveiller, du matin au soir. Sinon, on ne serait pas venus. »

J'ai suivi Jacky dans le petit escalier en colimaçon qui donnait sur la chambre du « guépard ». Il était allongé sur le lit, les yeux fermés et les écouteurs de son baladeur vissés sur les oreilles. Qu'il dormît ou pas ne changeait pas grand-chose. Il était retranché du monde des vivants.

« Tu dors ? » a gueulé Jacky.

Ryan Ravare a ouvert un œil, puis l'autre, avant de se dresser, avec une expression horrifiée. J'étais contente de mon effet : il m'avait reconnue.

« Oui, t'as pas la berlue, ducon : c'est bien moi la vieille folle qui t'a fait si peur, un soir, sur le Vieux-Port. »

J'ai sorti mon pistolet, un Glock 17, de la poche de ma saharienne.

« Je t'avais pourtant bien prévenu, continuai-je, de ce qui t'arriverait si tu récidivais. Eh bien, mon petit gars, l'heure du Jugement dernier est arrivée. »

Jacky m'a prise par la manche, les sourcils froncés, puis m'a soufflé à l'oreille :

« Mais qu'est-ce que t'es en train de faire, Rose ? On avait juste parlé d'une petite leçon et rien d'autre.

— On va voir, chuchotai-je. J'improvise. »

Sentant un désaccord chez l'ennemi, Ryan tenta d'en tirer profit :

« Permettez-moi de vous le dire, madame, vous êtes très agressive.

— Parce que toi, ducon, t'es pas agressif avec les gens que tu dépouilles ?

— Je vois pas de quoi vous voulez parler. J'ai rien fait et vous venez m'accuser chez moi, c'est un monde, ça ! »

Sur quoi, il a pris le petit ton geignard propre aux nouvelles générations :

« Si vous avez pas remarqué, je suis en pleine dépression en ce moment. Je dors plus, je mange plus, ma mère est très inquiète. Vous pouvez vérifier, je suis en train de suivre un traitement. »

Il nous montra un tas de médicaments qui formaient une sorte de petit village provençal, perché sur sa table de chevet comme sur un pic.

« Je suis très fatigué, reprit-il. Depuis des années, je souffre du mal de vivre, c'est ce qu'on a diagnostiqué à l'hôpital. Ma vie n'est pas drôle, croyez-moi. Je n'arrive pas à m'en sortir et, ces derniers temps, c'était pire, j'avais même envie de me suicider. »

Il prétendait s'adresser à moi mais ne regardait que Jacky, le maillon faible. J'ai toussoté pour attirer son attention, puis :

« Je te propose un marché. Si tu te rends à la police avec tout ton butin, tu auras la vie sauve. Sinon, je te crève sur-le-champ.

— À la bonne heure, a soufflé Jacky entre ses dents. Voilà qui est mieux parler. »

Apparemment, Ryan hésitait. J'ai insisté :

« Si tu refuses de payer ta dette à la société, il faut que tu saches que ça me fera vraiment plaisir de te tuer. C'est à cause de mon ami et de lui seul que je me retiens de tirer tout de suite, pour te laisser une chance.

— J'aime pas la prison.

— T'as pas le choix. »

Ryan a répondu que sa priorité était de sortir de sa mauvaise passe, et que la détention ne lui paraissait pas idéale pour ça. Je lui ai demandé de prendre ses responsabilités avant d'ajouter que s'il lui prenait l'envie de nous dénoncer, une fois qu'il serait derrière les barreaux, il ne ferait pas de vieux os : Jacky et moi avions beaucoup de relations dans les prisons. Des vicieux et des affreux qui adoraient se défouler sur les petites frappes dans son genre.

Après que nous eûmes conduit Ryan au commissariat de la Canebière, j'ai été boire mon premier pastis de l'année avec Jacky à la Brasserie, quai des Belges. Quand j'ai commandé une deuxième tournée, Jacky a secoué la tête.

« Encore un, juste un, ai-je protesté. Il faut vite boire la vie avant qu'on vous retire le verre.

— Jure-moi que ce sera le dernier.

— Il faut toujours boire comme si c'était le dernier, Jacky. Ce n'est pas à toi que je vais apprendre qu'on meurt de n'avoir pas vécu et que sinon, on meurt quand même.

— Quitte à mourir, Rose, autant que ce soit en toute conscience et en bonne santé. Pas pétée comme un coing.

— Excuse-moi, mais ce sont des propos d'ivrogne. La seule chose que la vie ne m'ait pas apprise, à moi, c'est à mourir. Et, figure-toi, je n'ai pas encore l'intention de partir. »

La vie, c'est comme un livre qu'on aime, un récit, un roman, un ouvrage historique. On s'attache aux personnages et on se laisse porter par les événements. À la fin, qu'on l'écrive ou qu'on le lise, on n'a jamais envie de le terminer. C'est mon cas. D'autant que j'ai encore tant de choses à faire et à dire.

Je sais que mes lèvres continueront toujours de remuer, même quand elles seront mélangées à la terre, et qu'elles continueront de dire oui à la vie, oui, oui, oui...

RECETTES
DE « LA PETITE PROVENCE »

LE PLAKI DE MA GRAND-MÈRE

Pour 6 personnes et plus :

Ingrédients
2 kg de haricots blancs à écosser
1 gros oignon
5 carottes coupées en rondelles
1 bouquet de persil haché
1 tête d'ail dont les gousses seront épluchées mais
    pas coupées
2 grosses tomates mûres coupées en morceaux
les feuilles de 2 grosses branches de céleri
1 botte de persil

Préparation
    Faire revenir l'oignon coupé en morceaux dans
un fait-tout.
    Ajouter les carottes, les tomates, les gousses
d'ail, le céleri.
    Mettre les haricots et couvrir d'eau.
    Cuire à feu doux pendant une heure.
    En fin de cuisson, ajouter le sel, le poivre et le
persil.
    Laisser refroidir. Manger tiède ou bien frais
après avoir versé un filet d'huile d'olive.

LA PARMESANE DE MAMIE JO

Pour 8 personnes et plus :

Ingrédients
1 kg de tomates, 1 kg d'aubergines et 1 kg de
    courgettes
5 oignons
5 gousses d'ail, du thym, du laurier, du persil
3 œufs
100 g de parmesan

Préparation
Faire revenir dans de l'huile d'olive 3 oignons
avec les tomates épluchées et épépinées. Laisser
mijoter 45 minutes avec 3 gousses d'ail, du thym,
du laurier et du persil. Retirer le couvercle en fin
de cuisson pour favoriser l'évaporation qui ren-
forcera le goût. Passer le coulis au moulin ou au
mixeur et laisser au frais.

Faire revenir les tranches d'aubergines qui au-
ront été dessalées auparavant. Laisser absorber le
gras sur du papier essuie-tout.

Faire revenir les courgettes coupées en morceaux avec les deux oignons qui restent. Laisser

fondre à feu doux jusqu'à ce que vous puissiez les écraser. Ajouter alors des grattures d'ail, le parmesan et les œufs battus.

Tapisser le plat des tranches d'aubergines qui doivent remonter sur les côtés et verser par-dessus la purée de courgettes.

Mettre le plat au bain-marie dans le four à 180 °C pendant une vingtaine de minutes. Laisser reposer, puis refroidir au réfrigérateur. Sortir une heure avant le repas, démouler et servir avec le coulis.

LE FLAN AU CARAMEL
D'EMMA LEMPEREUR

Pour 6 personnes :

Ingrédients
7 œufs
1 l de lait
1 bâton de vanille
1 sachet de sucre vanillé
200 g de sucre
7 morceaux de sucre et deux cuillerées d'eau pour
    faire le caramel directement dans le moule
    à charlotte d'une vingtaine de centimètres de
    diamètre

Préparation
Mélanger et faire bouillir le lait avec le sucre, le sucre vanillé et la vanille en bâton.

Laisser refroidir.

Ajouter les œufs battus.

Verser le tout dans le moule à charlotte sur le caramel refroidi.

Mettre le moule au bain-marie dans un four à 180 °C pendant 45 minutes.

Laisser refroidir le flan puis le mettre au réfrigérateur sous film plastique afin qu'il n'en prenne pas les odeurs.

Démouler au moment de servir.

LA TARTE AUX FRAISES À L'AMÉRICAINE
OU « STRAWBERRY SHORTCAKE »
DU « FRENCHY'S »

Pour 8 personnes :

Ingrédients pour le biscuit
1 sachet de levure chimique
250 g de farine tamisée
150 g de crème liquide
1 pincée de sel
115 g de beurre
3 cuillerées à soupe de sucre semoule

Ingrédients et préparation pour la garniture de fraises
    1 kg de fraises qu'il faut choisir avec soin : pour être goûteuses, elles doivent provenir, de préférence, de producteurs locaux.

Les couper en deux ou trois.

Ajouter 100 g de sucre blond, puis mélanger.

Laisser reposer.

Si vous avez des doutes sur la qualité de vos fraises, vous pouvez y ajouter une cuillerée à soupe de jus de citron.

Préparation

Préchauffer le four à 210 °C.

Mélanger la farine, la levure, le sucre et le sel.

Ajouter le beurre coupé en petits morceaux sans trop le mélanger.

Ajouter la crème liquide pour humidifier.

Étaler la pâte avec un rouleau à pâtisserie.

Couper la pâte en huit rectangles de 2 cm d'épaisseur environ.

Poser ces rectangles sur la plaque à pâtisserie préalablement beurrée.

Saupoudrer d'un peu de sucre.

Faire cuire au four environ 12 minutes. La pâte doit être bien dorée.

Quand elle a refroidi, couper chaque rectangle en deux dans le sens de la longueur.

Disposer les fraises entre les deux couches de biscuit.

Verser dessus de la crème Chantilly battue avec de la vanille.

Poser dessus trois fraises en décoration.

Cela est la recette traditionnelle. Au « Frenchy's », je cassais la pâte. Après en avoir ajouté les brisures aux fraises, je servais le « strawberry shortcake » dans un grand saladier que je recouvrais de chantilly vanillée à laquelle j'ajoutais un doigt de whisky.

PETITE BIBLIOTHÈQUE
DU SIÈCLE

Le génocide arménien

ARNOLD J. TOYNBEE : *Les Massacres des Arméniens. Le meurtre d'une nation (1915-1916)*, Petite bibliothèque Payot.
RAYMOND KÉVORKIAN : *Le Génocide des Arméniens*, Odile Jacob.

Le stalinisme

VASSILI GROSSMAN : *Vie et Destin*, Livre de Poche.
ALEXANDRE SOLJÉNITSYNE : *L'Archipel du Goulag*, Seuil.
SIMON SEBAG MONTEFIORE : *Staline. La cour du tsar rouge*, 2 tomes, Tempus.
TIMOTHY SNYDER, *Terres de sang. L'Europe entre Hitler et Staline*, Gallimard.

Le nazisme

HANNAH ARENDT : *Les Origines du totalitarisme*, 3 tomes, Seuil, Points/Essais.

Hannah Arendt : *Eichmann à Jérusalem*, Gallimard, Folio Histoire.

Joachim Fest : *Hitler*, Gallimard, épuisé.

Joachim Fest : *Les Maîtres du IIIᵉ Reich*, Livre de Poche.

Saul Friedländer : *L'Allemagne nazie et les Juifs*, 2 tomes, Seuil, Points/Histoire.

Günter Grass : *Le Tambour*, Points-Seuil.

Ian Kershaw : *Hitler*, Flammarion.

Felix Kersten : *The Kersten Memoirs (1940-1945)*, Doubleday and Company.

Peter Longerich : *Himmler*, éditions Héloïse d'Ormesson.

Michaël Prazan : *Einsatzgruppen*, Seuil, Points/Histoire.

Michel Tournier : *Le Roi des Aulnes*, Gallimard, Folio.

Stanislav Zámecník : *C'était ça, Dachau, 1933-1945*, éditions du Cherche-Midi.

Le maoïsme

Jung Chang et Jon Hallyday : *Mao. L'histoire inconnue*, Gallimard, Folio Histoire.

Jean-Luc Domenach : *Mao, sa cour et ses complots*, Fayard.

Yang Jisheng : *Stèles, la grande famine en Chine, 1958-1961*, Seuil.

Alexander V. Pantsov avec Steven I. Levine : *Mao, the real story*, Simon and Schuster.

Jean Pasqualini : *Prisonnier de Mao*, en 2 tomes, Gallimard, Témoins.

Les camps de la mort

Robert Antelme : *L'Espèce humaine*, Gallimard, Tel.

Raul Hilberg : *La Destruction des Juifs d'Europe*, 3 tomes, Gallimard, Folio.

Primo Levi : *Si c'est un homme*, Pocket.

David Rousset : *L'Univers concentrationnaire*, Pluriel.

Elie Wiesel : *La Nuit*, Éditions de Minuit.

L'occupation allemande en France

Simone de Beauvoir : *La Force de l'âge*, Gallimard, Folio.

Gilbert Joseph : *Une si douce occupation, Simone de Beauvoir et Jean-Paul Sartre, 1940-1944*, Albin Michel, épuisé.

Irène Némirovsky : *Suite française*, Denoël, Folio.

XXᵉ siècle en général

Simone de Beauvoir : *Le Deuxième Sexe*, Gallimard, Folio.

Saul Bellow : *Herzog*, Gallimard, Folio.

Albert Camus : *L'Homme révolté*, Gallimard, Folio.

Marguerite Duras : *Un barrage contre le Pacifique*, Gallimard, Folio.

Winston Groom : *Forrest Gump*, J'ai lu.

Jonas Jonasson : *Le vieux qui ne voulait pas fêter son anniversaire*, Pocket.

Jack Kerouac : *Sur la route*, Gallimard, Folio.

J.M.G. Le Clézio : *Le Procès-verbal*, Gallimard, Folio.

Norman Mailer : *Un rêve américain*, Grasset, Cahiers rouges.

Tierno Monénembo : *L'Aîné des orphelins*, Points-Seuil.

J.D. Salinger : *L'Attrape-cœurs*, Pocket.

Gaëtan Soucy : *La petite fille qui aimait trop les allumettes*, Points-Seuil.

John Steinbeck : *Tortilla Flat*, Gallimard, Folio.

Kurt Vonnegut : *Abattoir 5*, Points-Seuil.

Simone Weil : *La Pesanteur et la Grâce*, Pocket.

DU MÊME AUTEUR

Aux Éditions Gallimard

LE VIEIL HOMME ET LA MORT, 1996 (Folio, n° 2972).

MORT D'UN BERGER, 2002 (Folio, n° 3978).

L'ABATTEUR, 2003 (« La Noire » ; Folio Policier n° 410).

L'AMÉRICAIN, 2004 (Folio n° 4343).

LE HUITIÈME PROPHÈTE ou Les aventures extraordinaires d'Amros le celte, 2008 (Folio n° 4985).

UN TRÈS GRAND AMOUR, 2010 (Folio n° 5221).

DIEU, MA MÈRE ET MOI, 2012 (Folio n° 5624).

LA CUISINIÈRE D'HIMMLER, 2013. Prix Épicure (Folio n° 5854).

L'ARRACHEUSE DE DENTS, 2016. Prix des écrivains du Sud et prix Récamier du roman 2016.

BELLE D'AMOUR, 2017.

Aux Éditions Grasset

L'AFFREUX, 1992. Grand Prix du roman de l'Académie française (Folio n° 4753).

LA SOUILLE, 1995. Prix Interallié (Folio n° 4682).

LE SIEUR DIEU, 1998 (Folio n° 4527).

Aux Éditions du Seuil

FRANÇOIS MITTERRAND OU LA TENTATION DE L'HISTOIRE, 1997.

MONSIEUR ADRIEN, 1982.

JACQUES CHIRAC, 1987.

LE PRÉSIDENT, 1990.

LA FIN D'UNE ÉPOQUE, 1993 (Fayard-Seuil).

FRANÇOIS MITTERRAND, UNE VIE, 1996.

Composition Cmb Graphic
Impression Maury Imprimeur
45330 Malesherbes
le 5 juillet 2017.
Dépôt légal : juillet 2017.
1ᵉʳ dépôt légal dans la collection : octobre 2014.
Numéro d'imprimeur : 219311.

ISBN 978-2-07-045970-4. / Imprimé en France.